俺の妹がこんなに可愛いわけがない ⑮

黒猫if 上

Tsukasa Fushimi
伏見つかさ
Illustration◆かんざきひろ

■ore no imouto ga
konnani kawaii
wake ga nai ⑮

contents

第一章
P13

第二章
P67

第三章
P135

第四章
P239

エピローグ
P317

デザイン●伸童舎

俺の妹がこんなに可愛いわけがない

15

黒猫if
上

伏見つかさ
Tsukasa Fushimi
Illustration◆かんざきひろ

この物語には、超常現象《ちょうじょうげんしょう》などの要素が含《ふく》まれています。

■ore no imouto ga konnani kawaii wake ga nai ⑮
kuroneko if
第一章

俺《おれ》は高坂京介《こうさかきょうすけ》、ごく普通《ふつう》の高校生だ。

——って、この自己紹介《しょうかい》、もう何回繰《く》り返《かえ》しただろうな。

悪い。いい加減、うんざりしているだろう。

だけど、まあ、ちょいと我慢《がまん》して聞いてくれ。

影《かげ》の薄《うす》い俺《おれ》なんか、忘れられちまっているかもしんねーし。

頭がこんがらがっちまわねえように、ハッキリさせとかにゃあ、ならんこともある。

たとえば、いまがいつなのか——とか、な。

まッ、その前に、だ。

ここまで長い語りを聞いてもらったんだ……このへんで一度、頭をリセットしておくことをオススメするぜ。

妹みたいな言い方だが、前のルートの記憶《きおく》を持ってちゃあ、おかしいだろう?

……リセットできたか?

じゃあ、あらためて大事なとこから、おさらいをさせてもらおうかね。

俺《おれ》には、桐乃《きりの》っつー三つ下の妹がいる。

これがまた、とんでもなく生意気なやつで——見た目だきゃあ、誰《だれ》よりも可愛《かわい》いんだけどさ。

俺《おれ》たち、すげー仲が悪かったんだ。

一つ屋根の下で暮らしてんのに、口も利かない、目も合わせない。そんくらいヒドかった。

だけどある日、俺《おれ》は妹の秘密を知っちまう。
『妹とエロゲーが大好きなオタク』だっつー、とんでもねえやつをだ。
そうして俺《おれ》は、大嫌《だいきら》いな妹から、

──人生相談が、あるの。

それが大騒動《おおそうどう》の始まりだった。
長い物語の始まりだった。
だけど、そんな『俺《おれ》と妹』の物語にも、この度《たび》めでたく区切りがついてさ。
そう。
桐乃《きりの》は、海外にスポーツ留学し、日本から旅立っていった。
俺《おれ》の前から、いなくなったんだ。
それでおしまい──とは、もちろんならねえんだけど。
俺《おれ》の、くそ生意気でムカつく可愛《かわい》い妹は、しばらく物語には出てこない。
さあて、そんなわけで本題だ。
重要なことだから、よーく聞いてくれ。
『今』は、俺《おれ》にとって、高校三年の六月。

妹にとって、中学三年の六月。
俺《おれ》が桐乃《きりの》の趣味《しゅみ》を知った、一年後。
五更瑠璃《ごこうるり》が、俺《おれ》の後輩《こうはい》になった、二ヶ月後だ。
そして宣言しておこう。
いまから語るのは、『俺《おれ》と妹』の物語ではない——

俺《おれ》と黒猫《くろねこ》の物語だ。

黒猫《くろねこ》とは、彼女《かのじょ》のハンドルネームで、その本名を五更瑠璃《ごこうるり》という。

前で切《き》り揃《そろ》えられた美しい黒髪《くろかみ》、雪のように透《す》き通《とお》った肌《はだ》、黒いゴスロリを私服とし、中二病と揶揄《やゆ》される痛い発言を繰《く》り返《かえ》す——オタクで可愛《かわい》い、妹の友達。

それが俺《おれ》にとっての、黒猫《くろねこ》という女の子だった。

彼女《かのじょ》との出会いは、約一年前の秋葉原《あきはばら》。

妹・桐乃《きりの》が友達作りのために、オタクサークル『オタクっ娘《こ》あつまれー』のオフ会へと参加したときのことだ。

オタクな女の子たちが、めいめいに同じ趣味《しゅみ》の話題で盛り上がっている場で、ぽつん——と。

楽しい歓談《かんだん》になじめないやつらがいた。

それが桐乃《きりの》と、黒猫《くろねこ》だった。

オタクサークルの問題児同士。

あるいは、あぶれ者仲間。

最初は、そんな感じだったっけ。

それで——サークルの主催《しゅさい》者である沙織《さおり》・バジーナが、気を遣《つか》って、ふたりを二次会に誘《さそ》ってくれたんだ。

そうして友達になった。

——それって、メルルの裏番組じゃない？　邪気眼《じゃきがん》厨二病《ちゅうにびょう》アニメとか言われてるやつ。

——聞き捨てならないことを言うのね、あなた。

——あんなのは萌《も》えさえあれば満足する大きなお友達くらいしか観《み》ない駄作《ださく》。

つっても、最初は喧嘩《けんか》んなっちまったけどな。

——あーかわいそ！　アレを観《み》てないなんて！　キッズアニメなめんな！

——なにが厨二病《ちゅうにびょう》アニメよ。

——私はね、その漢字三文字で形成される単語が死ぬほど嫌《きら》いだわ。

誰《だれ》に隠《かく》すこともなく、大好きな趣味《しゅみ》の話をして。

全力の意見をぶつけ合って、罵《のの》り合ってさ。

なんだかんだで、めちゃくちゃ楽しそうだったよ。喧嘩《けんか》を止めようとして『たかがアニメじゃねえか』つったら、声を揃《そろ》えて噛《か》み付《つ》いてきやがるし。

ったく、気が合うんだか、合わねえんだか。

あの日出会った黒猫《くろねこ》と沙織《さおり》は、桐乃《きりの》にとって、初めてのオタク友達で。

俺《おれ》にとっても、初めてできたオタクの友達で。

あれから色々あって、桐乃《きりの》と黒猫《くろねこ》の関係はどんどん深まっていって。

同時に、気付かないうちに……俺《おれ》と黒猫《くろねこ》の関係も……少しずつ変わっていった、のだろう。

俺《おれ》にとって、『妹の友達』だった黒猫《くろねこ》は――

いまや俺《おれ》の後輩《こうはい》として、五更瑠璃《ごこうるり》として、同じ学校に通っている。

高校生になった黒猫《くろねこ》は、最初こそ人見知りぶりを発揮して、クラスで孤立《こりつ》していたようだったが……部活動『ゲーム研究会』に所属したことをきっかけに、赤城瀬菜《あかぎせな》という友達もでき、少しずつクラスに馴染《なじ》んでいっている――。

それが、俺《おれ》と黒猫《くろねこ》の現状だ。

あらためて、思い出してくれたかい？

じゃあ、始めるか。

校庭の桜がすべて散り、季節が夏へと変わっていく頃《ころ》。

六月の放課後から、if《もしも》の物語を再始動《リスタート》しよう。


その日、授業を終えた俺《おれ》は、ゲー研の部室へと向かった。

部室棟《とう》の廊下《ろうか》を歩いていると、二階へと向かう階段の手前で、黒猫《くろねこ》と出会う。

彼女《かのじょ》は俺《おれ》に、一見無愛想にさえ見える落ち着いた仕草で、軽く会釈《えしゃく》をした。

「あら、先輩《せんぱい》……こんにちは」

「おう」

片手を挙げて応える。

最近、分かるようになってきたのだが……どうやら今日の彼女《かのじょ》は、機嫌《きげん》が良《い》いようだ。

ちょいと意外に思う。

というのも、黒猫《くろねこ》には、落《お》ち込《こ》むだけの理由があったからだ。

ゲーム研究会に所属している黒猫《くろねこ》は、瀬菜《せな》とともに、『かおすくりえいと』というゲームコンテストに作品を投稿《とうこう》すべく、共に制作をしていた。

いまは、その結果が出たばかり。

残念ながら入賞は逃《のが》してしまい、それどころか『クソゲー』だのとネットの掲示板《けいじばん》でずいぶんと叩《たた》かれていた。

とても悲惨《ひさん》な結果に終わったのだ。

黒猫《くろねこ》は強がっていたけど、瀬菜《せな》なんかは激怒して大暴れしていたっけ。

いや、まぁ、こいつらが作ったゲームって、瀬菜《せな》が作っていたダンジョンＲＰＧと、黒猫《くろねこ》が作っていたノベルゲームを融合《ゆうごう》させたような代物《しろもの》だったのだが。

その名も『強欲《ごうよく》の迷宮《めいきゅう》』。

黒猫《くろねこ》がぶっこんだ『中二病要素』と、瀬菜《せな》がぶっこんだ『同性愛要素』が混ざり合って……

実際かなりのゲテモノに仕上がっていた。

控《ひか》えめに言ってもユーザーを選ぶ代物《しろもの》だったから、クソゲーと言われてしまうのも、しょうがないっちゃない。ネットのやつらを責めることはできまい。

それでも黒猫《くろねこ》にとっちゃ、『高校でできた初めての友達』と一緒《いっしょ》に、精魂込《せいこんこ》めて作った作品だったんだ。そいつをけなされて、落《お》ち込《こ》まないわけがねえ。

「なにか言いたそうね、先輩《せんぱい》？」

ふと気付くと、黒猫《くろねこ》が俺《おれ》の顔を覗《のぞ》き込《こ》んで、くすりと笑っていた。

「ああ、いや……その、さ」

「私が、落《お》ち込《こ》んでいると思ったのかしら？」

図星を衝《つ》かれ、怯《ひる》む。すると黒猫《くろねこ》は、照れくさそうに頬《ほお》を染める。

「まったく、お人好《ひとよ》しなのだから……私は、批判されるのなんてもう慣れているから……そう言ったじゃない」

「……けどな」

悔《くや》しくないわけ、ないだろう？

おまえがどれだけの想《おも》いを込《こ》めてあのゲームを作ったのか、俺《おれ》は、よく知っているんだ。

俺《おれ》の部屋で、黒猫《くろねこ》が作業している様子をずっとそばで見ていたし……。

自分では直せないバグが出たときなんか、黒猫《くろねこ》は、仲違《なかたが》いしたままの瀬菜《せな》に頭を下げて頼《たの》んだんだ。協力して欲《ほ》しい、一緒《いっしょ》にゲームを作って欲《ほ》しい、って。

『強欲《ごうよく》の迷宮《めいきゅう》』は、黒猫《くろねこ》にとって、そのくらい入魂《にゅうこん》の一作だったのだ。

それがあんな結果に終わって……なのに彼女《かのじょ》はへこたれない。

「落《お》ち込《こ》んでいる暇《ひま》なんてないわ。私は、次のゲームを作るのだから。——今度は、最初から瀬菜《せな》と一緒《いっしょ》に」

「……そっか」

たいしたもんだ。

心からそう思う。

桐乃《きりの》も、沙織《さおり》も、黒猫《くろねこ》も、瀬菜《せな》も。

ここまで夢中になれるものがあるオタクたちのことが、平凡《へいぼん》な俺《おれ》にはまぶしく見える。

「…………………」

しばらく無言で歩いて、

「あの、ね」

ふと黒猫《くろねこ》が言った。

「報告しておくことが、あるわ」

黒猫《くろねこ》が、俺《おれ》に？

なんだろうと意識を向けると、彼女《かのじょ》は、

「色々と、改善されたから。……クラスのこと、とか、色々。だから……一応、報告」

ぽつり、ぽつり、と想《おも》いをこぼす。

ちょっと前までは、こいつ、クラスになじめなくって、掃除《そうじ》当番を押《お》しつけられたりしていたんだ。

それが、改善されたのだ、と。

いまいち伝わりにくいが、どうやら黒猫《くろねこ》は、礼を言ってくれているらしい。

だから俺《おれ》は、こう返した。

「俺《おれ》は、たいしたことしてねえよ」

「確かになんの役にも立たなかったわね」

肯定《こうてい》しやがった⁉　そこは『そんなことないわよ』って否定してくれるとこじゃねえの⁉

「でも、私は嬉《うれ》しかった」

「…………」

「妹の代わりじゃなく、おまえのことが心配だと言ってもらえて、嬉《うれ》しかった」

黒猫《くろねこ》は、喋《しゃべ》りながら、俯《うつむ》いてしまう。

あのときの俺《おれ》は、本心を伝えただけだ。

そっか……嬉《うれ》しかったのか。なら、よかった。

温かな想《おも》いが胸に満ちる。

「あの……先輩《せんぱい》……私——……」

俯《うつむ》いていた黒猫《くろねこ》が、意を決して何かを言おうとしたとき。

「あ、五更《ごこう》さーん！」

背後から聞き覚えのある声がかかった。

「！」

びくっ、と、肩《かた》をはねさせて、黒猫《くろねこ》は声に向かって振《ふ》り返《かえ》る。

そこにいたのは、赤い眼鏡をかけた赤毛の少女。

赤城瀬菜《あかぎせな》だ。黒猫《くろねこ》のクラスメイトで、同じ部活の仲間で——友達。

俺《おれ》の友人、赤城浩平《あかぎこうへい》の妹でもある。

駆《か》け寄《よ》ってきた瀬菜《せな》は、黒猫《くろねこ》の隣《となり》を歩く俺《おれ》に、いま気付いたようで、

「あれ、高坂先輩《こうさかせんぱい》もいたんですね。ふたりとも、一緒《いっしょ》に部活行きましょうよ！　って……五更《ごこう》さん？　なんだか、むすっとしてません？」

「してないわ」

「してますよー。ねえ、高坂先輩《こうさかせんぱい》？」

してる。頰《ほお》をふくらませて、むすっとしてる。

なんだろう。いま、言いかけたことと関係あんのかな？

俺《おれ》は、すぐに聞き直そうと思ったのだが。

急に不機嫌《ふきげん》になった黒猫《くろねこ》は、俺《おれ》と瀬菜《せな》を置き去りにして、すたすたと歩いて行ってしまう。

どうやら、タイミングを逃《のが》してしまったらしい。

「なんだったんでしょう?」

「……さあ」

俺《おれ》と瀬《せ》菜《な》は、顔を見合わせて首をかしげるのだった。


ゲー研の部室は、部室棟《とう》、二階廊下《ろうか》の突《つ》き当《あ》たり付近にある。

パソコンやらゲームやらに加え、その他諸々《たもろもろ》のオタクグッズ満載《まんさい》の魔境《まきょう》だが、綺麗《きれい》好きな女子部員が二名増えたこともあり、現在は多少まともになっている。

抜《ぬ》き打《う》ちで教師が入ってきても、なんとかごまかせるかもしれない程度。

じっくり見られると、エロフィギュアとかが出てきちゃうのでマズいが。

そんな部室に、部活メンバーたちが集まっている。

「おし、だいたい集まったな!」

ホワイトボードを目立つ位置まで引《ひ》き摺《ず》ってきて、声を張り上げたのは、三浦紘之介《みうらげんのすけ》。

ゲー研の部長であり、俺《おれ》にとって初めての男オタク友達。

長身痩軀《そうく》に眼鏡を掛《か》けた、老《ふ》け顔の男子生徒だ。

「注目!」

ぱんぱん、と手を叩《たた》く部長。この人がここまでアクティブなのは珍《めずら》しい。

基本的にここは、ゆるい部活なのだ。

同人ゲーム制作がメイン活動なのだが、幽霊《ゆうれい》部員も多いし、来ているやつらも全員がゲーム作りをしているわけじゃない。遊んでいるやつらの方が多いくらいだ。

だってのに、今日のノリはいつもと違《ちが》う。

どういうことだろう？

奇妙《きみょう》なものを見る目になった部員たちに向けて、彼《かれ》は言った。

「おまえら！　よーく聞け！　今日は、今後の活動予定について、打ち合わせを行うッ！」

「どうしたんです部長、とつぜん普通《ふつう》の部活みたいなことを言い出して」

「ここは普通《ふつう》の部活だッ！」

と、叫《さけ》ぶ部長。

彼《かれ》に冷たいツッコミを浴びせたのは、真壁楓《まかべかえで》。

童顔で真面目そうな少年だ。実際、ゲー研の中では、比較的《ひかくてき》常識人といっていいだろう。

彼《かれ》は皆《みな》を代表して言う。

「いままで自由にやらせてきたのに、急に仕切り始めるから、おかしいなって話です。ちゃんと説明してくださいよ」

「……むっ、それもそうだな」

破天荒《はてんこう》な部長も、真壁《まかべ》くんの声でブレーキがかかる。いいコンビなのかもしれない。

「あー……ごほん」

言葉をさまよわせていた部長は、咳払《せきばら》いをしてから、一年部員に目線を向ける。

「赤城《あかぎ》、五更《ごこう》」

「はい」

と、瀬菜《せな》だけが返事をした。

「おまえらは、今回、企画《きかく》を書いて、コンペして、ゲーム作って、コンテストに投稿《とうこう》して——結果を出したな」

「さんざんな結果でしたけどねー」

と、瀬菜《せな》はイヤそうな顔をする。

「得たものはあっただろ?」

「……まあ、多少は」

「それはおまえらが、全力で取り組んだからだよ。入ったばっかの一年部員が、世間からの評価はどうあれ、ゲームを一本最後まで作ったんだ。見事なもんだぜ、マジでよ」

部長は、慰《なぐさ》めで言っているわけではない。そのくらいは俺《おれ》にも分かった。

瀬菜《せな》や黒猫《くろねこ》にも、きっと伝わったはずだ。

「……ありがとうございます。でも、あたしは結果に満足してないですけどね」

「私もよ。次こそは、クソゲーだと貶《けな》してくれた連中を楽しませるゲームを作って、『面白《おもしろ》い』

って言わせてみせるわ。ククク……それが私の復讐《ふくしゅう》よ」

瀬菜《せな》と黒猫《くろねこ》の身体《からだ》から、黒炎《こくえん》のようなモチベーションが噴《ふ》き上《あ》がっている。

「いい気合いだ」

部長は、満足そうに頷《うなず》いた。

「なあ、真壁《まかべ》。こいつらのやる気を見せられてよう、だらだらゲームやって、遊んでられるか？　――オレは、三年だ。もうすぐ卒業して、いなくなる」

「去年も聞きましたよその台詞《せりふ》。ちゃんと卒業できるんですか？」

「茶化すな！　いま珍《めずら》しくオレがいい話をしてるんだから！　んんっ……これまでうちは、部員の自主性に任せて、個人制作ばかりをやってきただろう」

「そうですね。真面目な人は真面目に、サボりたい人はサボって、ゆるくやろうって感じでした」

「悪くねえ方針だったと思うぜ。部活での集団制作なんてのは、参加者全員がやる気出さなきゃうまくいきっこねーんだからよ――だが！」

部長は長机を掌《てのひら》でぶっ叩《たた》いて、

「オレは、高校生活の最後に、おまえらとゲームが作りたくなった！　集団制作をするぞッ！一年どもの活動を見て、やる気が出たやつ全員参加だ！」

おお、と、誰《だれ》かが声を張り上げる。

炎《ほのお》が燃え移るように——黒猫《くろねこ》たちのやる気が、部員たちに伝染《でんせん》していく。

延焼《えんしょう》していく。それが、見えるようだった。

「いいですね。僕《ぼく》も、参加させてください」

「真壁先輩《まかべせんぱい》……」

瀬菜《せな》が、真壁《まかべ》くんを見て喜んでいる。

『きっちりしていないと気が済まない』という風紀委員気質の彼女《かのじょ》は、不真面目な部活が、自分の影響《えいきょう》で変わろうとしていることに、感動しているのかもしれない。

「赤城《あかぎ》さん、一緒《いっしょ》にゲームを作りましょう」

「はい！」

瀬菜《せな》は目を輝《かがや》かせて頷《うなず》いた。

「あのッ…………あたし、真壁先輩《まかべせんぱい》と一緒《いっしょ》に作るなら、やりたいなって思ってることがありましてッ！」

「それは同性愛と関連することですね？」

「はいッ！」

「じゃあだめですよ？」

真壁《まかべ》くんは、にっこりと笑った。

「ぶー」

と、瀬菜《せな》は、頬《ほお》を膨《ふく》らませて不満そう。

赤城瀬菜《あかぎせな》――こいつは男同士の恋愛《れんあい》作品を嗜好《しこう》する、腐女子《ふじょし》と呼ばれる存在なのだ。

つい先日、ゲー研で行われた新作コンペの場において。

彼女《かのじょ》は自身の性的な趣味《しゅみ》を全開にし、男子部員をモデルにしたキャラたちを絡《から》ませるという、恐《おそ》るべき所業を成したのである。

その中には、俺《おれ》をモデルにしたキャラも含《ふく》まれており、ケツに肉便器という文字刺青《タトゥ》を刻まれていた。とんでもねえセクハラ後輩《こうはい》である。

言っておくが、俺《おれ》は、いまも根に持って怒《おこ》っているからな。

なにが『ぶー』だよこの腐《くさ》れアマ。絶対に許さんぞ。

よくまあ真壁《まかべ》くんは、瀬《せ》菜《な》に笑顔《えがお》で対応できるもんだ。

彼《かれ》は、いまも腐《くさ》れる猛獣《もうじゅう》を、まあまあとなだめている。

「赤城《あかぎ》さん、コンテストに投稿《とうこう》して、『得たものがあった』んでしょう？」

「ええ、まあ」

瀬菜《せな》は唇《くちびる》を尖《とが》らせる。

「それなら、僕《ぼく》が言いたいことも分かりますよね」

「分かります。今回は、あたしが面白《おもしろ》いんじゃなくて、ユーザーが面白《おもしろ》いと思うものを作らなくっちゃいけません」

「自分が作っていて面白《おもしろ》い、ユーザーが遊んで面白《おもしろ》い、そんなゲームが理想ですよね」

「むずかしーですよぉーそれぇー」

「あはは、僕《ぼく》もできたことないです」

「えー」

「理想のゲームが作れるよう、今度は、みんなで挑戦《ちょうせん》してみましょうよ」

「……やってみます」

真壁《まかべ》くんの説得が功を奏し、新作では、瀬菜《せな》の暴走を抑《おさ》えることができそうだ。

そんなファインプレーに、部長が大声で割《わ》り込《こ》んでくる。

「おいおまえら見て～！　真壁《まかべ》が女子部員の前だからって、先輩《せんぱい》風を吹《ふ》かせてる～！」

「ちょっと！　台無しですよ！」

これが、俺《おれ》と黒猫《くろねこ》が所属する、ゲー研の日常だった。

春から始まった新生活の、騒々《そうぞう》しい一幕だ。

そうやって――

ゲーム研究会では、みんなで新作ゲームを作ることになった。

技能がない俺《おれ》には、サポートくらいしかできないが。

やれることはやろうと思う。

黒猫《くろねこ》が学校で孤立《こりつ》したとき、俺《おれ》は『なんとかしてやりたい』とお節介《せっかい》を焼いた。

沙織《さおり》と一緒《いっしょ》に作戦を練って、ゲー研への入部に付き添《つそ》って、ゲーム作りの際にそばにいて
――いまもこうして、同じ部活に所属している。受験生だってのにな。

それは決して、義務感からではない。最初こそ、昔の悪癖が出て我慢《がまん》ができなくなったから
――かもしれないが。

俺自身《おれじしん》が、黒猫《くろねこ》と一緒《いっしょ》にいて、楽しかったんだ。

勘違《かんちが》いしないでくれよ。望んで俺《おれ》は、ここにいる。

「どんなゲームを作るんだ？」

片手を挙げて、問う。

「まア、この面子《メンツ》で作るなら、ノベルゲームだろうな」

腕組《うでぐ》みをした部長が、即座《そくざ》に答えた。瀬菜《せな》が手を挙げて発言する。

「はーい、なんでですか！　あたし他に作りたいジャンルのゲームがあるんですけども！」

「なんでノベルゲームを作るかっつーとだな」

部長が、紙束を長机の上に置いた。

先日、黒猫《くろねこ》と瀬菜《せな》が提出したコンペ用の企画《きかく》書だ。

「一年生組が作った『強欲《ごうよく》の迷宮《めいきゅう》』。こいつを投稿《とうこう》し、結果が出たろ」

「…………」「…………はい」

むす、と肯定《こうてい》する黒猫《くろねこ》&瀬菜《せな》。

「で、だ。おまえたちは、いま、その反省を踏《ふ》まえたものを作りたい。そうだな？」

「……そうよ」「ですね」

「なにが悪かったのか、どうすればよくなんのか、各自で考えてきたんだろう。そいつは後で聞かせてもらうとして、上級生で話し合った結果を言わせてもらう」

おお、部長が先輩《せんぱい》らしい。

「おまえらは、まだ複雑なゲームを作るな。シンプルなゲームを作って、良《い》い結果を出せ。まず作るのが比較的《ひかくてき》簡単なノベルゲームからだ。このジャンルは、シナリオ――物語が重要になる。ノベルゲームで良《い》い結果が出せたとしたら、『これからおまえらがゲー研で作るすべてのゲーム』のシナリオが改善されるだろ」

『強欲《ごうよく》の迷宮《めいきゅう》』では、黒猫《くろねこ》が書いたシナリオが強く批判されていた。

それと、瀬菜《せな》がぶっこんだ、同性愛要素が激しく拒絶《きょぜつ》され、ネタにされたりもしていた。

悪かった点を、ひとつずつ修正していこう、ということだろうか。

「オレは、最後の一年間を、おまえらのレベルアップに使いたい。『ゲー研を託《たく》す期間』にしてえんだ。オレらがいなくなったあと、いいゲームをバンバン作ってくれたら、嬉《うれ》しいからよ」

自分の台詞《せりふ》に照れてしまったのか、部長は鼻をかいて、咳払《せきばら》いをした。

黒猫《くろねこ》と瀬菜《せな》は、しばし沈思《ちんし》していたが……

「……私は、異存ないわ」

と、黒猫《くろねこ》。瀬菜《せな》は鼻を鳴らして、

「五更《ごこう》さんはそーでしょうね。ノベルゲームが作りたいんですから」

「私が、チームの欠点になっている状況《じょうきょう》を、早くなんとかしたいのよ。赤城瀬菜《あかぎせな》、あなたは、自身の性癖《せいへき》さえ我慢《がまん》できるのなら、なにも問題ないのだから」

「それができれば苦労はないんですよねぇ～………あと瀬菜《せな》でいいです。友達に対して固すぎですって」

「……りょ、了解《りょうかい》したわ。……せ、せ、」

瀬菜《せな》、と、消え入りそうな声で呟《つぶや》く。

黒猫《くろねこ》は……友達ができるというシチュエーションに、慣れていないのだ。

瀬菜《せな》はくすりと笑って、軽い調子で言う。

「それじゃ、あらためてよろしくお願いしますねー、瑠璃《るり》ちゃん」

「瑠璃《るり》ちゃんって……い、いきなりすぎではないかしら？」

「嫌《いや》ならやめますけど？」

「厭《いや》じゃないわ」

即答《そくとう》だった。笑いを堪《こら》えるのが大変だったよ。

黒猫《くろねこ》は、そんな俺《おれ》を見とがめて、ごまかすように話を戻《もど》す。

「こほん。……た、ただ……その……認めたくはないけれど……私のシナリオがすぐに改善されるとは、思えないわ」

この台詞《せりふ》を言える、というだけで、彼女《かのじょ》の成長だと思う。

部長は、ディスク型の記録媒体《ばいたい》を、俺《おれ》と一年生たちに配布した。

「部長、これって?」

瀬菜《せな》が問うと、部長が答える。

「うちで作ったゲームの中で、一番ユーザー評価が高かったゲームだ。次までにやっとけ」

「…………ぇー、えっちなやつじゃないですよね?」

「おまえがオレらをどーいう目で見てんのかよく分かったぜ。——全年齢《ぜんねんれい》向けのギャルゲーだよ。シナリオを書いたのは真壁《まかべ》だ」

「真壁先輩《まかべせんぱい》、シナリオ書けたんですか?」

「ええ、まあ。ただ遅筆《ちひつ》なので、新作は作っていなかったんです。一人でギャルゲーシナリオを書くのが大変すぎて……五更《ごこう》さんの筆の速さが羨《うらや》ましいです」

「オレがSTG《シューティング》作りたかったから、そっちに付き合わせてたしな——真壁《まかべ》の書いたシナリオ、オレは面白《おもしろ》いと思ったし、部員たちにもユーザーにも評判良かったんだ。次のゲームでは、五《ご》更《こう》と二人態勢でシナリオを書いてもらおうと思ってる」

ふむふむ。

「当然、真壁《まかべ》主導だ。こいつが出してきた企画書《きかく》を元に打ち合わせて内容を詰《つ》める。で、そのあとシナリオを真壁《まかべ》と五更《ごこう》に振《ふ》り分《わ》ける。執筆《しっぴつ》速度を鑑《かんが》みて——メインヒロインのシナリオを真壁《まかべ》、その他が五更《ごこう》という割《わ》り振《ふ》りがいいだろな。シナリオができたら、チームで読み合わせをして、修正方針を決めるって流れだ」

「どんなゲームにするか、みんなの希望を聞いてからストーリーを練りますから、次までに考えておいてくださいね」

と、真壁《まかべ》くん。『これからの流れ』を聞いた俺《おれ》は、感心して言ったものだ。

「へえ、ほんとに『みんなで作る』んだな」

俺《おれ》は、黒猫《くろねこ》と瀬菜《せな》が『強欲《ごうよく》の迷宮《めいきゅう》』を作るのを、最初から最後まで見ていたが。

あのときは、できたものをそのまま完成品として提出した。

今回は、最初っからみんなの意見を聞いて作らなくっちゃいけないし、一度作ったものを、やっぱりみんなの意見を聞いて、色々直さなくっちゃいけないってことだろ？

前と比べて、ずいぶん大変なんじゃないか？

「……そう……集団制作って……本来、そういうものよね」

「そうだ。ひとりんときほど、好き勝手に作れねえ。自分の好きを引《ひ》っ込《こ》めて、我慢《がまん》して、ちゃんと人に合わせなくっちゃあならん。代わりに、ひとりでは作れないものを作れる。五更《ごこう》、やれるか？」

部長の問いに、黒猫《くろねこ》は、

「やってみるわ」

と、応えた。その目には、決意の光。

余分な心配をするのは、野暮《やぼ》ってもんだろう。俺《おれ》にできるのは、ただひとつ。

「応援《おうえん》するぜ」

いつだってそれだけだ。


そんなことがあった翌日の放課後。

「…………この私を放置するなんて、良《い》い度胸をしているわね、先輩《せんぱい》」

俺《おれ》は、黒猫《くろねこ》から妙《みょう》ないちゃもんを付けられた。

帰宅途中《とちゅう》、彼女《かのじょ》が走って追いかけてきたのだった。

運動不足なのか、はあはあと息切れしている。

「大丈夫《だいじょうぶ》かよ？」

「も、問題ないわ……それよりも、どういうことなのかしら？」

「なんのことだか分からん。放置とか言ってたが、俺《おれ》、おまえとなんか約束したか？」

「………私が送ったメールを見ていないの？」

「メール？　いや、見ていないな」

「そう？　……それは、おかしな話ね」

なぜか黒猫《くろねこ》は、俺《おれ》の言葉を信じなかった。嘘《うそ》でしょう、とばかりに目つきをきつくする。

「いまのあなたが、携帯《けいたい》のメールをチェックしそびれるはずがない。違《ちが》うかしら？」

「なんのことやら」

探偵《たんてい》小説に登場する犯人のように、俺《おれ》は韜晦《とうかい》した。

おまえが言いたいことは分かる。

海外留学中の桐乃《きりの》から、連絡《れんらく》が来るかもしれないのに――ってんだろう？

ふん、残念だったな！　俺《おれ》はシスコンじゃあねーし、桐乃《きりの》からの連絡《れんらく》なんて、待っちゃいねーっての。あいつの心配なんかしてないぜ！　ち～～～ッともなあ！

それに、

「俺《おれ》の携帯《けいたい》、壊《こわ》れちまってさ」

「え？」

「さっき気付いたんだが、電源が入らねえんだよ」

俺《おれ》は、折りたたみ式の携帯《けいたい》を開けて、真っ暗な画面を黒猫《くろねこ》に見せてやる。

「まあ、しゃあねえ」

家にも電話があるんだし、多少不便なだけで、別に問題ない。

いっそ、壊《こわ》れてさっぱりしたってもんだ。

あのバカ、こっちが何度メール送ったって、どうせ返事なんかしてこねえし。

「悪いな。察するに、俺《おれ》に連絡《れんらく》をくれたんだろう？」

「え、ええ……その……待ち合わせをしたくて」

「なら、こうして合流できてよかったよ。なんの用だったんだ？」

「…………………」

彼女《かのじょ》は、すぐに返事をしなかった。俯《うつむ》いて、なにやらブツブツと唱えている。

「黒猫《くろねこ》？」

「……いえ……もういいわ」

なんとなく、落《お》ち込《こ》んでいる様子だった。

「くくく……何度も何度も……っふ……なるほど…………運命は、それほどに私の邪魔《じゃま》をしたいようね……いえ、まさか……これは――……〝そういうこと〟だというの？」

おお……黒猫《くろねこ》が、自分の世界に入っていってしまっている。

高校生になってから、やや頻度《ひんど》が減っていったんだけど……なぜか、懐《なつ》かしい、と感じる。

「いいでしょう。ならば、何度でも立ち向かうまで」

彼女《かのじょ》は謎《なぞ》の自己完結をすると、かっこよく髪《かみ》をかき上げ言った。

「先輩《せんぱい》……〝約束の地〟へ、向かうときがきたわ」

「……………どこへ行くって？」

打倒魔王《だとうまおう》でもぶち上げそうな黒猫《くろねこ》に問うと、

「携帯《けいたい》ショップよ。修理に出すのでしょう？」

実に現実的な回答が戻《もど》ってきたのだった。


そのまま二人で携帯《けいたい》ショップへと向かい、修理に出して、並んで店を出る。

なんとなく流れで黒猫《くろねこ》も一緒《いっしょ》にきてくれたのだが、いまさら『なんで付いてきたの？』とも聞き辛《づら》い。まあ〝約束の地〟とか言ってたし、あそこで別れるのも不自然だったからかな。

と、ひとり納得《なっとく》する。

そんで、修理が完了《かんりょう》するまでの代替《だいたい》機をもらったんだが――

「データが、ぜんぶ消えちまった……悪いが電話番号とメルアドを新しく登録させてくれ」

「そう、貸して頂戴《ちょうだい》」

「おう」

「……はい、登録しておいたわ」

そっけないやり取りだ。ごく普通《ふつう》の、先輩後輩《せんぱいこうはい》の距離《きょり》感。

そう……そのはずだ。

「それにしても……画面が映らないだけかと思ったら、ずいぶん本格的に壊《こわ》れていたのね。落としたわけではないのでしょう？」

「もちろん、壊《こわ》れるようなことはしてないはずなんだがな。いやーマジでへこむわ……。おまえが今日送ってくれたっつーメールも見れん」

「いまさら見なくてもいいけれど……そのくらいで落《お》ち込《こ》みすぎじゃ……あぁ……」

黒猫《くろねこ》は察したように、

「携帯《けいたい》が壊《こわ》れている間に、桐乃《きりの》からメールが届いているかもしれないものね」

「そんなんじゃねーって」

「はいはい。その代替《だいたい》機でも、センターに溜《た》まっているメールを受信できるはずよ」

「もうやったんだが、ダメだったんだ」

「私が送ったメールも受信できない？」

「そうそう」

黒猫《くろねこ》が代わりに色々操作を試《ため》してくれたのだが、やはりメールは受信できない。

桐乃《きりの》からきているかもしれないいメールはもちろん、黒猫《くろねこ》が送ったというメールも、受信できず、見ることができなかった。

最初から、そんなメールが存在していなかったかのように。

あるいは、送ったはずのメールが、跡形《あとかた》もなく消滅《しょうめつ》してしまったかのように。

「ふうん……？　『なにもしていないのに携帯《けいたい》が壊《こわ》れた』件といい、不思議な話ね」

黒猫《くろねこ》は、面白《おもしろ》そうに薄《うす》く笑《え》みを浮《う》かべる。

中二病のかっこつけ。桐乃《きりの》ならそうバカにするのだろうが。

黒猫《くろねこ》の、整い過ぎた容姿でやられると、たまに――

〝本物〟めいていて、ぞっとする。

「ねぇ、先輩《せんぱい》。被害《ひがい》に遭《あ》ったあなたに対して、失礼な言いようになってしまうけれど」

「っふ……どうやら私たち、〝力〟を持つ何者かに運命を操作されているわ。そう、途方《とほう》もない〝なにか〟が、始まろうとしている――…………」

それが、『嘘《うそ》から出たまこと』ならぬ『中二病から出たまこと』になろうとは。

もちろんこのときの俺《おれ》に、予想できるはずもなかったのである。


ゲー研の活動日。

再び部室に集まった俺《おれ》たちは、まず、先日手渡《てわた》された『真壁《まかべ》くんがシナリオを書いたノベルゲーム』について感想を述べていく。

俺《おれ》もやってみたのだが——

「面白《おもしろ》かったと思うぞ」

「あたし、男の子向けのノベルゲームって縁遠《えんどお》かったんですけど、高評価だったというのは理解できます」

「私の好みではないけれど、好きな人は好きでしょうね」

俺《おれ》と黒猫《くろねこ》たちとで、概《おおむ》ね意見は一致《いっち》しているようだ。

「本当ですか。なら、よかったです」

真壁《まかべ》くんは嬉《うれ》しそうだ。

部長がこのゲームをやれ、と言った理由が俺《おれ》たちにも分かった。

真壁《まかべ》くん主導でシナリオを作り、黒猫《くろねこ》に、そのやり方を学んで欲《ほ》しいってんだろう。

先輩《せんぱい》のお手本ってわけだ。

「だけど……高評価だったというのは、言い過ぎです。あくまでうちで作ったゲームの中では、ですよ」

彼《かれ》は謙遜《けんそん》しているが……

知らなかったぜ。この優《やさ》しそうな後輩《こうはい》には、意外な才能があったんだな。

ただ、数多《あまた》のエロゲーをプレイさせられたヘビーユーザーである俺《おれ》から見て、気になった点もある。ゲームに登場するヒロインたちの〝属性〟についてだ。

なにせこのゲームの女性キャラは、全員が同じ属性を持っている。

俺《おれ》は、事実確認《かくにん》のため、作者に向けてこう問うた。

「ところで真壁《まかべ》くんてさ」

「はい？」

「おっぱいでかい〝姉〟が好きなのか？」

「ええまあ」

否定はしなかった。その表情に恥《は》じらいはなく、なにか言いたそうにしている。

これはオタク特有の返答の仕方で、翻訳《ほんやく》すると、

『大好きっす』『許可していただけるのなら語りたいっす』という意味である。

俺《おれ》は、手慣れた流れで、オタクな後輩《こうはい》の期待に応えていく。

「ちなみに、どっちが好きなんだ？〝巨乳《きよにゆう》〟と〝姉〟」

「どっちもですね」

「どっちもかあ」

そうだろうなとは思っていたよ。

こいつの持ってるフィギュア、爆乳《ばくにゆう》くノ一やら学園ギャルゲーやらのエロいやつばっかだし。

腐女子《ふじょし》ってことが発覚するまでは、瀬菜《せな》に気があるそぶりを見せていたし。

どことは言わんが、ちらちら見ていたし。

部長が、真顔で言った。

「真壁《まかべ》のねーちゃん、すげー胸がでかいんだぜ」

「部長！　誤解を招く発言はやめていただきましょうか！　僕《ぼく》の実姉《じつし》は、作品内容とは無関係ですから！」

「どう見ても性癖《せいへき》の根源なんだよなあ」

「ち、違《ちが》いますよ！　皆《みな》さん、信じないでくださいね！」

焦《あせ》って否定するところが、余計に怪《あや》しかった。

ふと気付けば、女性陣《じん》が俺《おれ》たちに白い目を向けている。

「あのう……女の子の前で下品な会話をしないでくださいよ」

「先輩《せんぱい》、シスコン同士で気が合いそうね？」

失敬な。俺《おれ》はシスコンじゃねえ。

てか瀬菜《せな》、この部で、いや……この学校で一番下品なのは間違《まちが》いなくおまえだ。

視線で非難すると、彼女《かのじょ》は意にも介《かい》さず、次の話題へと移る。

「ところで、このゲームのイラストはどなたが描《か》いたんです？」

「三年の女子部員だ。いまこの場にはいねえけど」

「そんな人がいたんですね——えと、プロ並みに上手《うま》いんですけど、あたしたちの作品の絵も描《か》いてもらえるんでしょうか？」

「そいつ、もう部をやめちまったからなあ」

「えぇ～……なにか理由が？」

「真壁《まかべ》が、巨乳《きょにゅう》のちょいえろイラストばっかり描《か》かせたからじゃねえか？」

「僕《ぼく》のせいにしないでくださいよ！」

「だっておまえ、あいつに対●忍フィギュアを見せて『こんな感じでお願いします！』とかやってたじゃん」

「最低ですね真壁先輩《まかべせんぱい》」

「あああぁぁ僕《ぼく》の『爽《さわ》やかな先輩《せんぱい》』というイメージが毀損《きそん》されていく！　ち、違《ちが》うんですって！　ゲームイラストを描《か》いてくださった先輩《せんぱい》は、ずっとコミケでマンガを描《か》いていらして、担当編集が付いたからって辞《や》めていったんです！　僕《ぼく》がフィギュアを参考資料にして欲《ほ》しいって貸し出した件とは関係ないですから！」

貸し出したのは事実だった。

「…………真壁先輩《まかべせんぱい》、きもいです」

「うぐっ……」

真壁《まかべ》くんは苦悶《くもん》に喘《あえ》いでいる。

かわいそうに瀬菜《せな》からの好感度が、ガンガン下がっていっているな。

部長が、いままでのやり取りをまとめるように、

「とまぁ、真壁《まかべ》が性癖《せいへき》全開で作ったゲームだってのは理解してもらえたと思う」

「だからこそ、〝魂《たましい》〟のこもった作品になっていたのね。このゲームの対象外ユーザーである私にも、伝わるくらいに」

黒猫《くろねこ》の発言に、部長が頷《うなず》く。

「好きこそものの上手なれってヤツだな。だが、次は真壁《まかべ》にも少し我慢《がまん》してもらうぜ。姉ヒロインはひとりまでに――」

「は？」

その瞬間《しゅんかん》、大人しく真面目な後輩《こうはい》が、恐《おそ》ろしい声を漏《も》らした。

桐乃《きりの》に向かって妹をバカにしたら、同じような反応をするだろう。

俺《おれ》もビクッとしちゃったよ。

「……落ち着け真壁《まかべ》。どうどう……」

「別に怒《おこ》ってないですよ？　でもなんでそんなことを言うのか、納得《なっとく》いく説明をしていただけるんでしょうね？」

怒《おこ》ってるじゃん。

部長は、怯《ひる》まず言った。

「一年生のために、次につながるゲームを作りたいからだ。万事《ばんじ》が上手《うま》くいって、仮にここで『素晴《すば》らしい姉ゲー』を作ったとしよう。おっぱいでかいお姉ちゃんが大好きな真壁《まかべ》が、メインを張ってだ。そんでおまえが卒業した後、後輩《こうはい》たちに残すもんが『素晴《すば》らしい姉ゲーを作った実績』でいいのかっつー話だよ」

「……納得《なっとく》しました。……驚《おどろ》いた……ちゃんと考えているんですね、部長」

「おまえはオレをなんだと思っているんだ？」

「僕《ぼく》が何度いさめてもクソゲーしか作らないゴミクリエイターだと」

「ツッコミの威力《いりょく》を加減しろや！」

部長は、身体《からだ》が仰《の》け反《ぞ》るほどにメンタルダメージを受けている。

がー、と声を張り上げて、

「オレだってなあ、自分がメインで作ってねーときは、客観的に考えられんだよ！　好きなものを作ろうとすると、知らないうちに正気じゃなくなっていくんだよ！」

分かります！　と、瀬菜《せな》が強く頷《うなず》いている。

物作り経験があるやつにとっては、あるあるネタなのかもしれない。

それにしたって、瀬菜《せな》は暴走しすぎだけどな！

「ごほん！　とにかく——」

部長は、ホワイトボードにペンで書《か》き込《こ》みながら言う。

「ヒロインは、姉・妹・同級生・その他で四人だ。ここは変えるな」

はい、と、真壁《まかべ》くんが頷《うなず》く。

「そんで五更《ごこう》、これは、企画《きかく》責任者としてのリクエストだが」

「はい」

「これから作るのはバトル要素のないギャルゲーだ。プレイしたやつらが『このヒロイン可愛《かわい》いな』『クッソ萌《も》えるな』って思えるようなシナリオを頼《たの》む。人死にはあってもいいが、ない方がよりベターだ。えぐい表現と展開は避《さ》けて、最後には必ず〝幸せな結末《ハッピーエンド》〟にすることを心がけろ。テキストは全体的に軽く、会話主体にして、真壁《まかべ》に寄せろ」

「…………」

それは黒猫《くろねこ》にとって、やりたいことでも、好きなことでもないだろう。

だが、みんなで作るゲームのために、必要なことでもあるのだろう。

彼女《かのじょ》は、目を伏《ふ》せ、しばし考え、顔を上げて答える。

「やったことがないから、今回、できるようになってみせるわ」

「よし、頼《たの》むぞ」

ちょっと前の黒猫《くろねこ》なら、絶対に言わない台詞《せりふ》だった。

部長が両手で長机を叩《たた》き、場のテンションを引き上げる。

「さあ、おまえら——どんな話にすんのか、考えてきたんだろうな！　今日、決めちまうぞ！」

「もうすぐ夏なので、夏を舞台《ぶたい》にした話がいーと思います！」

「……まぁ、定番ね」

「いいですね、水着イベントも無理なく盛《も》り込《こ》めそうですし」

「学園ものなら、海のそばに学校があるとか？」

「いっそ島を舞台《ぶたい》にすんのはどーだ？　全寮《ぜんりょう》制の学校とかにして」

「それは反対です。主人公の姉妹《しまい》をヒロインにするとき、同じ学校に通わせる形になりそうですし」

「なにか問題が？」

「年齢《ねんれい》が〝三歳差《さんさいさ》〟までしか設定できなくなります。小学生の妹とか、大学生のお姉さんとか、出しにくくなりますよね」

「うーわ。真壁先輩《まかべせんぱい》、それもうキャラ設定まで頭にあるでしょ～」

「っふ……**島にまつわる伝承**……住民たちがひた隠《かく》しにしている**陰惨《いんさん》な事件**……台風による**クローズドサークル**……通常では考えられない**切り刻まれた変死体**……ククク……面白《おもしろ》くなってきたわ」

「黒猫《くろねこ》、黒猫《くろねこ》、そっち方面NGなんだろ？　部長の話ちゃんと聞いてた？」

「……す、少しくらいの不思議要素はいいでしょう？」

「『切り刻まれた変死体』は、少し不思議ですむのか？」

わいわいと意見を出し合っていく。

それを部長がホワイトボードに箇条書《かじょうが》きし、真壁《まかべ》くんがＰＣに打《う》ち込《こ》んでいく。

俺《おれ》も素人《しろうと》ながら、話し合いに参加して――

はは……俺《おれ》、三年のいまになって、部活動を楽しんでいるな。

やがて意見が出尽《でつ》くし、作るべきゲームの輪郭《りんかく》が形になってきた頃《ころ》。

「ここでオレから、提案がある！」

部長が、大きな声で皆《みな》の気を引いた。

「夏休みになったらよ、瀬戸内海《せとないかい》の島に、ロケハン行こうぜ！」

「「ロケハン？」」

部長以外の全員の声がハモった。瀬菜《せな》が代表して問う。

「それって、取材旅行ってことですか？」

「ああ、ゲー研の取材合宿だ。期間は一週間。うちのばーちゃんが道楽で民宿やっててな、宿泊費《しゅくはく》は三食付きでタダ。交通費は部費でまかなうが、さすがに全額は無理だから、一部は自腹で頼《たの》む。――どうだ？」

…………。

しん、と、場が静まりかえった。

突然《とつぜん》の提案について、皆《みな》、考《かんが》え込《こ》んでいる。

いや、しかし、それにしても——

「怪《あや》しい！」

瀬菜《せな》が俺《おれ》の内心そのままの台詞《せりふ》を叫《さけ》んだ。

「条件が良すぎて逆に怪《あや》しいです！　一週間宿泊費《しゅくはく》がタダとか……そんなうまい話がそう簡単にあるわけないじゃないですか！　思い返してみれば打ち合わせ中も、〝島〟を舞台《ぶたい》にしたがっていましたし！　この提案ありきの発言でしたよねアレ！」

びし、と、女検事めいた迫力《はくりょく》で指を突《つ》きつける。

「部長——いったい何を企《たくら》んでいるんです！」

「……おいおい……企《たくら》んでいるとか、人聞きワリーな。オレらは超々《ちょうちょう》インドアな部活で、運動部みてーな青春とは縁遠《えんどお》いだろ？　だから、たまには、最後の夏休みくらいは、リア充《じゅう》っぽいイベントをやってもいーんじゃねーかなーって……それだけだよ！」

「部長……信じていいんですか？」

真壁《まかべ》くんが懐柔《かいじゅう》されかかっている。

この後輩《こうはい》、クールなツッコミをするわりに、流されやすいところがあるよな。

きっといつも、こうやってクソゲー制作に巻《ま》き込《こ》まれているのだろう。

「うわ、真壁先輩《まかべせんぱい》ちょろ。ねえ五更《ごこう》さん、怪《あや》しくないですか？」

「…………そもそも一週間外泊《がいはく》とか、普通《ふつう》に無理よ」

「あー……それならあたしも、女の子ひとりじゃちょっとヤですねー」

女性陣《じん》は小声でそんな話をしている。

どうやらこの合宿計画、ポシャるか男子のみの参加になりそうな感じだな。

などと思っていたら、部長が俺《おれ》の首に腕《うで》を引っかけ、ぐいっと引っ張った。

「ちょ、なんですか部長！　瀬《せ》菜《な》が血走った目つきで見てるんで、やめてくれます？」

「高坂《こうさか》、おまえが五更《ごこう》を合宿に来るよう説得してくれ。このままだと女子が誰《だれ》も参加してくれそうにねえ」

彼《かれ》は、俺《おれ》にそう耳打ちしてきた。

「えぇ……いや、無理して誘《さそ》うこともないでしょう。男だけで行けば――」

「……高坂《こうさか》――おまえだって、せっかくできた彼女《かのじょ》と、泊《と》まりで海に行きたいだろ？」

「彼女《かのじょ》？　なんの話です？」

「五更《ごこう》と付き合ってるんじゃねえのか？」

「は？　付き合ってないですけど――」

本気で意味が分からなかった。

ゲー研では、『俺《おれ》と黒猫《くろねこ》が付き合っている』と思われているってのか？

確かにその勘違《かんちが》いが前提にあるんなら、部長の言動にも納得《なっとく》いくけど……。

俺《おれ》が否定すると、部長はかなり驚《おどろ》いたようだった。

「マジかよ、オレもそういうのウトい方だけど、部員は全員『間違《まちが》いない』って断言してたぞ」

「…………………」

いや、まぁ、確かに。

入部に付《つ》き添《そ》ったり。

俺《おれ》の部屋で一緒《いっしょ》にゲーム作ったり。コンペでフォローしたり。

いまもこうして、部の集まりに参加しているわけで――

思い返せば、俺《おれ》の行動はすべて、黒猫《くろねこ》の彼氏《かれし》っぽいな！

うああ！　急に恥《は》ずかしくなってきたぞ！

か、顔が熱い！

「瑠璃《るり》ちゃん見て！　高坂先輩《こうさかせんぱい》が、部長と絡《から》み合《あ》って顔を赤らめてる！」

「そこ！　邪《よこしま》な目で俺《おれ》を見るのをやめろォ！」

腐《くさ》った女子生徒へ怒声《どせい》を向ける俺《おれ》に、部長は構わず内緒話《ないしょばなし》を続ける。

「付き合ってねえのは分かったが、付き合いたい気持ちはないのか？」

「……なっ……」

恋《こい》バナ継続《けいぞく》っすか！

「もしそういう気があるんなら——今回の合宿はチャンスだと思うんだがな。田舎《いなか》だが、だからこそ海は綺麗《きれい》だし——夏だけは、デートスポットになる場所がいくらでもある」

オレも、できる限り協力するぜ——。

その日の部活中、俺《おれ》はずっと気もそぞろになっていた。

家に帰ってからも、俺《おれ》は自室のベッドで頭をかかえ、悶々《もんもん》としていた。

——俺《おれ》が、黒猫《くろねこ》と……付き合いたい気持ちはないのか——って？

ああああああ！　分かんねえよそんなの！

そりゃあ、最近のあいつは……

——〝兄さん〟、一緒《いっしょ》にゲームをやりましょう。

——ばか、俺《おれ》の妹は、そんな台詞《せりふ》吐かねえよ。

まるで俺《おれ》に気があるかのようなそぶりを見せることもあったし……

——よろしくお願いします、〝先輩《せんぱい》〟。

先輩後輩《せんぱいこうはい》の関係になってから、急激に距離感《きより》が変わっていった、とは思う。

妹の友達から――『仲の良《い》い異性の後輩《こうはい》』へと。

だけどあいつは……


――あんまり男を勘違《かんちが》いさせるようなことは、しない方がいいぞ。

――それともなに？　おまえ、俺《おれ》のこと好きなの？

――好きよ。

――は!?

――好きよ……あなたの妹が、あなたのことを好きなくらいには。


つまり『眼中なし』って意味だと思っていた。

だけど、ゲー研部員たちの客観的な意見では、俺《おれ》と黒猫《くろねこ》は付き合っているも同然らしい。

「あ～～～くそッ！　分からん！」

黒猫《くろねこ》の気持ちが、さっぱり分からない。

あいつって、俺《おれ》のこと好きなの？　そうでもないの？

それどころか、自分の気持ちすら分からなかった。

俺《おれ》って、黒猫《くろねこ》のこと、どう思っているんだろうか？

可愛《かわい》い後輩《こうはい》？　妹の大切な友達？

それとも…………気になる女の子？

「そりゃあ……気にはなってるよ。年下だけど、美人だし……趣味《しゆみ》だって最近は、合うような、気もする。そんでもって……」

一緒《いつしよ》にいると、楽しい。ずっとそばにいて欲《ほ》しい。いまみたいな時間がずっと続いて欲《ほ》しい。

だけどこれって『好き』ってことか？

恋愛《れんあい》感情なのか？

俺《おれ》は、黒猫《くろねこ》と――付き合いたいのか？

経験の少ない俺《おれ》には、自分のことすらよく分からない。黒猫《くろねこ》のことを考えていると、顔面が熱くなってきて、かーっとしてきて、頭ん中がごちゃごちゃするばかりだ。

風呂上《ふろあ》がりみたいに。あるいは、風邪《かぜ》を引いたときのように。

――まるで病気だった。

「はぁ……」

長く熱い溜息《ためいき》を吐《つ》いたときだ。

「京介《きようすけ》！」

と、お袋《ふくろ》が大声で俺《おれ》を呼ばわった。

……………んだよ？　いまそれどころじゃないってのに……。

俺《おれ》は、頭をかいて、億劫《おっくう》ながらも立ち上がった。扉《とびら》を開けて廊下《ろうか》に出ると、もう一度「京《きょう》介《すけ》！」という声がした。どうやらお袋《ふくろ》は、階下から動かず、俺《おれ》を呼び続けているようだ。

「京介《きょうすけ》！　あんたの携帯《けいたい》が鳴ってるわよー！　『五更瑠璃《ごこうるり》さん』からだって！」

「すぐ行く！」

だっ！　俺《おれ》は慌《あわ》てて階段を駆《か》け下りて、お袋《ふくろ》から携帯《けいたい》を受け取った。

「はい、高坂《こうさか》です！」

携帯《けいたい》に話しかけながら、自室へと急ぎ戻《もど》っていく。

お袋《ふくろ》が、何を勘違《かんちが》いしたのかニヤけていたが、訂正《ていせい》している隙《すき》もねえ。

自室に駆《か》け込《こ》み、扉《とびら》を閉める。そこで彼女《かのじょ》の声がした。

『あの……先輩《せんぱい》……いま、時間あるかしら』

「あ、ああ！　あるある！　時間ある！」

『そ、そう』

なに言ってんだ俺《おれ》。黒猫《くろねこ》が驚《おどろ》いちゃってるじゃねえか。

我ながら焦《あせ》りすぎだ。アホかよ俺《おれ》は……電話がかかってきただけだろ？

『あの……』

携帯の向こうの黒猫《くろねこ》も、何故《なぜ》か緊張《きんちょう》しているようで、声が固い。

『部活で言っていた……合宿の件、なのだけど』

「お、おう」

『先輩《せんぱい》は……行くのかしら？』

「そのつもりでいるぜ」

黒猫《くろねこ》の参加不参加に関わらず、合宿には行く。そう伝えると、彼女《かのじょ》は不思議そうに問うた。

『何故《なぜ》？　あなたは受験生でしょう？』

「心配してくれてありがとな。でも受験については、そこそこ余裕《よゆう》があるんだ」

『……そう』

「ああ。で、参加する理由だけど……次に作るゲームの取材になるからだ。舞台《ぶたい》のモデルになりそうだって話じゃないか」

『で、でもそれは、あなたには――』

「関係あるさ。俺《おれ》も制作メンバーなんだ。他で役立てないぶん、ここで活躍《かつやく》しなくっちゃあな」

『…………』

驚《おどろ》いたような吐息《といき》が、携帯ごしに聞こえた。

「おまえたちが行けないぶん、俺《おれ》がしっかりこの目で見て、写真を撮《と》ってくるよ。どんな場所

だったのか、とか。こんなロケーションがあった、とか。シナリオで使えそうな場所がないか
――とか。調べて、報告するつもりだ」

『……あ、ありがとう。すごく、助かるわ』

「礼なんかいいって。俺《おれ》が、楽しくてやっていることだ。役立ててくれたら、それでいい」

かっこつけで言っているわけじゃない。

エロゲヒロインみたいな言い草だが――

おまえのためじゃないんだからね。

『……そっか……先輩《せんぱい》は……合宿に行くのね』

「おう。おまえは――難しいんだろう。まあ、色々あるさな」

気にはなるが、突《つ》っ込《こ》んで聞くわけにもいくまい。

「…………………」

しばしの沈黙《ちんもく》。俺《おれ》は、あえて黙《だま》ったまま、彼女《かのじょ》の言葉を待っていた。

なにか、言いたいことがありそうな気配がしたからだ。

『……先輩《せんぱい》。……その……こんなことを聞いても、無意味……なのだけど』

「なんだ？　言ってみ」

『私が……合宿に行く、と、言ったら』

「嬉《うれ》しいな」

喰《く》い気味に言った。すると黒猫《くろねこ》はきょとんとした声で、

『……そう、なの？』

「俺《おれ》、いままでそういう機会、あんまなかったからさ。楽しみなんだ、今度の合宿。そこに、仲の良《い》いおまえがいたら、余計に楽しかっただろうなって。——いや、なんか、ごめんな。事情があって行けないっつってんのに——」

『行ってらっしゃい！』


「うお！」

とっさに携帯を耳から遠ざける。

『黒猫《くろねこ》ではない女の子』の大声がしたからだ。

『ちょ、ちょっと日向《ひなた》……いつの間に……か、返しなさい。私が電話を……』

『だめだめだめだめ！　おとーさんルリ姉《ねえ》を捕《つか》まえといて！　あッ、高坂京介《こうさかきょうすけ》さんですよね！　いつも姉がお世話になっておりまァ——っす！』

彼女《かのじょ》がどんな性格なのか——たったこれだけのやり取りで、ものすごく伝わってくる。

携帯を耳から離《はな》しているのに、キンキン声が響《ひび》いてくる。

「あ、あぁ……俺《おれ》は、確かに高坂京介《こうさかきょうすけ》だけど……君は……」

『五更日向《ごこうひなた》でっす！　五更瑠璃《ごこうるり》の妹でっす！　いぇ――い！』

「あ、そうなんだ」

妹がいると話にゃ聞いていたが……

姉妹《しまい》で性格違《ちが》いすぎだろ。

『話は聞かせてもらいましたッ！　ルリ姉《ねえ》……瑠璃《るり》お姉ちゃんのことなんですけど！　合宿行かせますんで！　家族みんなで協力しますんで！　高坂《こうさか》さんにお姉ちゃんを託《たく》すんで！　お願いしてもいいですかッ！』

「お、おぉ？」

とんでもなく押《お》しが強いぞこの娘《こ》。

「すまん、もうちょい説明してくれる？」

『了解《らじゃ》！　うぇ～～っとぉ！　お姉ちゃんいつもうちのこと色々やってくれてて！　あたしたちとか、おとーさんのこととか、すっごい面倒《めんどう》見てくれてて……ちょ～お心配性《しょう》で！　それで、家族が心配で一週間も家を空けられないとか、交通費が無駄《むだ》じゃないか――とか、そーゆうバカな理由で、合宿に行かないって言ってるんですよたぶん！　ふざけんなぁッてあたし思ってぇ！　だから行ってらっしゃいって送り出そうって、いつもお世話になってるらしい高坂《こうさか》さんにお願いしようって――そんな感じなんですけどッ！　ごめんなさいあたし話すのへたっぴでぇ――伝わりました!?』

一気に喋《しゃべ》るなあ。

けど、

「ばっちり伝わった！　任せとけ！」

『任せたぜ！』

五更日向《ごこうひなた》ちゃんは、こういう娘《こ》らしい。

なんとも気持ちのいい妹だった。

はは、と、笑う。

そこで、どうも携帯を奪《うば》われたらしく『あ！』という声がする。

『……先輩《せんぱい》。私よ』

「おう、可愛《かわい》い妹じゃないか」

『……莫迦《ばか》。……あの……いまの話だけれど――』

「おまえんちの事情とか、俺《おれ》には分からないけどさ。――いい家族だな」

『……ええ』

嬉《うれ》しそうな、声。

「よかったら、一緒《いっしょ》に行こうぜ、合宿」

『……………………』

その沈黙《ちんもく》は、彼女《かのじょ》の葛藤《かっとう》の表れで。

家族への想《おも》いの表れだ。
携帯の向こうで小さく、行ってきなよ、と、優《やさ》しい男性の声がした。
そうして彼女《かのじょ》は、俺《おれ》に返事をくれる。
『よろしくお願いします、先輩《せんぱい》』

第二章

七月も半ばを過ぎ、待望の夏休みがやってきた。

外は雲一つない晴天。かっこうの旅行日和《びより》だ。

「かあ――あっちぃ！」

我《わ》が家《や》の門から空を見上げ、片手で陽光から目を守る。

リュックを背負い直し、さあ合宿に出発だ――。

と、そこで家の扉《とびら》が開き、お袋《ふくろ》が現れた。

ありゃ、俺《おれ》、忘れもんでもしたのかな。

『どうしたんだ？』と視線で問うと、

「京介《きょうすけ》、いま桐乃《きりの》から電話があって――伝言あるから」

「はあ？　代わってくれりゃいーのに」

「なんだかあんたに怒《おこ》ってたみたいよ――そのまま伝えるわね」

『自力で勝ったっつーの！　ばぁ――――ッか！』

「ですって」

「はぁ～？　なんだそりゃ……」

情報量が足りねーよ。

こんな伝言じゃあ、『誰《だれ》に』『何で』勝ったのかも分からんぞ。

それを俺《おれ》に伝えてきた理由も分からんぞ。

「桐乃《きりの》のやつ、相変わらず理不尽《りふじん》な怒《おこ》り方しやがんなあ」

「あんたが何かしたんじゃないの〜？」

「してねーっつの」

あんにゃろう。ちっ、ともっ、連絡してこねーで、どうしてんのかと思ってたが、兄貴への久しぶりのメッセージがこれかい。

ったく！　爽《さわ》やかな旅立ちに、水を差しおって！

俺《おれ》は、イライラとした気持ちに――――は、何故《なぜ》かならず。

「お袋《ふくろ》。次、あいつから電話きたら、伝言頼《たの》む」

「はいはい。――なんて？」

俺《おれ》は、ニィっと笑って、言ってやった。


「やるじゃん！　ばぁ――――ッか！」


ぶんぶんと家族に手を振《ふ》って、俺《おれ》は旅立った。

心は、羽が生えたように軽い。

それこそ、海外まで飛んでいけそうな気分だった。

ふと、妹の姿を脳裏《のうり》に描《えが》く。

桐乃《きりの》はムカつく顔で、んべ～～～ッ！　と、舌を出していた。


千葉《ちば》駅には、すでにゲー研の部員たちが集まっていた。部長が俺《おれ》を見つけて、手を振《ふ》ってくれる。背が高いやつは、こういうときに目印になってくれるから、ありがたい。

「おはようございます」

「おう！」「おはようございます、高坂先輩《こうさかせんぱい》」

部長のとなりにいた真壁《まかべ》くんが、ぺこりと頭を下げた。

本人に言ったら怒《おこ》りそうだが、大きなリュックが、ハイキングに行くようで微笑《ほほえ》ましい。

一方、部長は軽装だ。どこか旅慣れているような貫禄《かんろく》があった。

そして──

「よお、高坂《こうさか》」

この男について、説明しておかねばなるまい。

「結局おまえもきたのか、赤城《あかぎ》」

俺《おれ》は苦笑《くしょう》して、挨拶《あいさつ》を返した。

赤城浩平《あかぎこうへい》。俺《おれ》のクラスメイトで友人、そんでもって瀬菜《せな》の兄貴だ。引退済みの元サッカー部で、がたいのいいスポーツマン。もちろんゲー研の部員ではない。

そんな彼《かれ》が、どうして合宿の待ち合わせに来ているのかというと。

「瀬菜《せな》ちゃんを、男子生徒も参加する合宿なんかに一人で行かせられんからな。どうしてもってんなら、俺《おれ》も付いていくぜ」

というわけだ。このシスコン野郎《やろう》は、合宿の件を知った六月から、ずっと同じことを言い続けており、そういうことならと部長も特別参加を認めたんだ。

「赤城《あかぎ》、おまえってやつは……俺《おれ》を見習って、少しは妹離《ばな》れをした方がいいと思うぜ」

「どの口が言いやがる。って、そういや高坂《こうさか》の妹、海外留学中なんだっけ？　俺《おれ》が同じ立場だったら、心配すぎて死ぬねマジで」

「だろうよ。――瀬菜《せな》は、兄貴が付いてくるのが恥《は》ずかしいって、怒《おこ》ってたみたいだけど」

「あれは照《て》れ隠《かく》しだから。本当は俺《おれ》が一緒《いっしょ》で嬉《うれ》しいはずだから」

おめでたいやつである。

まあ、俺《おれ》としても、気の合うこいつが居るってのは、素直《すなお》に嬉《うれ》しい。

部活のメンバーん中じゃあ、俺《おれ》が一番オタク知識がないからな。話に付いていけなくなったとき、同じくゲームにうとい赤城《あかぎ》がいたら、多少救われる。

瀬菜《せな》の暴走も抑《おさ》えてくれそうだしな。

──などと考えながらも、俺《おれ》の意識は友人から離《はな》れ、周囲へと向かう。

……まだ来てねえ……の、かな？

「どうした高坂《こうさか》、きょろきょろして？」

「いや……別に……」

「ああ」

さては、とばかりに赤城《あかぎ》はニヤリと笑《え》む。

「あの娘《こ》なら、さっきうちの妹と一緒《いっしょ》に──ほら、来たみたいだぜ」

「え？」

赤城《あかぎ》が親指で示した先を見ると、そこには、こちらに向かってくる瀬菜《せな》と──

黒猫《くろねこ》の姿があった。

「………………………………」

俺《おれ》は、言葉を失ってしまう。

見慣れたゴスロリ姿ではなく。最近よく目にする制服姿でもなく。

夏らしい、白いワンピースを着ていたからだ。

儚《はかな》げな印象はそのままに、普段《ふだん》の痛々しさが、すべて清楚《せいそ》さに転換《てんかん》されているような。

イメージカラーとは真逆の、純白。

「黒猫《くろねこ》……か？」

「……他の誰《だれ》に見えるというの？」

「いや、おまえ……そのかっこ――」

「……な、なにかしら？」

いつもとガラリと雰囲気《ふんいき》を変えた黒猫《くろねこ》が、わずかに視線をそらし、問うてくる。

俺《おれ》は、そんな彼女《かのじょ》をマジマジと見つめ、

「すげー、いいと、思う」

「そ、そうっ……」

俺《おれ》が褒《ほ》めると、彼女《かのじょ》は真っ赤になって、俯《うつむ》いてしまう。

その仕草にさえ、くらくらしてしまう。

「瑠璃《るり》ちゃん！　やりましたね！」

上機嫌《じょうきげん》に割《わ》り込《こ》んでくる声があった。瀬菜《せな》だ。

彼女《かのじょ》は、えっへんと大きな胸を張った。

「なにを隠《かく》そう、あたしが選んだんですよ！」

「おまえのセンスだったのか」

黒猫《くろねこ》が進んで買いそうな服ではないものな。

よくやった。褒《ほ》めてつかわす。

「合宿用の服を一緒《いっしょ》に買いに行ったんですよ！　ホラ、あたしの服も見てください！　チョー可愛《かわい》くないですかコレ」

「ああ、いいんじゃないか？」

私服姿の彼女《かのじょ》もまた、学校で見るのとはイメージが違《ちが》っていて、新鮮《しんせん》ではあった。街中を歩いたら、声を掛《か》けられるくらいには魅力《みりょく》的だと思う。

直前に見た、黒猫《くろねこ》のおかげで、かすんでしまっているが。

「あ〜、褒《ほ》め方がぞんざーい。ふーん、いーですよーだ。どーせ高坂先輩《こうさかせんぱい》には、瑠璃《るり》ちゃんしか見えてないんですもんねー？」

「ちょ、ちょっと……」

黒猫《くろねこ》が、恥《は》ずかしそうに瀬菜《せな》の腕《うで》を引っ張っている。

それでも瀬菜《せな》の口は止まらない。

「あたしの選んであげた勝負服、期待以上の効果を——むぐぐ」

「だ、黙《だま》りなさい……もう」

黒猫《くろねこ》に口を塞《ふさ》がれた瀬菜《せな》は、むぐー、と、うめいている。

「まったく……お喋《しゃべ》りなのだから」

しっかしこいつら——

たった数ヶ月で、めちゃくちゃ仲良くなったよな。

千葉《ちば》駅から総武線《そうぶせん》で東京駅へ——。

そこから新幹線に乗《の》り換《か》えだ。東京駅の地下は、広く複雑で、多くの人が行《い》き交《か》っている。

ちょっと油断したら迷ってしまいそうだな、こりゃ。

俺《おれ》は、黒猫《くろねこ》から目を離《はな》さぬよう、新幹線乗り場へと移動する。

ホームに着くや、部長が言った。

「よーし、乗車券を渡《わた》すから、券面に書いてある席に座《すわ》れー」

ぞろぞろと車内に乗《の》り込《こ》んでいくオタクたち。

席順は、部長が選んだのだろう。赤城《あかぎ》兄妹《きょうだい》が隣《となり》同士になっているなど、配慮《はいりょ》が見られる。

俺《おれ》はといえば——

「あ……先輩《せんぱい》と私は……隣《となり》同士……なのね」

「お、おう。そうみたい、だな」

……ったく。これも、部長が気を回してくれたんだろうな……。

妙《みょう》に気恥《きは》ずかしいというか、気まずいというか。

このまま出発したら俺《おれ》は死ぬかもしれん。

だってこの後の数時間、何を話せばいいってんだ。いや、普段《ふだん》ならいくらでも自然に会話が続くんだが——こうやってお膳立《ぜんだ》てされるとさ！

緊張《きんちょう》しちゃうだろ！　意識せずにはいられないっつーか！

くっ……ど、どうする……どうすれば……！

俺《おれ》は数秒間、強烈《きょうれつ》に懊悩《おうのう》し——

「よし、シートを回して四人席にしようぜ！」

ふぅ……これで赤城《あかぎ》兄妹《きょうだい》も一緒《いっしょ》だ。

一安心だぜ。

そんな俺《おれ》の行動を見た瀬菜《せな》が、半目で一言。

「……高坂先輩《こうさかせんぱい》、へたれー」

うるせえよ。


そんなわけで、俺《おれ》と黒猫《くろねこ》、赤城《あかぎ》と瀬菜《せな》の四人が一緒《いっしょ》に座《すわ》ることに。

周囲に目を向ければ、俺《おれ》たち同様、他の部員たちも席を回してグループ席にしている。

さっそくボードゲームの箱を取り出している組、トレーディングカードゲームに興じようとしている組など様々だ。

UNOやトランプといった定番ゲームが見当たらないあたり、さすがと言うべきか。

共通しているのは、どいつもこいつも全力で遊ぶ態勢だということ。

めちゃくちゃ楽しそうだ——ということ。

俺《おれ》はゲー研の、こういうところが嫌《きら》いではない。

「あーもぉ……車内が一瞬《いっしゅん》にしてカードショップみたいになっちゃいましたねー……これだからオタクの旅行は——」

瀬菜《せな》はそうやってイヤそうな口調で言うも、本心では悪く思っちゃいないのだろう。

『あたしもやりたい』『羨《うらや》ましい』——目が輝《かがや》いているからバレバレだぞ。

「なぁ、高坂《こうさか》。俺《おれ》を紹介《しょうかい》してくれよ」

赤城《あかぎ》が、妹のトランクケースを荷物棚に上げてやりながら言った。

おっと、そういえば、こいつと黒猫《くろねこ》は初対面なんだっけ？

あー……しまったな。

追《お》い詰《つ》められて、四人席にしちまったが、失敗だったかもしれん。

というのも、

「…………………」

ほら、やっぱり。

黒猫《くろねこ》は、人見知りするやつなんだよ。

初対面の男が目の前にいたら、うつむいて黙《だま》ってしまう。

さて、どうしたもんか……

「黒猫《くろねこ》、こいつは赤城浩平《あかぎこうへい》って、瀬菜《せな》の兄貴だ。俺《おれ》の友達でもある。見た目ゴツいけど、悪いやつじゃないから、安心していいぜ。で——赤城《あかぎ》、この子は五更瑠璃《ごこうるり》、瀬菜《せな》のクラスメイトで友達だ。あんまり近づくなよ」

　全員が席に着くのを待って、ひとまず普通《ふつう》に紹介《しょうかい》した。

　黒猫《くろねこ》の対応次第《しだい》では、フォローしよう。

「よろしく、五更《ごこう》さん」

　赤城《あかぎ》はにこやかに挨拶《あいさつ》する。

　すると黒猫《くろねこ》も、やや固い動作ながらも会釈《えしゃく》をして、

「五更瑠璃《ごこうるり》です。よ、よろしくお願い……します」

　おお……きちんと自己紹介《しょうかい》したな。てんぱって返事ができないかもと心配していたが、黒《くろ》猫《ねこ》に対して失礼な考えだったようだと反省する。

　いまのやり取りで、赤城《あかぎ》は、黒猫《くろねこ》が男子慣れしていないことを察したらしい。

　本人ではなく、俺《おれ》に質問を投げてくる。

「高坂《こうさか》、聞いていいか分からんけど、『黒猫《くろねこ》』ってのは？」

　あ、そうか。ちゃんと説明しないと分からないよな。

「ええっと……黒猫《くろねこ》ってのは、五更《ごこう》のハンドルネーム……っていえば分かるか？　俺《おれ》たちは、ネットの集まりで知り合ったんだ。それで、いまも学校以外のとこではそう呼んでる」

「ほう……『ネットの集まり』で、年下の女の子と知り合った、と」

「コラ、おまえ変な勘違《かんちが》いしてるだろう。……そんなんじゃねーよ」

白い目で見ると、赤城《あかぎ》は笑って、

「ま、高坂《こうさか》の柄《がら》じゃねえよな。あーっと、じゃあ？」

「妹つながりで」

「あぁ……桐乃《きりの》ちゃん、だっけ？」

その呼び方、なんかイラッとするな。顔には出さず、答える。

「おう。それで前から知ってたんだけど、今年になって同じ学校に入学してきてさ。俺《おれ》もびっくりしたんだ」

「へえ」

そこでいったん、話題が止まった。

色々聞きたいことがあるだろうに、ぐっと我慢《がまん》するところが、赤城《あかぎ》浩平《こうへい》という男の人間性なのだろう。

ちらりと黒猫《くろねこ》を見ると、

「赤城《あかぎ》先輩《せんぱい》」

「おう、なんだ？」

「瀬菜《せな》から、話をよく聞いているわ――『自慢《じまん》のお兄ちゃん』だと」

「マジで!?　瀬菜《せな》ちゃんがそんなことを!?」

妹の話題にめちゃくちゃ食いつく赤城《あかぎ》。

当の瀬菜《せな》は、大いに慌《あわ》て、声を張り上げる。

「ちょ！　瑠璃《るり》ちゃん⁉」

「ククク……この合宿だって、瀬菜《せな》は、『お兄ちゃんが一緒《いっしょ》に来てくれる』ことに、大喜びしていたのよ」

「喜んでないから！　シスコンすぎてキモいって思ってるから！　瑠璃《るり》ちゃんあたし、そー言いましたよね！　喜んでるよーな台詞《せりふ》、口に出して言ってないですよね！」

「そうね——普段《ふだん》はともかく、この合宿については、お兄さんの悪口ばかり言っていたわ」

「ほら！　ほら！」

「でも、明らかに嬉《うれ》しそうだったじゃない」

「嬉《うれ》しくないもん！」

あまりの恥《は》ずかしさに、瀬菜《せな》の口調が崩《くず》れてしまっている。

いや、こちらが素なんだろうな。

一方赤城《あかぎ》は、妹が、自分の知らないところで、友達に『兄の話』をしていたことが、よっぽど嬉《うれ》しかったらしい。

「そうかあ～～～瀬菜《せな》ちゃんが、俺《おれ》のことをねえ～～～～」

デレデレになっている。

同じ兄貴として、こうはなりたくないもんだ。

妹に褒《ほ》められたって、まったく羨《うらや》ましいとは思わんね。

………本当だぞ。

おおっと、それにしても――話を妹からそらしたいわけじゃないが――

黒猫《くろねこ》が切り出した話題によって、いつの間にか、四人席の空気が、楽しい騒々《そうぞう》しさへと変わっている。

ゲームに興じる他の連中と、同じようにだ。

彼女《かのじょ》が、一緒《いっしょ》に座《すわ》る仲間のために、狙《ねら》ってやったことだった。

「…………っはは」

笑いが漏《も》れた。

胸に、誇《ほこ》らしい気持ちと、よく分からない気持ちが湧《わ》き上《あ》がって、渦巻《うずま》いた。

やがて、ぎゃーぎゃーわめいていた瀬菜《せな》が落ち着きを取《と》り戻《もど》した。

彼女《かのじょ》は、冗談《じょうだん》半分のスネた態度で、

「ふーん、分かりましたぁ〜。瑠璃《るり》ちゃんは、親友のあたしに、そーゆーことをするんですねー！

そっちがその気なら、あたしにも考えがありますよ――」

「……ふっ……なんだというの？」

「瑠璃《るり》ちゃんの恥《は》ずかしいエピソードを公開します！」

「なっ……」

思いがけぬカウンターを喰《く》らい、目を白黒させる黒猫《くろねこ》。

こいつは面白《おもしろ》くなってきたぜ！

俺《おれ》はわくわく気分で成り行きを見守った。

「ねぇねぇ高坂先輩《こうさかせんぱい》。いまの瑠璃《るり》ちゃん、あたしが選んだちょー可愛《かわい》いかっこしてるじゃないですかぁ――」

「おう、そうだな」

「この娘《こ》ぉ、ホントはぁ、今日、最初、違《ちが》う服を着てきてたんですよー。あたしが選んであげたワンピースが恥《は》ずかしいとか言ってぇ」

「なんだ……そんなこと……」

黒猫《くろねこ》は、ほっと胸をなで下ろす。どうやら『瀬菜《せな》が暴露《ばくろ》しようとしているエピソード』は、黒猫《くろねこ》にとって恥《は》ずかしいものではないらしい。

「当然でしょう。……結果的に……その……よかった――とはいえ、この服を着ることは、私にとって……柄《がら》ではないというか……照れることだったのよ」

「だから、別の服を着てきたと」

「ええ、このワンピースの上に、一枚羽織ってきたの。ただ、それだけのことよ」

なんだ。それだけ聞くと、本当にたいしたことのないエピソードに聞こえるが……。

瀬菜《せな》は、呆《あき》れた様子で肩《かた》を落とす。

「うわこの娘《こ》、いまだに自覚がない……なら、高坂先輩《こうさかせんぱい》に見せてあげたらどうですか――今朝、待ち合わせ場所に現れたときに着ていた〝あの服〟を」

あの服？

首をかしげる俺《おれ》の前で、黒猫《くろねこ》はさっそうと言い放つ。

「いいでしょう。――刮目《かつもく》なさい先輩《せんぱい》、この私が手ずから創造した魔道具《まどうぐ》の姿を」

ふぁさ、と。

俺《おれ》の目前で〝黒い何か〟が翻《ひるがえ》り、一瞬《いっしゅん》、視界を遮《さえぎ》った。そして次に黒猫《くろねこ》を見たとき、彼女《かのじょ》はさながら変身を終えた魔法《まほう》少女のごとく、姿を一変させていたのである。

すんげー、怪《あや》しい格好にだ。

「……なぁ、それなに？」

俺《おれ》は率直《そっちょく》に問うた。すると彼女《かのじょ》は、得意げな声で、

「〝屍霊術師の黒衣《ネクロマンサーローブ》〟よ。フッ……どうかしら、かっこいいでしょう」

「……お、おう」

とてつもなく反応に困るが……説明せねばなるまい。

黒猫《くろねこ》が羽織っているのは、それこそゲームとかで、悪い魔法使《まほうつか》いが着ているような黒いローブだった。フードを下ろすと、ほとんど顔が隠《かく》れてしまう。

こいつは怪《あや》しいぜ。

占《うらな》いの館とかならまだしも、新幹線の中に存在していると、不審者《ふしん》にしか見えん。

「ほら、ほらァ！　この暑苦しいコスプレ衣装《いしょう》を脱《ぬ》がせたあたし、ファインプレーだったと思いません⁉」

まったくだ。瀬菜《せな》は本当によくやってくれたよ。

俺《おれ》は、よく考えて、嘘《うそ》にならんように言う。

「えっと……その格好も似合っているけど……さっきまでの方が、いいと思うぜ」

「そ、そう……」

黒猫《くろねこ》は、フードを引っ張って、さらに顔を隠《かく》してしまった。


そうして旅は、順調に続き――

いま、俺《おれ》たちは島に向かうフェリーの甲板《かんぱん》にいる。

前方から吹《ふ》き付《つ》ける潮風。顔が痛いくらいだが、ジリジリと焼け付くような日差しの下では、むしろ涼《すず》しくて気持ちがいい。

「サングラスでも持ってくりゃよかったぜ」

さりげなく、隣《となり》の黒猫《くろねこ》を見やる。

大丈夫《だいじょうぶ》だとは思うのだが……小さくて軽い彼女《かのじょ》は、気をつけていないと風で飛ばされてしまうんじゃないかと心配だった。

そんな彼女《かのじょ》は、いま、片手でスカートを苦心して押《お》さえている。

あーあー……きわどいな、ったく。

幸い、誰《だれ》もこちらに注目しているものはいない。さりげなく風を遮《さえぎ》る位置に移動してやると、黒猫《くろねこ》は、ほっと息を吐《は》いていた。

「……助かったわ」

「おう。下、戻《もど》っとくか？」

「いいえ、せっかくだから、きちんと〝体験〟していきましょう。この〝風の啼《な》き声《ごえ》〟を、ね」

「そっか。取材合宿だものな」

ゲームの舞台《ぶたい》を島にするってんなら、甲板《かんぱん》での体験は役に立つだろう。

ちょっとえっちなシーンとして活《い》かされるのかもな——とは、思っただけで言わなかった。

「おっ、島が見えてきたぞ！」

赤城《あかぎ》が、ハイテンションで叫《さけ》び、前方を指さした。

声が聞こえる範囲《はんい》にいた皆《みな》が、彼《かれ》と同じものを見て、おお、と歓声《かんせい》を上げる。

俺《おれ》たちの目的地である『犬槇島《いぬまきじま》』だ。

時刻は夕方になろうというのに、いまだ日は高い。

船はさらに進み、やがて、島の輪郭《りんかく》がくっきりしてきた。

島の全容は、ほぼ山と森だ。海沿いに、町並みが広がっている。

時間さえ許せば、徒歩で踏破《とうは》できそうな、小さな島。

それなのに、入道雲を背負って、神秘的に見えた。


フェリーから下りると、漁船が並ぶ港が俺《おれ》たちを迎《むか》えてくれた。

いわゆる観光地っぽさは、まるでない場所だった。代わりにあるのは、濃厚《のうこう》な大自然の香《かお》り、熊蟬《くまぜみ》の大合唱、妙《みょう》に多い野良猫《のらねこ》の視線、そういったものだ。

「おー、帰ってきたって感じすんなぁ」

部長は、愛おしそうに島を見回す。この島は、彼《かれ》にとっての故郷らしい。

「へえ……適度に非現実感があって、ゲームの舞台《ぶたい》にはいい場所かもしれませんね」

「そーだろ真壁《まかべ》？　山に入れば神社も川もあるし、夜んなりゃあ砂浜《すなはま》も悪かねえ。ギャルゲーに使えそうな美味《おい》しいロケーションがたんまりだ。東京にいたら見られなかった場所ばっかだぜ」

真壁《まかべ》くんと部長が話しているわきで、瀬菜《せな》が山を見上げた。

「うーわー、島に着いたらさらに自然たっぷりですよ。コンビニが一軒も見えないとか！　信じられませんよ！　都会住まいのインドアっ娘《こ》にはきっついロケーションじゃないですかねー」

「瀬菜《せな》ちゃん、俺《おれ》、自販機《じはんき》でジュース買ってくるよ。そこの日陰《ひかげ》に入って待ってな」

それぞれ島の第一印象を語り合っているが、お気づきだろうか。

全員が、千葉《ちば》は都会で東京と同じという前提で話している。

千葉《ちば》の民《たみ》には、そういうところがあった。

「さて、全員下りたな。忘れ物はないな。——行くぞ！」

部員を率いる部長は、引率《いんそつ》の先生めいていて、妙《みょう》なおかしみがある。

俺《おれ》たちは、先導する部長の後ろを、アリの行列のように歩いていく。

俺《おれ》と黒猫《くろねこ》は最後尾《さいこうび》。彼女《かのじょ》はガラガラとトランクを引いている。

しっかし……まったく汗《あせ》をかいていないな、こいつ。

夏コミでもそうだった。

雪女みたいな顔をしているのに……暑さには強いのだろうか？

真っ白な肌《はだ》が、日焼けして、ひどいことになったりしないだろうか？

お節介《せっかい》の虫が騒《さわ》ぎ出す。

「日差し、大丈夫《だいじょうぶ》か？　荷物、持ってやろうか？」

「問題ないわ。いつか、教えたでしょう？　——身体《からだ》を薄《うす》い妖気《ようき》の膜《まく》で覆《おお》っているから、暑くないのだと」

……一瞬《いっしゅん》、本当なのかも、と思ってしまう。だが、心配なものは心配なのだ。

俺《おれ》の内心が伝わったようで、黒猫《くろねこ》は照れたようにそっぽを向いた。

「そこまで言うのなら、さらなる防御《ぼうぎょ》を重ねましょう」

黒猫《くろねこ》がどこからともなく日傘《ひがさ》を取り出し、広げる。

白いワンピースでそんなことをするものだから、本当にお嬢様《じょうさま》にしか見えない。

普段《ふだん》と違《ちが》う印象の彼女《かのじょ》に、再び胸が高鳴った。

「……あの、先輩《せんぱい》？」

「へっ？」

間抜《まぬ》け面で問い返すと、彼女《かのじょ》は日傘《ひがさ》を持ったまま俺《おれ》に近寄ってきて、

「……二人で……どう、かしら」

「…………………」

しばらく、無言の時間が続いて、

「い、言ってみただけだから……」

「あ、待て、違《ちが》う」

咄嗟《とっさ》に手を伸《の》ばすも、日傘《ひがさ》を引《ひ》っ込《こ》めようとする彼女《かのじょ》の手に触《ふ》れてしまい、二人してテンパってしまう。数秒、顔を合わせてアワアワして、

「じゃあ……俺《おれ》が持つよ」

「……お願いするわ」

そういうことになった。

晴天の下、相合い傘《がさ》で歩いていく。

暑さをしのぐための行為《こうい》なのに、逆効果だったかもしれない。


坂を上っていくと、海を見下ろす形になり、良い景色だった。

長々と居座《いすわ》っていた太陽が、ようやく沈《しず》む気になったようで、空が橙色《だいだいいろ》に染まっていく。

合宿の一日目は、ほとんど移動だけで終わっちまったな。

だけど夜になっても、まだまだ楽しいことは残っている。

それが合宿ってものだ。

やがて目的地に到着《とうちゃく》する。

俺《おれ》たちが泊《と》まる民宿『みうら荘《そう》』は、古めかしい二階建て。

真正面に海が見え、ロケーションは悪くない。

玄関《げんかん》の引き戸を開けると、郷愁《きょうしゅう》を誘《さそ》う香《かお》りがした。

……ああ、そうか。

俺《おれ》の幼馴染《おさなな じ》みが住まう、田村家《たむらけ》と似ているんだ。

お婆《ばあ》ちゃん家の匂《にお》い。

玄関《げんかん》は、普通《ふつう》の民家よりも多少広い程度しかなく、部員たちが一気に詰《つ》めかけると、途端《とたん》に狭《せま》くなる。受付の卓《たく》に、ピンクの旧式電話が載《の》っているのが目に付いた。

……ボタンがない電話とか、初めて見たかもしれん。

ガヤガヤと騒《さわ》ぎながら靴《くつ》を脱《ぬ》ぎ、スリッパに履《は》き替《か》える。

そこで俺《おれ》たちを出迎《でむか》えてくれたのは、割烹着《かっぽうぎ》を着た白髪《はくはつ》の女性だ。

「ようこそ、皆《みな》さん。孫がお世話になっております」

彼女《かのじょ》が、三浦《みうら》部長の祖母に違《ちが》いない。彼《かれ》の面影《おもかげ》がある。

「ばーちゃん、ただいま。頼《たよ》れる助《すけ》っ人《と》を連れてきたぜ」

「おやおや……こんなにたくさんの若い方が、手伝ってくださるなんて、大助かりだわあ」

聞き捨てならぬやり取りに、そばにいた真壁《まかべ》くんが反応する。

「部長、助《すけ》っ人《と》……とは？」

「言ってなかったか？　実は、おまえらに、この島で毎年やってる『伝統の祭り』の準備を手伝って欲《ほ》しくてな」

「初耳ですよ！」

「ホラあ、やっぱり裏があった！」

真壁《まかべ》くんと瀬菜《せな》がいきり立つ。

「こらあ、紘之介《げんのすけ》！」

「あイタ！　んだよばーちゃん」

後頭部をはたかれた部長が訴《うった》えると、部長の祖母――おかみさんは、ぷんぷんという擬音《ぎおん》語が相応《ふさわ》しい様子で、孫を叱《しか》る。

「皆《みな》さんになんにも教えてなかったのかい！　あたしは、あんたに手伝えって言ったんだよ！　祭りの準備を仕切ってたうちの爺《じい》さんが腰《こし》やっちまって、去年まで手伝ってくれてた若《わか》い衆《しゅ》も上京しちまって、今年は力仕事できるもんが少ねえからって！　なんで黙《だま》って連れてきたお友達にやらせようとするんだ！」

うわ！　優《やさ》しそうなお婆《ばあ》ちゃんだと思ったら、怒《おこ》ると怖《こわ》い！

部長は、怯《ひる》みながらも言い返す。

「あ、いやだって神輿《みこし》運んだりするんだろ？　元漁師のじいちゃんの代わりとかできねぇよ！　オレのこの細腕《ほそうで》で持てるのは、同人誌数十冊がせいぜいだぜ」

意外と持てるじゃねえか。

しかしこの人の腕《うで》、真っ白でガリガリだな。

彼《かれ》は、ちょうどよく隣《となり》に居た赤城《あかぎ》の腕《うで》に、自分の細腕《ほそうで》を絡《から》ませて引っ張ってきた。

「見ろよばーちゃん！　この運動部で鍛《きた》えたたくましい腕《うで》を！　オレの太股《ふともも》くらいあるぜ！」

「三浦《みうら》さん、あんた、俺《おれ》の特別参加を許してくれたのって……まさか……」

赤城《あかぎ》が半目で呆《あき》れている。すると部長は、悪びれもせずに、

「ああ、お察しのとおり――」

「お兄ちゃんのカラダが目当てだったんですね！」

瀬菜《せな》が、口元に両手を当てて、黄色い悲鳴を上げた。超嬉《ちょううれ》しそうだった。

「気持ち悪い言い方はやめろッ！　一人じゃ無理だから手伝って欲《ほ》しかったんだ！」

「それならそうと、最初から言ってくれりゃあいいのに。そのくらいお安いご用なんだからよ」

赤城《あかぎ》がイケメンなことを言い出した。

と、俺《おれ》に振《ふ》ってくる。

「なあ、高坂《こうさか》？」

「ま、まあな」

正直、赤城《あかぎ》ほど力仕事には自信ないんだけどな……。

黒猫《くろねこ》が見ているので、つい、かっこつけてしまった。

「そう言ってくれると思ったぜ！　兄弟！」

部長はそんな調子のいいことを言って、おかみさんに耳を引っ張られていた。

「……やれやれ、そんなことだろうと思いましたよ。ははっ、いいですけどね」

真壁《まかべ》くんを始め、男子部員たちも概《おおむ》ね協力的だ。

なんだかんだいって、部長は慕《した》われているらしかった。

というか、赤城《あかぎ》も言っていたが──お安いご用なのだ。

力仕事と縁遠《えんどお》いオタク男子たちとはいえ、これだけ男手があるんだから。

まあ、大抵《たいてい》のことなら、どうにかなるだろう。

なんとなくだが……。これは部長の口実ではないか、とすら思った。

一週間分の宿泊《しゅくはく》場所を、ただなにもなく提供されてしまっていたら。

あるいは、前もって『代わりに祭りの準備を手伝ってくれ』と、まっとうに提案されていたら。

俺《おれ》だって、心苦しく思ったかもしれない。

さすがに悪いですよ、と、遠慮《えんりょ》していたかもしれない。

こうも言える。

俺《おれ》たちは『裏があ〻〻〻〻りそうだから、安心して合宿に参加したんだ』ってな。

ってわけで。

恐縮《きょうしゅく》しきりのおかみさんから、祭りの準備について色々と聞く。

ようは男手が足りないから、力仕事を手伝って欲《ほ》しい、というものだ。

いわゆる会場設営のバイトみたいなもので——真壁《まかべ》くんが代表し、改めて、男子部員総出で手伝わせて欲《ほ》しい旨《むね》を伝えた。バイト代を出すと熱心に言われたが、もちろん固辞した。

「男子部員だけに働かせるのも悪いわね」

ぽつりと黒猫《くろねこ》が呟《つぶや》いた。

「なにか、私にも手伝えることがあればいいのだけど」

「そーですよねえー」

女子部員たちは、黒猫《くろねこ》に同意したようで、なにやら相談していた。

その結果は、翌朝に判明するのだが……いまの俺《おれ》には知るよしもない。

ちなみに参加している女子部員は三名だ。黒猫《くろねこ》、瀬菜《せな》……最後の一人は、俺《おれ》と同じ学年の女生徒なのだが、あまり話したことがなく、よく知らない。

先日の打ち合わせで話題になった、ゲームイラストを描《か》いた人で、真壁《まかべ》くんが説得して、次回作の制作と合宿に参加してもらえることになったらしい。

厳密には、部員ではないようだが……まぁ似たようなものだろう。

重要なのは、うまく行けば、黒猫《くろねこ》にもう一人、オタクな女友達ができるかもってところだ。

ともあれ。

男子部員が祭りの準備とやらを手伝う、ということで、話がまとまった。

「みなさん、孫が迷惑《めいわく》をかけて申し訳ありませんでした――」

さっきからずっと、おかみさんは、申し訳なさそうにしている。

部長とは気安い間柄《あいだがら》のようで、老《ふ》け顔の彼《かれ》が、普通《ふつう》の子供のように叱《しか》られていると、なにやら微笑《ほほえ》ましい。

部長が、照《て》れ隠《かく》しのように言う。

「おまえら、ありがとうな。女子たちもそんな気にせんでいいから。ジジババが道楽でやってる民宿だって言っただろ。どうせ他に宿泊客《しゆくはく》なんかこねえんだ。なのに若者がいっぱいきてくれて、ババアは喜んでるよ」

そこでおかみさんが、孫の頭を一発はたき、笑顔《えがお》で俺《おれ》たちに向き直る。

「ええ、ええ、あたしも旦那《だんな》も、大喜びですとも」

彼女《かのじよ》は、人の好《よ》い笑《え》みを浮《う》かべた。

「たいしたおもてなしもできませんが、ゆっくりしていってくださいな」

よろしくお願いします！　と、全員で改めて挨拶《あいさつ》をする。

「飯には期待していいぜ。獲《と》れたての海《うみ》の幸《さち》だ」

と、部長。

――おお、そりゃいいな。

「つっても飯時にゃ早いから、荷物置いて風呂《ふろ》入ろうぜ」

そういうことになった。

俺《おれ》たちが案内されたのは、畳《たたみ》敷《じ》きの和室だ。

なかなか広く、掃除《そうじ》が行き届いていて、旅館やホテルの一室だと言われても違和感《いわかん》がない。

中央に艶《つや》やかな木製テーブルがあり、湯呑《ゆの》みや急須《きゆうす》などが並べて置いてあった。

広縁《ひろえん》には、二脚《きやく》のロッキングチェア。窓からは、夕陽《ゆうひ》色に染まりつつある海が見える。

渋《しぶ》く変色したクーラーはかなり古そうだが、問題なく動くようだ。すでに冷房《れいぼう》が効いている。

涼《すず》しい風を浴びて、ふぅ、と一息。

「いい部屋ですね」

「ああ」

俺《おれ》は、真壁《まかべ》くんと笑い合う。

道楽でやってる宿だなんて、とんでもない。

どさどさ、と皆《みな》が荷物を置く。運動不足なオタクたちには長旅が堪《こた》えたようで、ふひーと情けない声を漏《も》らすものもいた。

さっそくノートパソコンを広げているやつがいるあたり、さすがゲー研って感じだ。

ちなみに、もちろん女子部員たちとは同室ではない。

黒猫《くろねこ》たちは、壁《かべ》を一枚隔《へだ》てた隣室《りんしつ》に泊《と》まっている。

なんとなく、こんこん、と、壁《かべ》を叩《たた》いてみた。

もちろん返事などあるはずもなく、自分の謎《なぞ》行動に苦笑《くしょう》してしまう。

「ここ、普通《ふつう》の家風呂《いえぶろ》しかねえから。銭湯な」

部長が言った。俺《おれ》は少し考え、問う。

「近いんですか？」

「すぐ裏手」

「じゃあ、俺《おれ》、後で入ります」

俺《おれ》の発言に、赤城《あかぎ》が反応し、近づいてくる。

「おいおい高坂《こうさか》、なんでだよ？　一緒《いっしょ》に入ろうぜ～」

「きめえこと言ってんじゃねーよ赤城《あかぎ》。いまちょうど夕方だし、やりたいことあってさ」

「京介《きょうすけ》ちゃん、最近俺《おれ》にキツくねえ？」

突然《とつぜん》のオネエ口調やめろ。

おまえの妹が腐《くさ》った発言を繰《く》り返《かえ》すからだろうが。

おかげで変に警戒《けいかい》しちまうんだよ。

そんな自分にふと気づき、余計に気持ち悪く感じるという悪循環《あくじゅんかん》。辛《つら》すぎる。

「で、高坂《こうさか》が『夕方にやりたいこと』ってのは？」

「先に島の写真撮《と》りに行こうかなって。風呂《ふろ》入ったら、もう汗《あせ》かきたくねえだろ」

ノベルゲームには、夕方のシーンだって必要だろう。

今日できることは、今日のうちにやっておきたかった。

もしかすると――今日撮《と》った写真を、さっそく明日、黒猫《くろねこ》が使うかもしれないんだから。

「はりきってんなあ」

と、赤城《あかぎ》が苦笑《くしょう》する。

は？　なんだおまえ、嬉《うれ》しそうにしやがって。意味分からんやつめ。

そこで部長が話に割《わ》り込《こ》んできて、

「そういうことなら、五更《ごこう》と一緒《いっしょ》に行ってこい」

などと言い出す。

「なんでです？」

「せっかくシナリオライターが現地入りしてんだから、指示もらって撮《と》った方がいいだろ」

「そういうものですか？」

「おう。ほら、行ってこい」

笑いながら背を押《お》され、釈然《しゃくぜん》としない想《おも》いを抱《かか》えながら、そのように動く。

「あ、なら、僕《ぼく》も行きましょうか？」

真壁《まかべ》くんが、付いてきたそうにしていたのだが、彼《かれ》の小さな背を赤城《あかぎ》が蹴《け》った。

元サッカー部とか、なんにも関係ない跳《と》び蹴《げ》りだった。プロレス技《わざ》である。

「ちょ！　い、いきなりなにするんですか――赤城《あかぎ》さんのお兄さん！」

「貴様に兄と呼ばれる筋合いはねえ！　瀬菜《せな》ちゃんを見る目がいやらしいんだよてめえ！」

「えええ！　いまその件で怒《おこ》るタイミングでした⁉」

「しるかバカ！　つーかニブすぎだろおまえ！　三浦《みうら》さんがガラでもなく気を回してんのによ

――同性愛ゲームの主人公かな？」

「なんでジャンル絞《しぼ》ったんですかね！」

なにやってんだあいつら。

俺《おれ》は、首をかしげながら、アホな言い合いが続く男部屋を後にするのであった。


隣室《りんしつ》の前で呼びかけると、襖《ふすま》が開いて、黒猫《くろねこ》が姿を見せた。

「どうしたの、先輩《せんぱい》？」

「島の写真を撮《と》りに行くんだが、おまえも来るか？」

「……どうしようかしら。ちょうどいま、瀬菜《せな》たちとお風呂《ふろ》に行く話を——」

「こっちは気にせず、行ってきなって」

話を聞いていたらしい瀬菜《せな》が、部屋の中から声をかけてくる。

次いで彼女《かのじょ》は、たたた、と、駆《か》け寄《よ》ってきて、黒猫《くろねこ》の耳に口元を寄せる。

「瑠璃《るり》ちゃん、あのさ……せっかくだから——」

小声なので、俺《おれ》には聞き取れない。内緒話《ないしょばなし》だってんなら、聞き耳を立てるわけにもいかん。

「……ばっ……な、なにを言っているの……あなたは……」

黒猫《くろねこ》が目をぱちくりさせて焦《あせ》っている。どんな会話をしているのやら……。

内緒話《ないしょばなし》が終わると、瀬菜《せな》はニヤニヤしながら、意味深な感じで黒猫《くろねこ》の肩《かた》を叩《たた》き、

「じゃ、がんばってねー」

部屋の奥《おく》へと引《ひ》っ込《こ》んでいった。

俺《おれ》は、一応、黒猫《くろねこ》に聞いてみる。

「なんの話をしていたんだ？」

「な、なんでもないわ」

「そっか」

教えてくれるとは思っていなかったので、問題なし。

黒猫《くろねこ》は、なにやらもじもじと恥《は》じらっているような様子だったのだが、やがて俺《おれ》を見上げて、

「……私も、一緒《いっしょ》に行く」

来てくれるらしい。

「よし」

黒猫《くろねこ》を伴《ともな》って、外出する。

空はまだ明るいが、日が落ちるまで、あまり時間がない。

「写真を撮《と》りに行けるのは、近場の一箇所《いっかしょ》だけだな」

「どこにするの？」

俺《おれ》はリュックから、地図を取り出し、広げる。

「神社にしよう。同じ構図で、夕方と夜の写真を撮《と》るつもりだ」

場所を確認《かくにん》し、出発。

民宿『みうら荘《そう》』から北に向かって少し歩くと、神社の案内看板が立っていた。

古く汚《よご》れていてほとんど読めないのだが、おそらく『ひてん神社』と書かれている。

「〝ひてん〟って、なんだろう」

「あとで、三浦《みうら》部長に聞いてみましょう。ネタになるかもしれないから」

「おう」

看板の矢印に従い、坂道を上っていくと、地面がアスファルトから砂利《じゃり》道へと変わった。森の遊歩道といった趣《おもむき》だ。木製の柵《さく》が、道に沿って続いている。

「このあたり、背景に使えそうね」

「写真、撮《と》っておくか」

さっそくデジカメで撮影《さつえい》する。親父《おやじ》から借りたものだ。

「急ぎましょう。思ったより遠いわ。日が落ちきる前に着かないと」

「大丈夫《だいじょうぶ》か、疲《つか》れてるだろ？」

「問題ないわ」

気丈《きじょう》にそう言うので、彼女《かのじょ》の様子を気にしながら進む。

やがて遊歩道の突《つ》き当《あ》たりへと至り——

「…………」

黒猫《くろねこ》が、『マジかよ』みたいな顔で青ざめた。

上りの石段が、長く続いている。この先に『ひてん神社』があるのだろう。

「……背負ってやろうか？」

「……だ、大丈夫《だいじょうぶ》よ」

「大丈夫《だいじょうぶ》そうな顔にゃ見えんぞ」

「いいから行きましょう」

体力ないくせに、ムキになりおって。俺《おれ》は、大きく息を吐《は》き出《だ》した。

「俺《おれ》は疲《つか》れたよ。ゆっくり行こうぜ。日が落ちちゃったら、それはそれで仕方ねえ」

「バレバレの気遣《きづか》いね」

黒猫《くろねこ》は白い目で、俺《おれ》の考えを見透《みす》かしたが、ふっと微笑《ほほえ》み、

「でも、有《あ》り難《がと》う。あなたのそういうところが、好きよ」

「………………お、う」

とんだ不意打ちだ。

どう反応していいか分からなくなってしまって。

『好き』って、どういう好きなんだ……？

とか、色々考えちまって。

彼女《かのじょ》から視線をそらして、前を向いた。

「い、行くか」

「そ、そうね」

おい、なんで黒猫《くろねこ》まで動揺《どうよう》しているんだ？


長い石段を登り切ると、木製の鳥居があった。

高みから振《ふ》り返《かえ》れば、力強く生える木々の群れ。

この神社は、森の中、ぽつんと開けた場所にあるらしい。

「……ふぅ……夕方のうちに着けたわね」

黒猫《くろねこ》が、もはや限界とばかりに鳥居にもたれ、ぜえぜえと呼気を荒《あら》げる。

「お疲《つか》れ」

「あなたもね。…………ところで、日が落ちるの……遅《おそ》くないかしら……？　かなり……上るのに……手間取ったと……思う……のだけど」

無理すんなよ。落ち着いてから喋《しゃべ》ってくれ。

「そういやちっとも暗くなんねえな」

宿に向かう途中《とちゅう》、すでに空の色が変わってきていたってのに。

いまだに夕焼け空のままだ。

「意外と時間、経《た》ってないいんじゃないか？」

「いま、何時？　携帯《けいたい》を宿に忘れてしまって……」

「ええと……」

俺《おれ》は腕時計《うでどけい》を確認《かくにん》する。

と――

「ありゃ？　止まってる……うわー、マジかよ……なんにもしてねえのに」

「機械音痴《おんち》の言い訳かしら」

「いやいやマジで壊《こわ》れるような心当たりがないんだって。この前の携帯《けいたい》といい、最近、俺《おれ》の周りでモノが壊《こわ》れすぎだろう……ったく」

動かないもんはしょうがねえ。ええっと……携帯《けいたい》は、俺《おれ》も宿に置きっぱなしだから……デジカメの内蔵時計を見ればいい。

と、思いきや。

こっちも初期状態に戻《もど》っていやがる。撮影《さつえい》には支障が無さそうだからそこは安心だが。

俺《おれ》はお手上げの仕草で言った。

「ってわけで、俺《おれ》も時間が分からん」

「やれやれね……」

ようやく息が整ってきたようで、黒猫《くろねこ》は、鳥居をくぐってこちらを向いた。

「それなら、早く夕方の写真を撮《と》ってしまいましょう。いつ、暗くなるか分からないわ」

「だな」

俺《おれ》は、デジカメを手に、黒猫《くろねこ》の元へと向かうのだった。

鳥居をくぐった瞬間《しゅんかん》、うなじにピリリと静電気のような感触《かんしょく》があったが、

「？」

気のせいだと判断した。

「どうしたの、先輩《せんぱい》？　蜘蛛《くも》の巣《す》でも引っかけたのかしら」

「いや、なんでもねえ。いま行く」

小走りで、先に行ってしまった黒猫《くろねこ》を追う。

止まった彼女《かのじょ》に追いつき、横に並び立つ。

境内《けいだい》に人気は無い。俺《おれ》と黒猫《くろねこ》の二人きり。

俺《おれ》たちの前にあるのは、賽銭《さいせん》箱すらない小さな社だ。ずいぶんと年季が入っているようだが、よく手入れされていて、汚《きたな》いとは思わない。むしろ、その古さは神秘的な印象を強めている。

荘厳《そうごん》な神域だ。

「…………………」

しばし、立《た》ち尽《つ》くす。

この清浄《せいじょう》な空気は、写真や動画じゃ伝わらないだろう。

部長のいうとおり、黒猫《くろねこ》を連れてきて正解だったな。

〝自身で体験する〟ってことの重要さが、分かった気がする。

写真は、あくまで思い出すための道具《ツール》でしかない。

「先輩《せんぱい》、写真」

「あ、おう」

黒猫《くろねこ》に話しかけられなかったら、いつまでもぼうっとしていたかもしれない。

夕焼け空を背景に、社を数枚撮影《さつえい》する。くるりと向きを変えて、境内《けいだい》も撮《と》った。

立ち位置を色々変えて、後で資料が足りないなんてことがないよう、撮《と》りまくっておく。

「こんなところか？」

「鳥居を境内側《けいだい》から一枚、石段から見上げる形で一枚、撮《と》って頂戴《ちょうだい》」

「了解《りょうかい》」

黒猫《くろねこ》の指示で、さらに写真を撮《と》る。

夕方の写真を撮《と》り終えたので、日が沈《しず》むまで、暑さがマシな木陰《こかげ》で待機する。

このあと夜になったら、同じ構図で撮影《さつえい》し、帰って風呂《ふろ》だ。

帰りの夜道が心配だったのだが、道中ちゃんと明かりがあったし、問題なし。

さぁて、しぶとい太陽が沈《しず》むまで、雑談でもして待つとしよう――……。

「ねぇ、先輩《せんぱい》。私が担当するヒロインのことなのだけれど……」

「ああ」

「……初登場シーンについて話すから、意見をもらえるかしら」

「もちろんだ。だけど、俺《おれ》の意見でいいのか？　まったくの素人《しろうと》だぞ？」

「ギャルゲーは、私よりも詳《くわ》しいでしょう？」

「まぁ、うん、そうね……」

主に、妹のせいで。

「私は、ギャルゲーのシナリオを、初めて書くわ。いままでまったく興味がなくて、桐乃《きりの》が話を振《ふ》ってきても、一方的に見下して、莫迦《ばか》にするばかりだった……」

「…………………懐《なつ》かしいよ」

願わくは、もう一度、好きな作品のことで大喧嘩《げんか》するおまえらを見たいもんだ。

黒猫《くろねこ》は言った。

「やるからには、本気で書くわ。ようは、桐乃《きりの》が萌《も》えるような『可愛《かわい》いヒロイン』を創ればいいのでしょう？」

「そう、だな。いい方針だと思う」

複数の意味で。

桐乃《きりの》のギャルゲープレイヤーとしての感性は、妹に傾倒《けいとう》しすぎな点を除けば、わりと大衆に寄ったものだし。『面白《おもしろ》がらせたい相手』が明確なのは、いいことなんじゃないかと思うのだ。

俺《おれ》も、桐乃《きりの》のことならよく知ってる。

あいつがどんなゲームを面白《おもしろ》いと言って、どんなヒロインに萌《も》え狂《くる》ってきたのか――

誰《だれ》よりもよく知っている。

だから。

これから黒猫《くろねこ》が書くものについても、桐乃なら、なんと言うか、知っている。

「なぁ、あいつが日本に帰ってきたら、プレイさせようぜ」

「そうね……っふふ……いつものように気持ち悪く萌《も》えさせてみせるわ。私たちの創ったヒロインでね」

素晴《すば》らしい。そうしよう。

くっく……本当に、いい方針だ。すげー楽しくなってきたぜ。

「それで――ヒロインの登場シーンだっけ？」

「ええ……初めて書くから、ベタにいこうと思うの」

「ほう、どんなんだ？」

「『空から降ってくる』と、いうのはどうかしら」

「本当にベタだな」

ギャルゲーに限らず、マンガでも、アニメでも、よくある展開のひとつ。

「いいんじゃないか？　あいつはエロゲーのヒロインに、ベタな登場シーンだからダメ、なんて言ったことはない。一番大事なのは妹かどうかだ。二番目に大事なのはエロ可愛《かわい》いかどうかだ」

「そうよね」

黒猫《くろねこ》は、苦笑《くしょう》して頷《うなず》く。

「おかげで自信が持てたわ、有《あ》り難《がと》う。彼女《ヒロイン》の名前には、すでに案があるから、次に決めるのは、『どうして空から降ってくるのか』『どこで降ってくるのか』『降ってきたとき、主人公はどうしているのか』——そんなところかしら」

「『どうして空から降ってくるのか』——天使だから、とか、宇宙人だから、とか」

「『どこで降ってくるのか』——普《ふ》通《つう》に通学路、とか、主人公の部屋の屋根を突《つ》き破《やぶ》って、とか、ヒロインに縁《ゆかり》のある場所、とか」

「『降ってきたとき、主人公はどうしているのか』——まあ、ぶつかるってのが定番だろうよ」

「いわゆるラッキースケベに繋《つな》がったりね」

「男向けだとあるあるだよな——」

——なんて、ネタ出しめいたことをしていたときだ。

俺《おれ》たちは、木陰《こかげ》で雑談をしているのだが、黒猫《くろねこ》がハッと目を剥《む》いた。

「先輩《せんぱい》上ッ」

焦《あせ》った様子で大声を出す。

「え？」

俺《おれ》は間抜《まぬ》けな声とともに上を向き――

「ぐえっ！」

降ってきたものに、潰《つぶ》された。顔面から、思いっきりだ。

かなりの衝撃《しょうげき》だった。正直、よく気絶しなかったもんだよ。

目をつむってしまったので、なにも見えない。

「あ……つぅ……てて………」

星が飛んだって表現があるが、まさにいまがそうだ。

俺《おれ》はその場に倒《たお》れ込《こ》んでしまったのだが、土の上だったことが幸いしたのか、怪我《けが》はなさそう。

そこまで咄嗟《とっさ》に考えて、

――なにかが、身体《からだ》の上に乗っている。

目を開けた。すると――

「う〜〜ッ、いッたぁ〜〜」

白い少女が、すぐ目の前にいた。

清楚《せいそ》なブラウス、新雪のように透き通る肌《はだ》は、いまにも溶けて消えてしまいそうだ。

そんな彼女は、俺の上で尻餅《しりもち》をつき、目をきつくつむっている。

どうやらこの娘《こ》が、『空から降ってきた』らしい。

もちろん本当に『天から墜《お》ちてきた』とは思っちゃいないが、理解しがたい現象を素直《すなお》に受《う》け容《い》れられたのは、彼女《かのじょ》の容姿が、あまりにも際立《きわだ》っていたからだろう。

「先輩《せんぱい》、怪我《けが》は？」

黒猫《くろねこ》が、心配そうに覗《のぞ》き込《こ》んできた。

俺《おれ》は、「大丈夫《だいじょうぶ》だ」と頷《うなず》き、次いで謎《なぞ》の少女に声をかける。

「おい、あんた……？」

「へっ？　あ——」

少女が、俺《おれ》の声に反応し、目を開けた。

「うえぇっ！」

驚《おどろ》きすぎでは？　美人なのに、めちゃくちゃオーバーリアクションをするな、こいつ。

こっちの方がびっくりだぜ。

「え？　え？　なになに？　なんで？　どゆこと？」

ぽかんと開いた口を片手で隠《かく》し、震《ふる》える指で俺《おれ》の顔をさし、〝？〟を脳天から大量発生させている。

そんな彼女《かのじょ》に、俺《おれ》は冷静に言ったものだ。

「混乱してるところ悪いが、俺《おれ》の上からどいてくれないか？」

「わ！　わわっ！」

マンガだったら、わたわた、という擬音《ぎおん》語が描《か》き込《こ》まれそうな仕草で、彼女《かのじょ》はようやく俺《おれ》の上からどいて、立ち上がった。

続いて俺《おれ》も立ち上がり、「怪我《けが》は？」と問う。

すると少女は、彼女《かのじょ》の私物だろうスケッチブックを拾い上げ、

「へーきです！」

「そか」

ほっ……と、強く安心する。

「——で？」

腕《うで》を組んだ黒猫《くろねこ》が、少女と俺《おれ》の間に割《わ》り込《こ》んできた。

「あなたはどこから堕ちてきたの？」

「……おぉう………」

「私の顔を見て、驚《おどろ》くなんて、失礼な人間ね」

「ご、ごめんなさい。あー……その…………きれーなコだなぁ～って」

「適当な言い訳はやめて頂戴《ちょうだい》」

半目になる黒猫《くろねこ》。

さすがに分かるよな。

明らかに、何かをごまかそうとしているような感じだったもの。

「そんなことないって！　えとッ、どっから落ちてきたのか、だったね。——そこだよ」

少女は上を指さした。俺《おれ》たちの視線は、彼女《かのじょ》の指先をたどり——

「雲の上？」

「木の上」

「……はぁ……」

黒猫《くろねこ》ががっかりしている。

さてはおまえ……本当に『空から天使が堕《お》ちてきた』のかも——とか、妄想《もうそう》したんだろ？

や、俺《おれ》も一瞬《いっしゅん》だけそう思っちゃったから、人のこと言えねえけど。

そんなわけあるか。

天使と見まごうような、白い少女は言う。

「木登りしてたら、落ちちゃって」

「その歳《とし》で？　まさか、木の上で絵でも描《か》いていたの？」

黒猫《くろねこ》は、彼女《かのじょ》が持つスケッチブックを一瞥《いちべつ》して、問うた。

特殊《とくしゅ》な構図を求めて——創作のための奇行《きこう》だったなら、自分は納得《なっとく》できるとばかりに。

ちなみに少女の歳《とし》は、黒猫《くろねこ》と同じくらいに見える。

中三から高一ってとこだろうか。個人差があるから、分からんけどな。

黒猫《くろねこ》の問いに彼女《かのじょ》は「違《ちが》う違《ちが》う」と、身振《みぶ》りを加えて否定し、急に得意げになって言う。

「カブトムシを捕《つか》まえようとしてたのさ！」

「……その歳《とし》で？」

「いいじゃん！　あ、呆《あき》れた目で見ないでよ！　言っとくけど、この島の虫はすごいんだからね！　カブトムシとかクワガタとか、レアでお高く売れるのが、まだ生息してるんだから！」

「へえ、そうなのか」

正直、ツッコミどころが山ほどあるが。

ひとまず、木登りをしていた理由について、彼女《かのじょ》の言いぶんは分かった。

それで黒猫《くろねこ》は、少女への関心を薄《うす》れさせたらしい。

「そう。素敵《すてき》な服を汚《よご》さないよう、気をつけることね」

ふいっと視線を外し、背を向けてしまう。もしかすると、衣服を自作するのが好きな黒猫《くろねこ》は、綺麗《きれい》な服で木登りをする少女に、怒《おこ》ったのかもしれない。

そんな気配を察したのか、白い少女は黒猫《くろねこ》を「待って！」と強く呼び止めた。

「あのっ、これには深い訳があるんだよ！　あたし——」

しかし黒猫《くろねこ》は、すげなく鼻を鳴らす。

「興味ないわ」

「いや聞いてよ！　長くならないから！　ねっ、ねっ、せっかくこうして知り合えたんだし！」

「……仕方ないわね……言って御覧《ごらん》なさい」

おかしい……これは異常事態だ。

さっきから黒猫《くろねこ》が、初対面の相手と普通《ふつう》に会話をしている。

い、いったい、どういうことなんだ……。

なんのきっかけもなく、他人とまともな関係を築けるほどに、成長していたとでもいうのだろうか。

俺《おれ》が、黒猫《くろねこ》に対し、超《ちょう》失礼な感想を抱《いだ》いているわきで、少女が語り始めた。

「あたし、旅行でこの島に来たんだけど…………色々あって、お金をなくしちゃって！」

色々ってなんだよ。重要なところを省いてないか？

「ってわけで、早急《そうきゅう》に『衣《い》・食《しょく》・住《じゅう》』を確保しなくちゃいけないんだ。──でも、こーんなうら若き乙女《おとめ》が、いきなり日雇《ひやと》いバイトなんてできないでしょ？　もう夕方だしさ」

「それでなんで虫取りなんだ」

「レアな大物を売っぱらって、今夜の宿代を稼《かせ》いじゃおう大作戦！」

お気楽な作戦名である。

確か昆虫《こんちゅう》って、規制対象種じゃなきゃ、個人で売ってもOKなんだっけ？

そんなに上手《うま》くいくんだろうか。買い取りしてくれるような店とか、そもそもこの島にあるんだろうか。

話を聞いた黒猫《くろねこ》は、今度はハッキリと心配そうな顔になった。

「一緒《いっしょ》に来た人は？　まさか一人で旅行に来たわけではないのでしょう？　交番には行った？」

「あ〜……家族と来たんだけど、そのへんには頼《たよ》れないと言いますか〜〜〜」

訳ありらしい。どーも怪《あや》しいな、この娘《こ》。

黒猫《くろねこ》は、むむ……と、難しい顔で考《かんが》え込《こ》んでいる。やがて、こう切り出した。

「私は、五更瑠璃《ごこうるり》。あなたの名前を教えて頂戴《ちょうだい》」

「えっ？　あ、あたしの名前は――こ、じゃなくてっ……あっぶなぁ……」

白い少女は、言いかけた言葉を途中《とちゅう》で止める。

長く考《かんが》え込《こ》んでから、改めて言った。

「あたしは――……槙島悠《まきしまはるか》です」

「な、なんですって？　……どういう漢字を書くのかしら？」

「イヌマキの『槙』に、アイランドの『島』、悠久《ゆうきゅう》の『悠』と書いて『はるか』って読むの」

「…………そう」

なんだろう、このやり取り。

黒猫《くろねこ》が目を剝《む》いて動揺《どうよう》していたが……。

明らかに偽名《ぎめい》だったから、ってだけじゃあないよな？

強い違和感《いわかん》があった。まず偽名《ぎめい》を使うこと自体がおかしいし、それに……。

咄嗟《とっさ》に考えた偽名《ぎめい》にしては、漢字を聞かれたとき、スラスラ答えすぎている。

偽名《ぎめい》なのに、嘘《うそ》を吐《つ》いている感じじゃあなかったんだ。

おかしいだろう？

あぁ……名字については、島の名前から取ったと考えれば……いや、それでもなあ。

なにより一番妙《みょう》なのは、俺《おれ》が、偽名を使われたのに不信感を覚えていないことだ。

桐乃《エロゲーマー》ふうに言うなら、何故《なぜ》か俺《おれ》は――彼女《かのじょ》に対して、最初から、好感度がかなり高い。

チートを使われているように。あるいは、強力な催眠《さいみん》術にかけられているかのように。

誤解されそうなので言っておくが、美人ってだけじゃ、さすがにこうはならん。

妹で見慣れているからな。

悶々《もんもん》と考えていると、黒猫《くろねこ》がやや強めの口調で、

「槇島悠《まきしまはるか》――ね。もしも、どうしようもなくなったら、私たちが泊《と》まっている宿にきなさい。銭湯のそばにある『みうら荘《そう》』。煙突《えんとつ》を目印にして探せばすぐに見つかるわ。――だから、お

金がないからって、野宿をしようなんて考えないで」

「さすがにしないよ！　あたし、そんな野生児に見える？」

「見えるわ」

「うぇぇ……そーなんだ……でも、ありがと。……そのう……五更《ごこう》さん、って、呼べばいい？」

問われた黒猫《くろねこ》は、少し考えて、ニヤリと笑《え》む。

「黒猫《くろねこ》、と、呼んで頂戴《ちょうだい》」

「それって――……」

「ハンドルネーム……いいえ――……〝魂《たましい》の真名《まな》〟よ」

初対面の相手が中二病を炸裂《さくれつ》させているのを見て、さぞかし悠《はるか》は引いてしまっただろう。

と、思いきや。

「……了解《らじゃ》。黒猫《くろねこ》ちゃん」

彼女《かのじょ》は、くすくすと笑って、嬉《うれ》しそうにしていた。それから俺《おれ》に目を向けて、

「きみは？」

「高坂京介《こうさかきょうすけ》」

「うん」

にこっ――と、まるで新作ゲームを前にした桐乃《きりの》みてーな顔で、

妹に、似ていた。

胸が温かく、幸福になる笑顔《えがお》だった。

黒猫《くろねこ》と居るときのように、ドキドキすることはなかったが。

悠《はるか》は、俺《おれ》をそう呼んだ。

「よろしく、京介《きょうすけ》くんっ」

夜の神社を撮影《さつえい》した俺《おれ》たちは、悠《はるか》と別れ、『みうら荘《そう》』へと戻《もど》る。

手早く準備をして、裏手の銭湯へ向かうと、玄関《げんかん》で黒猫《くろねこ》と出くわした。

「よ」

片手を挙げて挨拶《あいさつ》すると、彼女《かのじょ》は会釈《えしゃく》をしてから、俺《おれ》の隣《となり》に並んだ。

俺《おれ》も黒猫《くろねこ》も、着替《きが》えなどを入れたカゴを提《さ》げている。

目的地は同じだもんな。俺《おれ》たちは暗黙《あんもく》のうちに、連れだって歩いていく。

「先輩《せんぱい》、やっぱり……さっきから時間の流れが遅《おそ》く感じるわ」

「ああ、部長たち、まだ風呂《ふろ》から戻《もど》ってきてねーもんな」

正直、夕食に間に合わないかもと心配していたのだが、杞憂《きゆう》だった。

こうして風呂《ふろ》に入る余裕《よゆう》さえあるのだから。

「不思議なこともあるもんだ」

勘違《かんちが》いというには、二人ともがそう感じている。

ほどなく目的地が見えてきた。こちらも『みうら荘《そう》』同様、昭和の趣《おもむき》を強く残す建物だ。古き良き、煙突《えんとつ》のある『銭湯』って感じ。

入口の暖簾《のれん》をくぐると下駄《げた》箱があり、そこで靴《くつ》をスリッパに履《は》き替《か》え進む。

入浴料を支払《しはら》う受付のわきがロビーになっていて、ブラウン管テレビや扇風機《せんぷうき》、卓球台《たっきゅうだい》、ボロいメダルゲームの筐体《きょうたい》、自販機《じはんき》などが設置されている。

ちょっとした休憩所《きゅうけいしょ》のような有様《ありさま》だ。

そこで、部長や真壁《まかべ》くん、赤城《あかぎ》兄妹《きょうだい》が涼《すず》んでいた。

他の部員たちは、風呂上《ふろあ》がりだってのに、卓球《たっきゅう》でガチ勝負していたり、懐《なつ》かしいジャンケンのメダルゲームに興じていたり。

全力で合宿の夜を楽しんでいるようだった。

じゃん・けん・ぽん、あいこーで、ショ！　あいこーで、ショ！

そんな半ギレ気味に聞こえるボイスを聞きながら、支払《しはら》いを済ませると、浴衣《ゆかた》姿の赤城《あかぎ》が俺《おれ》を見つけ、声をかけてきた。

「おっ、来たな高坂《こうさか》」

「瑠璃《るり》ちゃん、こっちですー」

フルーツ牛乳を片手に、上機嫌《じょうきげん》の瀬菜《せな》。

彼女《かのじょ》は眼鏡を外していて、湯上がりの浴衣《ゆかた》姿が、とんでもなく色っぽかった。

浩平《こうへい》兄貴の目が怖《こわ》いので、さっさと瀬菜《せな》から視線をそらす。

と、部長と目が合った。この人も浴衣《ゆかた》が妙《みょう》に似合う。

彼《かれ》は、うちわで顔を扇《あお》ぎながら、ニヤリと笑って俺《おれ》に問う。

「どうだった？」

「成果ありです。いい写真が撮《と》れたんじゃないかなと。あとで見せますよ」

「オッ、そうか！　そりゃあなによりだが……もうひとつの方はどうした？」

「もうひとつの方とは？」

「……………あ、もう分かったからいい」

なにかを察したように話を切り上げる部長。

一方、黒猫《くろねこ》も、瀬菜《せな》に捕《つか》まって再び耳打ちされていた。

「ムフフ、瑠璃《るり》ちゃん、ここのお風呂《ふろ》はですねえ――……」

「えっ………」

「それで……部長から聞いたんですけど、いま…………」

「だ、だからなんだというのっ」

「ひひー、分かってるくせにぃ〜。いー感じのシチュになりそうじゃないかなーって」

「知らないわ。……勝手に言っていなさい」

黒猫《くろねこ》は、ぷいっとそっぽを向いて、それからちらりと俺《おれ》を見る。

「…………」

無言で数秒見つめた後、早足で女湯へと入っていってしまった。

どん、と部長に背を押《お》された。

「さっさと入ってこい。飯の時間になっちまうぞ」

「うぃーす」

俺《おれ》は男湯の暖簾《のれん》をくぐり、脱衣所《だついじょ》へと足を踏《ふ》み入《い》れるのだった。


浴場で頭と身体《からだ》を洗い、シャワーで旅の疲《つか》れと汚《よご》れを落としていく。

それから、満を持して向かったのは、露天風呂《ろてんぶろ》だ。

「おぉ……なかなか本格的じゃん」

正直驚《おどろ》いた。銭湯の外観からは、露天風呂《ろてんぶろ》があるようには見えなかったのに。

まぁ、煙突《えんとつ》あったし、温泉じゃあないんだろうけども。

普通《ふつう》の湯船が別にあり、露天風呂《ろてんぶろ》自体は、そこまで広くないのだが。

犬槙《いぬまき》が生えた庭園にポツンとある湯は、妙《みょう》にかっこよく見えたものだ。

内心、うひょおと歓声《かんせい》を上げ、湯に入っていく。

肩《かた》まで浸《つ》かり、熱さを肌《はだ》で楽しんでいると——

「……先輩《せんぱい》…………そこにいる？」

「へっ⁉」

熱い湯に入っているのに、心臓が止まるかと思った。

女湯に入っているはずの黒猫《くろねこ》の声が、俺《おれ》の背後、柵《さく》の向こう側から聞こえてきたからだ。

……どうやら、男湯と女湯の露天風呂《ろてんぶろ》は、とても近い位置にあるらしい。

つまり、この薄《うす》い柵《さく》の向こう側に……一糸まとわぬ姿の黒猫《くろねこ》が……。

声がした方に振《ふ》り向《む》き、ごく、と生唾《なまつば》を飲んでしまう。

このっ……クソ田舎《いなか》！　防犯意識低くないっすか⁉

てか黒猫《くろねこ》も黒猫《くろねこ》だ！　入っているのが俺《おれ》だけじゃなかったらどうするつもりだったんだよ！

ひとくさり大混乱をした俺《おれ》は、それでもなんとか冷静を装《よそお》い、返事をする。

「あ、あぁ……いるぞ」

「……そ、そう。瀬菜《せな》が、いまは男湯に先輩《せんぱい》しかいない……と……言うから……」

「あ——そ、そゆことね」

さっき内緒話《ないしょばなし》してたのはそれか。

ひとりで納得《なっとく》していると、黒猫《くろねこ》がおずおずと切り出した。

「あの……少しだけ、このまま、というのは……どう……かしら」

「構わないぞ。温泉旅行にきたみたいで楽しいし。得した気分だ」

「ええ」

口には出さないが。

柵越《さくご》しに女湯にいる後輩《こうはい》と会話をする――とか。

めちゃくちゃ青春っぽいじゃないか、なんて思う。

柵《さく》の向こう側から、小さな水音が聞こえるたび、心臓が破裂《はれつ》しそうになる。

俺《おれ》は、脳内を浸食《しんしょく》するモヤモヤをかき消すように、つとめて冷静な声を出す。

「で、えっと、なんか話でもしようか」

「さっきの――悠《はるか》のことなのだけど」

おう、その話題か。黒猫《くろねこ》が、初対面の相手の話をしたがるなんて、やはり珍《めずら》しい。

俺《おれ》は、槇島悠《まきしまはるか》と名乗った白い少女の姿を、脳裏《のうり》に描《えが》く。

「あぁ……不思議なやつだったな。正直すげー怪《あや》しいけど、悪いやつじゃあなさそうだった」

「そうね」

「なぁ、どうしてだ？」

「……なんのことかしら？」

「おまえ、やたらとあいつに親切だったじゃないか。それが、珍《めずら》しいなって」

「……あぁ……あれはね……」

その先が返ってくるまでに、しばらくかかった。

「……名前が………同じだったから」

「名前？　えと……あいつの名前が、知り合いと同じ……ってことか？」

「いいえ……私がこれから書こうと思っている、ノベルゲームのヒロインと、よ」

すぐに返事ができなかった。あまりにも、意表を衝《つ》く答えだったからだ。

「それって――」

「もちろん、誰《だれ》にも言っていないわ。『槙島悠《まきしまはるか》』は、私の頭だけにあった設定よ」

「…………」

「――不思議でしょう？」

それが本当だったなら。いや、本当、なんだろうな。

黒猫《くろねこ》は、重度の中二病罹患《りかん》者だが、こういう形での嘘《うそ》は吐《つ》かない。

自身に闇《やみ》の力がある――などとは言うし、瀬菜《せな》を『魔眼遣《まがんつか》い』などと望まぬ二つ名で呼んだりもするが。

目立ちたがりの構ってちゃん――みたいなことは言わない。どう違《ちが》うのか、と問われたら、うまく答えられる自信はないが。とにかく、これは嘘《うそ》じゃあない。

ってことは……

「偶然《ぐうぜん》……なのか？」

「普通《ふつう》に考えればね。私とよく似た発想で、偽名《ぎめい》を名乗った——これが一番納得《なっとく》できるわ。『犬槇島《いぬまきじま》』から——『槇島《まきしま》』。『悠《はるか》』——の方は、まあ、よくある名前だし、なくはない……けど」

「結局、納得《なっとく》できてないんだな」

「……そうね。私のヒロインと同じ名前の子が、よりにもよって『空から降ってきた』のよ。私が考えていた登場シーンと同じ——あの場では、すげない態度を取ったけれど……実のところ、気になって仕方なかったわ」

「そりゃあ、なあ」

いまの話を聞いちまったら、そうだろう、としか言えない。

「本当に不思議なことが起こっているのかも、って、なっちまうよな」

中二病じゃなくてもさ。

「ええ……それに…………」

「それに？」

「あの子が困っているのを知って……放っておけないって、思ったの。うまく、言えないのだけれど。その……そうね……似ていた、から、かも」

「似てた？　それって——」

俺《おれ》は、桐乃《きりの》の顔を思《おも》い浮《う》かべる。しかし黒猫《くろねこ》が口にしたのは、別の名前だった。

「……日向《ひなた》……私の妹に、少し似ていたわ」

「へえ……」

日向《ひなた》ちゃん、って。この前電話で少し話した——あの子だよな。

「顔は、それほど似ていないし、歳《とし》も離《はな》れているのだけどね。……外見じゃなくて、性格……というか、受ける印象がなんとなく……ね」

そう言われると、快活なところが共通していたかもしれない。

「俺《おれ》は——桐乃《きりの》に似ているって、思ったよ」

「あぁ……綺麗《きれい》な娘《こ》だったものね。桐乃《きりの》に負けないくらい」

「や、さすがにそれは言い過ぎだけどさ。まぁ、言われてみれば顔も少し似ている……かも？」

「……あなたという人は、本当に……天然で言っているのよね、それ」

「え？」

「……いえ、なんでもないわ。それで？」

「だから、悠《はるか》の内面が、桐乃《きりの》っぽいなって感じたって話。性格自体はぜんぜん違《ちが》うんだけど、俺《おれ》もなんとなく……さ。うまく言えねえや、わり」

「分かるわ。あぁ……それで話しやすかったのね。少しだけ、納得《なっとく》した」

認めたくはないが。マジで、黒猫《くろねこ》と二人きりのいまだからこそ、一瞬《いっしゅん》認めるだけだが。

俺《おれ》も、黒猫《くろねこ》も、桐乃《きりの》がいなくなっちまって…………

さみしいのかもしれない。

見ず知らずの女の子。初対面の相手に、桐乃《きりの》の面影《おもかげ》を見るなんて。

あの野郎《やろう》、いまごろなにやってんだろーな。

そのまましばらく、二人で話していた。ふと気付けば、すぐに桐乃《きりの》の話題になっている。

……仕方ねえだろ。共通の――尽《つ》きることのない、話題なんだから。

やがて……

「そろそろ上がるわ。のぼせてしまいそう」

「はは、妖気《ようき》の防御膜《ぼうぎょまく》はどうした？」

「っふ……神聖な領域では効果が薄《うす》まるのよ」

「へいへい、じゃ、俺《おれ》も上がるかな」

「……ロビーで会いましょう」

湯の中で、別れる。

入浴後のあれこれは、男の方がずっと早い。俺《おれ》がロビーに着くと、黒猫《くろねこ》の姿は見当たらない。

自販機《じはんき》でフルーツ牛乳を買い、涼《すず》んで待つことにする。

ちょうど一杯《いっぱい》飲み終えた頃《ころ》……

「……お待たせしたわね」

浴衣《ゆかた》姿の黒猫《くろねこ》が、女湯の暖簾《のれん》をくぐって現れた。

「……お、おぉ」

返事と驚嘆《きょうたん》が混じり合った声が出てしまう。

湯上がりの女性というのは、どうしてこんなにも色っぽいんだろうな。

火照《ほて》った肌《はだ》から立ち上る湯気が、魅了《みりょう》のオーラみたいに感じられる。

「フルーツ牛乳でいいか？」

「ええ、有《あ》り難《がと》う」

俺《おれ》は平静を装《よそお》って、飲み物を手渡《てわた》し、並んで涼《すず》む。

「……食事に遅《おく》れてしまうわよ？」

「まだ大丈夫《だいじょうぶ》だって。ほら」

俺《おれ》は、リラックスした体勢で、壁《かべ》時計を指さす。

「もう少しだけ、ゆっくりして行こうぜ」

この島に着いてから――

不思議と、時間の流れが緩《ゆる》やかに感じられる。

奇妙《きみょう》な現象で、少し不気味にも思っていたが。

「仕方ないわね……それなら、軽くエアホッケーでもどうかしら？」

「お、いいのか？　俺《おれ》、得意なんだぜ？」

「あら……ふふふ……あなたがゲームで、私に勝てるつもり？」

「よーし、勝負だ！　かかってきやがれ！」

気が変わった。

いまだけは、いくらでも遅《おそ》くしてくれて構わない。


そうして。

ゲーム研究会の合宿一日目が、ようやく終わる。

まるで幼い子供時代のように、小学生時代の夏休みのように、長くゆるやかな一日だった。

島を舞台《ぶたい》にした非日常は、残り六日。

俺《おれ》は、布団《ふとん》の中で、安らかに目を閉じる………。

ore no imouto ga
konnani kawaii
wake ga nai⑮
kuroneko if
第三章

──……さん。朝だよ、起きて。

夢心地《ゆめごこち》の中で、少女の声を聞いた。

ぼんやりとしているせいか、妹のようにも、後輩《こうはい》のようにも、[redacted]のようにも聞こえる声。

不思議な音色は、少しずつ輪郭《りんかく》を変えて――


「京介《きょうすけ》くんっ！　朝だよ～～～～～～～～～っ！　おっきなさぁ――――いっ！」


俺《おれ》を覚醒《かくせい》へと導いた。

「うわっ！」

耳元で叫《さけ》ばれて、俺《おれ》はたまらず目を開けた。身体《からだ》がびくっと跳《は》ねてしまう。

「よぉ～～～～～～っし！　起きたね――っ！　朝ご飯、できてるよっ！」

「お、おまえ………」

寝《ね》ぼけてんのかと思ったよ。意外な笑顔《えがお》が、そこにあったからだ。

「へへー、おはよっ！　京介《きょうすけ》くんっ♪」

槇島悠《まきしまはるか》。神社で出会った少女である。

昨日とはうって変わって、Ｔシャツ姿の彼女《かのじょ》は、早朝に相応《ふさわ》しい快活な魅力《みりょく》を身に纏《まと》っている。

「びっくりした⁉　へっへー、あたしもここに泊《と》まることにしたんだっ。ほら、黒猫《くろねこ》ちゃんから、教えてもらってたでしょ？」

「あ、あぁ……そうか……それで……」

「おおっとッ、誤解される前に言っておくけど、ちゃーんと宿泊費《しゆくはく》は支払《しはら》ったからね！」

マジか。てっきり、ギブアップして黒猫《くろねこ》に泣きついてきたのかとばかり。

「てことは…………カブトムシ……だっけ？　捕《つか》まえたのか？」

「狙《ねら》いどおりのレアものをねっ！　へへー、すごいでしょ！」

「すごいというか……たくましいやつだな」

あれから捕《つか》まえて、首尾《しゆび》良《よ》く換金《かんきん》して……宿泊手続《しゆくはく》きをして……ってことだろ？

俺《おれ》が寝起《ねお》きじゃなかったら、もう少しこの話を不思議がったかもしれない。

「いやいや、環境《かんきよう》がよかっただけ！　ペットショップのお姉さんといい、この宿のおかみさんといい、話が分かる人ばかりで助かったよ！　といっても、まだ稼《かせ》がないとダメだけどね！」

昨日は濁《にご》されてしまったし、彼女《かのじよ》の事情について、俺《おれ》は、ほとんど分かっちゃいないのだが。

悠《はるか》は、旅行先で無一文になって、本当に困っている様子だった。

なのに神社で別れたあと、俺《おれ》が風呂《ふろ》入って寝《ね》ているうちに、ここまで状況《じようきよう》をリカバリーしているとは。

おそらく俺《おれ》よりも年下だろうに、たいした生活力だ。

エネルギーに満ちあふれている。

「そんなわけでェ、色々あって黒猫《くろねこ》ちゃんたちと同じ部屋に泊《と》めてもらってまーっす。——ちょっとの間だけど、改めてヨロシクねん」

あざとい仕草で片目をつむって見せる。

昨日から『色々あって』の多いやつだが。

「黒猫《あいつら》たちがいいってんなら、俺《おれ》からは文句ないよ。こちらこそ、よろしくな」

「うんっ！　ってわけで、着替《きが》えたら食堂にきてね。——この、幸せものめっ♪」

「？　おう……」

意味深な台詞《せりふ》を残し、悠《はるか》は男子部屋から出ていった。

しっかし——すっかり目が覚めてしまったな。俺《おれ》、寝起《ねお》きのいい方じゃねーってのに。

ま、夜中にビンタで起こされるよりは、いくらかマシだろう。

布団《ふとん》から出ると、いまのやり取りを聞いてたらしい男子たちが勢いよく集まってきて、『いまの娘《こ》って誰《だれ》よ？』『浮気《うわき》はよくないぞ高坂《こうさか》』などと事情聴取《じじょうちょうしゅ》される。

だから浮気《うわき》ってなんだよ。

俺《おれ》は誰《だれ》とも付き合ってねーし、悠《はるか》はまったく恋愛《れんあい》対象じゃねーし、そんなんじゃないって。

だいたいそんな感じの弁明をした。

着替《きが》えて顔を洗い、部長たちと共に食堂へと向かう。

やはり畳《たたみ》敷《じ》きの部屋で、部員全員で囲えるほどの木製テーブルがドンとある。

昨日ちらりと覗《のぞ》かせてもらったが、本格的なキッチンと隣接《りんせつ》している。

どこか昭和っぽい民宿なのに、調理器具だけは新しい。

どうやら民宿のご主人――部長の祖父の趣味《しゅみ》らしい。

昨夜、夕食時に、ご本人が語ってくれた。

海の近くに店を開き、獲《と》れたての魚を美味《おい》しく調理し、宿泊客《しゅくはく》に提供する――。

それが自分にとっての道楽なのだと、プロレスラーのような体格の爺《じい》さんは、豪快《ごうかい》に笑っていたっけ。

そんな彼《かれ》の想《おも》いがこもった食堂に入っていくと、

「よっ、おはよ」

「おはよう、先輩《せんぱい》」

「おはようございます！　高坂先輩《こうさかせんぱい》！」

男子部員を迎《むか》えたのは、割烹着《かっぽうぎ》姿の女子部員たちだ。

てきぱきと和食を配膳《はいぜん》している。

肉じゃが、焼き魚、かぼちゃの煮物《にもの》、ほうれん草のおひたし……などなど、朝から豪勢《ごうせい》なこんだてだ。

「どうしたおまえら、家庭科実習みてーだぞ」

部長が面白《おもしろ》そうに問うと、瀬菜《せな》が返答した。

「あたしたち、朝ごはんを作るの、手伝わせていただいたんです！　正直、ご主人がプロの料理人すぎておこがましいかなって思ったんですけど、なんとかお願いしまして。だって――ほら、分かりますよね？」

ぱちん、と、ウインクを飛ばす瀬菜《せな》。

うん、分からん。

黒猫《くろねこ》が、とたとた、と、逃《に》げるような足取りでキッチンへと引《ひ》っ込《こ》んでいく。

瀬菜《せな》は、それを、にまにま笑いで見送っている。

「はあん、なるほどな」

部長が、苦笑《くしょう》して言った。それから俺《おれ》を見て、

「おい高坂《こうさか》！　やったな！　今日の朝飯は、女子部員の手作りだってよ！」

「みたいですね。くろね――五更《ごこう》は、どの料理を作ったんだろう？」

「よくぞ聞いてくれました高坂先輩《こうさかせんぱい》！　この――焼き魚と、かぼちゃの煮物《にもの》と、肉じゃががそうです！　ぜひぜひ食べてあげてくださいね！」

「え、いま出てるの、ほぼ全部そうじゃん。マジで？　てっきりプロの仕事だとばかり……」

お世辞抜《ぬ》きの台詞《せりふ》だ。

すると瀬菜《せな》が、ぱん、と、手を叩《たた》いて、

「そうなんですよお！　瑠璃《るり》ちゃんって、意外にも料理が上手で！　あたしたち、あんまり出

番なかったんです！」

「……『意外にも』は余計よ瀬菜《せな》。あなたたちには、私がどう見えていたのかしら？」

黒猫《くろねこ》が、ミトンで鍋《なべ》を掴《つか》んで持ってきた。

おいおい……朝からこんだて多くない？　宴会《えんかい》かな？

「だってェ、普段《ふだん》の瑠璃《るり》ちゃんからすると、魔術《まじゅつ》的な儀式《ぎしき》でクラフトしたものを『料理』って言い張りそうな感じするじゃーないですか？　錬金釜《れんきんがま》からヒーリングなんちゃらー、みたいなアイテムを取り出して『ククク……できたわ』って」

失礼ながら同感だ。黒猫《くろねこ》のアトリエというか、なんというか。

不気味な決め台詞《ぜりふ》のせいで、ダークファンタジー感があるな。

「瀬菜《せな》ちゃんはどれを作ったんだ？」

赤城《あかぎ》がウキウキで問う。すると瀬菜《せな》は、にっこり笑顔《えがお》で、

「瑠璃《るり》ちゃんを応援《おうえん》したりー、配膳《はいぜん》を手伝ったりしたの」

「そうかあ、偉《えら》いぞ」

この男……妹に甘《あま》すぎるだろう。

そんな俺《おれ》たちのやり取りを、

「……ふふっ…………いいなあ」

悠《はるか》が微笑《ほほえ》ましそうに見守っている。

彼女《かのじょ》はすでに、たったひとりで食卓《しょくたく》に着いており、鍋《なべ》前の一等地で臨戦態勢。

たくさん食べる気まんまんの様子だ。ほぼ文無しだろう彼女《かのじょ》からすると、合理的ではある。

やがて全員が集まって――

「「「いただきます！」」」

朝食が始まった。俺《おれ》は、真っ先に黒猫《くろねこ》の手作りだという煮物《にもの》に箸《はし》を伸《の》ばし、ひとくち食べる。

「うまい！」

「そう、なら、よかったわ」

ほっと胸をなで下ろす黒猫《くろねこ》。

「いや、マジでうまいわ。これ食べちゃったら、家で飯食えなくなっちゃうな」

ちょっと食べただけでも分かる。料理の腕《うで》で、お袋《ふくろ》は黒猫《くろねこ》の足下《あしもと》にも及《およ》んでねえ。

ばくばく食べる俺《おれ》を見て、彼女《かのじょ》は恥《は》じらうように言う。

「大げさよ。……素材が良かったし、美味《おい》しくできたとは思うけれど」

「大げさじゃねぇって。おまえって、料理上手《うま》いんだな」

「……………黙《だま》って食べなさい」

照れすぎて、俯《うつむ》いてしまう。相変わらず、褒《ほ》められるのに弱いやつだ。

他の部員たちも、口々に料理を賞賛しているので、ずーっと照れ照れになっている。

料理上手で、家庭的。

知らなかったよ。黒猫《くろねこ》──五更瑠璃《ごこうるり》には、こんな一面があったんだな。

朝から、彼女《かのじょ》の新しい顔を、見ることができた。

「うぅ………美味《おい》しい……美味《おい》しいよう……うぐぅ、涙《なみだ》出てきた……！」

俺《おれ》に負けず劣《おと》らず、悠《はるか》も、勢いよく飯をかっこんでいる。

もしかすると、食事を摂っていなくて、腹を空かしていたのかもしれない。

たくさんお食べ、と、優《やさ》しい気持ちになった。

しっかし──つくづく……清楚《せいそ》な外見なのに、ワイルドなやつだ。

男子部員たちが、唖然《あぜん》と見ているじゃないか。

「そ、そういえば──」

真壁《まかべ》くんが、己《おのれ》の視線を悠《はるか》から引き剝《ひは》がして、話を変える。

「合宿の予定について、念のため、おさらいしておきましょうか」

全員からの同意を得た彼《かれ》は、穏《おだ》やかな口調で、

「まずは僕《ぼく》たちの現状と、合宿の目的についてです。僕《ぼく》たちの新企画《しんきかく》『夏の島を舞台《ぶたい》にしたギャルゲー（仮）』ですが──ゲームシステムは、前に作った物を流用するということもあって、ほぼ完成済み。調整と仕上げは、赤城《あかぎ》さん主導で行います。BGMはフリー素材を主に使い……イラストは担当の井上先輩《いのうえせんぱい》が一時復帰してくださったので、お任せする形。夏休み明けには、ロケハンで撮《と》った写真を元に、背景イラストを納品してくださるそうです」

任せなさい、と、イラスト担当の女子・井上《いのうえ》が片手を挙げる。

彼女《かのじょ》いわく——キャラデザについては、シナリオが上がってから取り組む、とのこと。

「シナリオについては、すでにプロット……お話の簡易設計図のことですが——これが完成済み。皆《みな》さんからの承認《しょうにん》も受けていますので、あとは書くだけです」

「合宿での取材を反映させて……夏休み明けが、シナリオの締《し》め切《き》りだ」

と、部長。

はい、と、真壁《まかべ》くん&黒猫《くろねこ》が頷《うなず》く。

「僕《ぼく》が共通パート及《およ》びメインヒロインのシナリオを、残り三キャラのシナリオを五更《ごこう》さんが担当します。さて、ここまでがおさらいで、ここからが本題となりますが——この合宿でやっておきたいことは、二つです」

彼《かれ》は指を一本立てる。

「ゲームで使いそうな背景資料を撮影《さつえい》すること」

さらにもう一本、指を立て、

「〝島の伝承〟を調べてネタ集めをし、作品設定を補強すること」

「〝島の伝承〟？」

『昨日は出なかった話題』について俺《おれ》が問うと、部長が真壁《まかべ》くんの代わりに、

「真壁《まかべ》も五更《ごこう》も、ギャルゲーに『不思議要素』を入れたいんだと。そんでリアリティを出すた

めに、実際のオカルト話やら、民間伝承やらを調べたいっつーからさ。そんなら、合宿で行くこの島にも、色々そういうのあるんだぜって話をしたんだ」

「〝天女伝承《てんにょでんしょう》〟がある、と言っていたわね」

「おう、よく聞く例の〝羽衣《はごろも》の昔話〟とは別もんでな。ギャルゲーヒロインのバックボーンに使ったら、面白そーだろ。ちょいベタだが」

あぁ……それで黒猫《くろねこ》は、ヒロインの登場シーンを『空から降ってくる』にしようとしていたのか。作品に〝天女伝承《てんにょでんしょう》〟をモチーフにした設定を付けるなら、とても妥当《だとう》だ。

「プロットに書いたとおり、今回のシナリオは、オカルト研究会が島に合宿に行く――というものですから。この先の話は、合宿での体験を活《い》かして書きます。各シナリオに、ひとつずつ、別解釈《べつかいしゃく》の〝天女伝承《てんにょでんしょう》〟ネタを入れる――というのが現状の想定です、が、まぁ、そこは追々
……様子を見ながら、ですかね」

「ネタ被《かぶ》りが起こりそうだから、合宿の後半で打ち合わせが必要になるわ」

と、黒猫《くろねこ》。

「合宿のネタ集めなら、ちゃんと遊ぶことも必要ですよ！」

瀬菜《せな》が元気よく主張する。

「せっかくですから、海で泳いだりしましょうよ！　それも立派なネタ出しです！」

半分は遊ぶ口実なのだろうが、誰《だれ》もダメとは言わなかった。

そりゃそうだよな。俺《おれ》だって、誰《だれ》だって遊びたい。女子の水着姿を見たい。

「オウよ、しっかり遊んでしっかり取材だ。メリハリよくいこーぜ」

部長がまとめるように言って、話の軌道《きどう》を修正していく。

「ってわけで——この合宿では、〝島の伝承〟についてキッチリ取材して、しっかり遊んで、楽しい思い出作りをするッ！　分かったな！」

はーい！　と、部員たちが盛り上がる。

「おっし、じゃあ今日の予定だ！　〝島の伝承〟を調べる組と、祭りの準備を手伝う組に分かれて、それぞれのシゴトをすんぞ。分担は——」

部長から、組み分けが発表される。

俺《おれ》と黒猫《くろねこ》は、〝島の伝承〟を調べる組。良《い》い場所があったら、撮影《さつえい》もする。

ちなみに『みんなで海へ行って遊ぶ』のは、明日以降にする、とのこと。

「伝承についてはオレも詳《くわ》しくねえから、ばーちゃんに聞いてみてくれ。あとは——そうだな。確か、郷土資料館があったはずだ」

「行ってみましょう、先輩《せんぱい》」

「おう！」

ははっ、なんだか伝奇《でんき》小説っぽい展開じゃないか。

冒険心《ぼうけんしん》が刺激《しげき》される。

実際には、地味な仕事になるのだろうが、黒猫《くろねこ》と一緒《いっしょ》にやるってだけで、ワクワクしてきた。

と――我らがゲー研の『今日の予定』がまとまったときだ。

「京介《きょうすけ》くん、黒猫《くろねこ》ちゃん」

茶碗《ちゃわん》を空にした悠《はるか》が、真面目な顔で俺《おれ》たちを呼んだ。

「なにかしら？　おかわり？」

「うんっ！　いやー、おなか減っちゃってさあ――じゃなくてぇっ！　もちろんおかわりはするけど、それだけじゃなくてっ！　――〝島の伝承〟を調べるんでしょ？　それなら、午後からあたしも合流していいかな？　午前中バイトだから、その後になっちゃうけど」

「？　理由を聞いても？」

「訳あって、あたしも〝島の伝承〟を調べてるんだ。――情報交換《じょうほうこうかん》しよっ」

朝食後。

俺《おれ》は黒猫《くろねこ》と共に、『みうら荘《そう》』の庭にて、洗濯《せんたく》物を干していた。

「本当に、ありがとうねえ。お客様にこんなことさせちゃって、申し訳ないわぁ」

「いえ、たいしたことでは……」

おかみさんに謙遜《けんそん》しながら、手際《てぎわ》よく衣類を干していく黒猫《くろねこ》。

彼女《かのじょ》は、さんさんと降り注ぐ朝日の下、真っ白な肌《はだ》を輝《かがや》かせ、活《い》き活《い》きと働いている。

こんなに若くて、年下なのに、このお母さんっぷりはどうしたことだろう。

そういえば、黒猫《くろねこ》の妹の日向《ひなた》ちゃんが、『お姉ちゃんが家のことをやっている』と言っていたっけ。黒猫《くろねこ》って、主婦の仕事に慣れているのかもしれないな。

さて。

なぜ、俺《おれ》たちがこんな状況《じょうきょう》になっているのかというと、話は単純で、部長の勧《すす》めに従って、おかみさんから話を聞かせてもらおうと思ったからだ。彼女《かのじょ》を見つけると、洗濯《せんたく》をしている様子だったので、こうして手伝っている、というわけ。

俺《おれ》は、洗濯《せんたく》かごを黒猫《くろねこ》のそばまで運んでいき、おかみさんに言う。

「実は、教えて欲《ほ》しいことがありまして――」

「もちろん、あたしが知っていることでしたら、構いませんとも」

おかみさんが快諾《かいだく》してくれたので、さっそく〝島の伝承〟について聞いてみる。

すると彼女《かのじょ》は、軽い調子でこう言った。

「あぁ、それは〝ひてん様〟のことだねぇ」

「その〝ひてん〟って」

昨日、案内看板に刻まれていた名前と、同じものだろうか。

彼女《かのじょ》は、指で虚空《こくう》に字を書きながら、

「『飛ぶ』という字を書いて『ひ』、お天道様《てんとさま》の『てん』」

「ははあ、〝飛天〟」

飛天。

マンガに出てくる刀剣術《とうけん》でお馴染《なじ》みの字だが――

「天女《てんにょ》のことを、そう呼ぶのよ」

そう黒猫《くろねこ》が教えてくれた。

「由来は諸説あるけれど――日本では、多くの場合『翼《つばさ》を持たず、羽衣《はごろも》を纏《まと》った空を飛ぶ女性』という姿で描《えが》かれているわ」

「へえ」

さすがにこういうことには詳《くわ》しいな。

おかみさんは『ご名答』と言わんばかりに、笑って頷《うなず》く。

「この島では、昔々……御山に黒い羽衣《はごろも》を纏《まと》った麗《うるわ》しい〝ひてん様〟が降りてきて、知恵《ちえ》を授《さず》けてくれた、という言い伝えがあるんですよ。いまでも夏になると、〝ひてん様〟へのお礼を込《こ》めて『犬槇神社《いぬまきじんじゃ》』で祭りを催《もよお》すんです」

いま、赤城《あかぎ》たちが手伝っている祭りのことだろう。

『ひてん祭り』というらしい。

「もしかして、昨日俺《おれ》たちが行った神社って」

「天女《てんにょ》を奉《まつ》ったものだったようね」

黒猫《くろねこ》が、俺《おれ》の言葉を引《ひ》き継《つ》いだ。彼女《かのじょ》は、はたと気付いた様子で、

「あ、いえ、少し待って頂戴《ちょうだい》。昨日、私たちが行った神社の名前は『ひてん神社』だったはずよ——二つ神社がある、ということかしら？」

黒猫《くろねこ》の問いに、おかみさんは不思議そうな顔になった。

島にある神社は、『犬槇神社《いぬまきじんじゃ》』のみで、『ひてん神社』なるものは、まったく聞いたことがないというのだ。俺《おれ》と黒猫《くろねこ》は、しばし顔を見合わせたが、結論が出ない。

俺《おれ》たちが行ったのは、確かに『ひてん神社』だったはずなのだが……。

この島には、『犬槇神社《いぬまきじんじゃ》』しかないって？

……はてさて、どういうことだろう。

ううん……俺《おれ》たちか、おかみさんが、なにか勘違《かんちが》いをしているのかもしれないな。

案内看板が間違《まちが》っていたとかさ。

結局、いまは保留することにし、黒猫《くろねこ》が別の質問をする。

「その……〝ひてん様〟から授《さず》かった〝知恵《ちえ》〟というのは？」

「島が水不足になった折、村人を説得して人柱を救い、水を溜《た》め置く池を多く作ったそうです」

「説得？　天降女子《あもろうなぐ》よろしく……神通力《じんつうりき》で雨を降らせた、とかではなく？」

「昔話を聞いた限りじゃあ、そういったお力はなかったようですねえ」

「……神の遣《つか》いにしては、地味ね」

あ、言っちまった。

するとおかみさんは、大いに笑って、

「きっと実際のところは、神の遣《つか》いではなかったんでしょうねえ。ただ、とても賢《かしこ》い方がどこぞからいらっしゃったと」

「それを天女《てんにょ》と、島の者が崇《あが》めた」

おかみさんは、頷《うなず》く。

「曰《いわ》く、この島に雨が降らないのは、周囲に山が多く雨雲が届かぬせいであると。いくら拝んでも意味がなく、池を穢《けが》すのも、人柱も無駄《むだ》だと。神仏に頼《たよ》らず自力で備えるべきであると。島長を踏《ふ》みつけて、おおむねそういった意味のお言葉をくださったそうです」

「……それは確かに、神の遣《つか》いの言動ではないわね」

踏《ふ》みつけて命じるとか、ひてん様ってのは、ずいぶん獰猛《どうもう》な天女《てんにょ》なんだな。

説得っつーのも、物理的なもんだったんじゃないかと邪推《じゃすい》してしまう。

いかん、羽衣《はごろも》をまとった桐乃《きりの》のイメージになってきやがった。

「この伝承に、モデルとなった実話があったとして……〝天女《てんにょ》〟というのは、あくまで暗喩《あんゆ》で……当時、島にやってきたのは……もっと別の……武力を持った集団——……とか。いえ、浪漫《ロマン》のない推論をしてしまうのは早計ね。もう少し調べてみましょう」

「ああ、そうだな」

黒猫《くろねこ》は――

『天女伝承《てんにょでんしょう》には、死神や淫魔《いんま》に近い形で伝わっているものもあるのよ』とか。

『山に降りてきた』という表現が気になるわ、とか。

『宇宙人だったりしないかしら』などと呟《つぶや》いている。

楽しそうな表情だった。そうやって色々考えて、お話を創っているのだろう。

不思議なことが、心から好きなんだろうな。

皆《みな》に合わせたギャルゲーを作る。それは黒猫《くろねこ》の好きなことではないのかもしれないが。

こうして好きなことが混じったなら、楽しい制作になるかもしれない。

そうあって欲《ほ》しいと願うばかりだ。

「……〝ひてん様〟は、その後……この地に永住したんですか？」

黒猫《くろねこ》が問うと、

「御山から、天に帰られたそうですよ」

「……〝天〟に〝帰った〟……っふ……やはり……私の仮説が、真実味を帯びてきたようね」

どうも……黒猫《くろねこ》の脳内は、〝ひてん様〟＝宇宙人説に傾《かたむ》きつつあるようだった。

洗濯《せんたく》物を干し終えた俺《おれ》たちは、おかみさんに礼を述べて、『みうら荘《そう》』を出発した。

目的地は、部長から聞いた郷土資料館。

といっても、真《ま》っ直《す》ぐ向かうわけではなく、観光がてら町を見て回りながらだ。

黒猫《くろねこ》は、いつものゴスロリファッションに着替《きが》えている。さすがに日程が一週間となると、旅行中、毎日同じ服を着るわけもない。見慣れた姿は、旅行という非日常の中の日常だ。

「昨日のワンピースもすげえ良かったけど、やっぱ黒猫《くろねこ》っていったらこの格好だよな」

「……ふっ……そうでしょう」

慣れた服に着替《きが》えた黒猫《くろねこ》は、いつものノリに戻《もど》っているような気がする。

俺《おれ》も人のことを言えないが、昨日は、なんだか緊張《きんちょう》していたようだったし。

日陰《ひかげ》で地図を広げ、二人で覗《のぞ》き込《こ》む。

写真を撮《と》りたい場所は――

「商店街、港、海岸、灯台、資料館に役所……あたりかしら」

「役所？」

「中に図書室があるそうなの。『主人公が新聞記事を調べるシーン』に使えそう。写真を撮《と》るのは難しいでしょうけど、中を見てみたいわ」

「オーケイ。つってもいきなり全部は回れねえから、そっちは明日以降だな」

「異存ないわ。では、郷土資料館を目指しましょう」

「おう。そんで道中、良さそうな町並みを撮《と》るか」

そうして……雲一つない青空の下を、二人で歩いていく。

聞こえるのは、熊蟬《くまぜみ》の声ばかり。車はまったく走っていない。

時折すれ違《ちが》うのは、愛らしい野良猫《のらねこ》だけだ。

あまりにも人間がいないものだから、島民がすべて消えてしまって、世界には俺《おれ》たちしか残されていないんじゃないか——なんて妄想《もうそう》が脳裏《のうり》をよぎったりもする。

島への合宿という非日常の中で、段々と、黒猫《くろねこ》に影響《えいきょう》されてきているのかもな。

それが、嫌《いや》ではなかった。

やがて目的地へと到着《とうちゃく》する。

郷土資料館は、民家を改装して作られたもののようで、『館』というほどたいそうな建物ではなかった。開きっぱなしの玄関扉《げんかんとびら》の脇《わき》に、空手道場のような看板がある。

足を踏《ふ》み入《い》れると、受付らしきスペースがあったが、誰《だれ》もいない。

「……勝手に入っちまっていいのか？」

「特に入館料の案内などはないから、そうでしょう。もし違《ちが》ったなら、咎《とが》められてから支払《しはら》えばいいわ」

今日の黒猫《くろねこ》、テンション高いな。

どうも、おかみさんから聞いた〝天女伝承《てんにょでんしょう》〟がお気に召《め》したらしい。

創作意欲が湧《わ》いている——ってところか。

「じゃ、行くか」

館内は、あえて古く見せているのか、本当にボロいのか、判断に迷う有様《ありさま》で、全体的に薄暗《うすぐら》い。

受付にあったパンフレットによると、主に『ひてん祭り』で使う祭具が展示されているようだが、入口付近には見当たらない。もっと奥《おく》にあるのだろうか。

案内看板の矢印に従って、館内を見学していく。

壁面《へきめん》に沿うようにガラスケースがあり、鍬《くわ》やら、鎌《かま》やら、脱穀《だっこく》機やらが解説文と共に置かれている。農業関連の展示らしい。特に興味を引くようなものはない。

さらに進むと、海に囲まれた島らしく、漁業関連の展示があった。船の模型や、網《あみ》などだ。

これも目的のものではない。

「パンフにあったのは、このあたりかな」

次の部屋には、『ひてん祭り』と関連があるのだろう、古めかしい土器や石器類、書物などが展示されていた。中央に飾《かざ》られた古い神輿《みこし》は、祭りで実際に使われたものだろうか……。

「先輩《せんぱい》、これ」

「おっ」

〝天女伝承《てんにょでんしょう》〟についての解説が壁《かべ》のプレートに記述されていた。

ざっと眺《なが》めてみたところ、さきほど聞いた話とかなり重複しているが、より詳細《しょうさい》な情報が書かれている。

伝承のソースである文書は、すでに散逸《さんいつ》しており、約七百年前に編纂《へんさん》された別の書物に、引用として〝犬槇島《いぬまきじま》の天女伝承《てんにょでんしょう》〟が記されていた――とか、なんとか。

すぐに忘れてしまいそうな小難しい諸々《もろもろ》だが、黒猫《くろねこ》は面白《おもしろ》いらしい。表情で分かる。

「ふふ、新たなフレーズが登場したわね――〝神隠《かみかく》し〟ですって」

「え？　そんなの書いてあるか？」

「ええ、ここよ、ここ」

こういうのって、細かくずらーっと書かれているもんだから、目が滑《すべ》るんだよな。

俺《おれ》は目を細めて文字を追い、該当《がいとう》のテキストを発見した。

ピックアップしてみよう。

――〝ひてん様〟が天にお帰りになった後、山での行方不明者《ゆくえふめいしゃ》が多発した。

――島民は、その現象を〝神隠《かみかく》し〟と恐《おそ》れ、社を作り〝ひてん様〟を奉《まつ》った。

――その後も、天の国への道があると考える者が度々《たびたび》現れ、山に入った。

――彼《かれ》らの多くは、なにも見つけられず戻《もど》ってきたが、時には帰らぬ者もあった。

――島民は、子供が山に入らぬよう、童歌《わらべうた》にして戒《いまし》めた（以下、歌詞が続く）。

――戦後になって、長い時が経《た》ち失われた社と同じ場所に、新たな神社を建てた。

――この頃《ころ》から、〝ひてん様〟への感謝を込《こ》めて、祭りを催《もよお》すようになった。

――これが犬槇神社《いぬまきじんじゃ》と〝ひてん祭り〟の始まりである。

要約すると、そんな感じだ。

もちろんこういう伝承なんてのは、事実を元にした創作だったりするものだが――

「ねぇ……先輩《せんぱい》……〝神隠《かみかく》し〟は、いまもあるのかしら」

「…………………………」

俺《おれ》は、即答《そくとう》できず、黙《だま》り込《こ》んだ。

気分が盛り上がっているのだろう彼女《かのじょ》と一緒《いっしょ》に、面白《おもしろ》がってやるべきところなんだろうが。

ぞくっ、と、寒気がしたんだ。鳥居を潜《くぐ》ったあのときと、同じように。


――日が落ちるの、遅《おそ》くないかしら。

――ちっとも暗くなんねえな。


もしかして……考えすぎかもしれないが…………

無限とも思えた、あの夕暮れは――

「同じことを連想したようね」

思考の海から戻《もど》ると、黒猫《くろねこ》が俺《おれ》を覗《のぞ》き込《こ》んでいた。

「逢魔《あのとき》が時、私たちは、現世には存在し得ぬ場所で、〝神隠《かみかく》し〟に遭《あ》いかけていた……のかも」

「気のせいだろ」

「そうかもしれない。そうではないかもしれない……ふふ」

「楽しそうだな」

「ええ……もしも自分が怪奇《かいき》現象に遭《あ》ったなら。何度も想像したことだもの」

それが現実になったかもしれない、と、なれば。

心も弾《はず》むってもんか。

「ただ、ちょっと複雑なのだけど――怪奇《かいき》現象なんて有り得ない。無意識にそう考えているからこその楽しさね、これは」

「っつーと？」

「私は、〝神隠《かみかく》し〟に遭《あ》って、帰れなくなるわけにはいかないわ」

黒猫《くろねこ》は、はっきりと言った。何故《なぜ》、なんて聞くまでもない。

一週間ですら、離《はな》れがたかったんだものな。

「けれど、そうでありながら、怪異《かいい》を肌《はだ》で体験したいという想《おも》いもある」

「はは、マジで複雑だなあ」

「そうなのよ。我ながら、困ったものね」

「じゃあ、〝神隠《かみかく》し〟が、本当にあるかもしれねーから。気をつけて調べようぜ」

「ええ、そうしましょう」

『無い』と決めつけるわけでもなく。『在る』と信じるわけでもなく。

中途半端《ちゅうとはんぱ》に、ほどほどに、怪異《かいい》のそばを歩くとしよう。


郷土資料館を後にした俺《おれ》たちは、ひてん神社へと向かった。というのも、今朝、おかみさんから聞いた話が、俺《おれ》たちの頭にずっとひっかかっていたからだ。

──『ひてん神社』という名の場所は、この島には存在しない。

資料館で見つけられたのも『犬槇神社《いぬまきじんじゃ》』の成り立ちについて、のみだった。

だが、実際に俺《おれ》たちは『ひてん神社』に行って、悠《はるか》と出会っているんだよな……。

あるいは、俺《おれ》たちが勘違《かんちが》いをしていて、昨日の神社は『ひてん神社』ではなく、『犬槇神社《いぬまきじんじゃ》』だったのだろうか？　それならつじつまが合う。

合うのだが……納得《なっとく》できない、という思いがあった。

「このあたりから、曲がっていくんじゃなかったかしら？」

隣《となり》を歩く黒猫《くろねこ》が言った。俺《おれ》は、足を止め、周囲を見回す。

「ん……おう……そう、かな。昨日の夕方とは、逆側から歩いてきたから、いまいち分かり辛《づら》いな。こんな景色だったっけか」

「確かに、印象が違《ちが》うわね。けど、住所を見る限りは、間違《まち》いなさそうよ？」

「ふむ……ちょっと待ってくれ」

昨日の夕方と同じように、地図を広げ、二人で覗《のぞ》き込《こ》む。

その際、よく確認《かくにん》したのだが……神社のマークは、島にひとつしかない。

でもって、現在位置は、『みうら荘《そう》』の北側──つまり、黒猫《くろねこ》の言うことが正しい。

俺《おれ》たちは、いま、昨日とは逆に、北から南へと向かって歩いてきたわけだが……

「こっちから見てみるか」

身体《からだ》の向きを一八〇度回転させて、昨日の夕方と同じ角度で、町並みを眺《なが》める。

記憶《きおく》の中で、二つの景色を比較《ひかく》してみると──

「あ、そこの角じゃねえか？　ほら、昨日きたときも、そこに蕎麦《そば》屋があったろ？」

「そう、ね」

黒猫《くろねこ》は、慎重《しんちょう》な足取りで角に近づき……

ぽつりと一言。

「……案内看板が無いわ」

「え？　あ──本当だ。片付けたんかな？」

昨日は、この角に、『ひてん神社』と書かれたボロい看板が立っていたんだが。

土の地面にぶっ刺さって立っていた、はず、なんだが。

なくなっている。刺《さ》さっていた形跡《けいせき》もない。

「……………………」

「…………………………………」

俺《おれ》たちは、しばし硬直《こうちょく》し、黙《だま》りこくってから、

「進んでみましょう」

「……それしかねーな」

重い足取りで、動き出したのである。

以降の道程は、昨日の夕方とまったく同じ。

坂道を上り、砂利《じゃり》の敷《し》かれた遊歩道を歩き、長い石段へと至る。

道中、ついでとばかりに、昨日と同じアングルで、写真を撮《と》っておいた。

昼間の景色も、資料として必要だろうから。

――あ、なんか思いつきそう。

脳裏《のうり》のひらめきが形を成す直前、

「先輩《せんぱい》、石段を上って、神社まで行ってみましょう」

黒猫《くろねこ》に声を掛《か》けられ、ひらめきは一時霧散《むさん》してしまう。

「俺《おれ》だけ行ってこようか？　足、筋肉痛なんだろ？」

「……………私……そんなこと、一言も」

「言わなくても分かるって」

男子部員たちの中にも、運動不足気味のやつらは、朝、筋肉痛だって弱音を吐《は》いていたし

――きっと黒猫《くろねこ》もそうじゃねえかなって、思ったんだ。

「……私も行くわ。偶然《ぐうぜん》や、勘違《かんちが》いでないのなら……この先に、不可解な現象の答えがあるような気がするの」

「そうは言うが。おまえ、足ぷるぷるしちゃってるけど、マジで大丈夫《だいじょうぶ》か？」

「シリアスな空気を台無しにしてくれるわね、先輩《せんぱい》」

流し目で睨《にら》まれる。

黒猫《くろねこ》は、堂々と真顔で言う。

「大丈夫《だいじょうぶ》か大丈夫《だいじょうぶ》じゃないかで言えば、大丈夫《だいじょうぶ》じゃないわね。足が棒のようよ」

「ほらあ」

「でも、行く他ないでしょう。気になって仕方ないし、それに…………」

「それに？」

「察して頂戴《ちょうだい》」

頬《ほお》を赤らめてそっぽを向く。

ははあ………ひとりで残されるのが、怖《こわ》いのか。

黒猫《くろねこ》のやつ、オカルト大好きなくせに、気弱なところがあるんだよな。

「じゃ、ゆっくり行くか」

昨日と似たようなやり取りをしながら、石段を上っていく。

昨日よりきつく感じるのは、真上から降り注ぐ日光のせいだろう。

夏コミを思い出す暑さだった。

「っつーか、もう昼どきか……」

「……昨日よりも、時間が経《た》つのが早い気がするわ」

「どっちかっつーと……昨日が遅《おそ》すぎ……だったけどな」

息を切らしながら、上る。やがて石段を上りきった俺《おれ》たちは、

「………………………」

「………………………」

先よりもさらに強い意味で、絶句した。

看板がなくなっていた、どころじゃない。

石段を上り切ったその先には、『ひてん神社』がなかった。

「……マジかよ」

昨日の夕方に見た、簡素な鳥居も、狭《せま》い境内《けいだい》も、小さな社も、なにもない。

悠《はるか》が落ちてきた木だけが、逢魔《きの》が時《う》の記憶《きおく》と一致《いっち》している。

代わりにあったのは、『犬槙神社《いぬまきじんじゃ》』だ。

鮮《あざ》やかに塗《ぬ》られた立派な鳥居に、神社の名称《めいしょう》が刻まれている。

広々とした境内《けいだい》では、男子部員たちが、提灯《ちょうちん》の飾《かざ》り付《つ》けをしているようだ。

俺《おれ》たちを見つけた赤城《あかぎ》が、タオルで顔を拭《ぬぐ》いながら近寄ってきて、

「お、高坂《こうさか》、五更《ごこう》さん、どうしたんだ？」

声をかけてきたが――

俺《おれ》も、黒猫《くろねこ》も、まともな返事ができなかった。

何が起こったのか、理解できずにいた。

そこで、

「あ、そうだ、写真――」

なくしたひらめきが再び戻《もど》ってきて、俺《おれ》は慌《あわ》ててデジカメを確認《かくにん》した。

昨日の夕方、『ひてん神社』で撮影《さつえい》した写真を見れば――

「……消えてる」

なにもかもが不可解だった。ただひとつ、はっきりしていることは、

……どうやら神社の写真は、すべて撮《と》り直《なお》しになった、ってことだ。

激しい動揺《どうよう》からようやく再起動した俺《おれ》たちは、犬槇神社《いぬまきじんじゃ》を後にし、商店街へとやってきた。

午前中に予定していた『やること』も終わったし、体力的にも精神的にも疲《つか》れたので、どっか店にでも入って休もうという考えからだ。

だが………。

一言でいうと寂《さび》れている。開いている店の方が少ないくらいだ。

アーチに『犬槙銀座《いぬまきぎんざ》』なんて文字が見えるが、もしやあれが商店街の公式名称《めいしょう》なんだろうか。

いくらなんでも調子に乗りすぎである。

東京都に謝《あやま》った方がいい。

「この島、マジでコンビニがないんだな」

「地方なら、こんなものでしょう。いい取材になるわ」

「ううん、困ったぜ。まさかファーストフードもカフェもねえとは……」

この島の若者はどうやって生きているんだ。

失礼なことを考えていると、黒猫《くろねこ》が俺《おれ》の腕《うで》を軽く叩《たた》いて、前方を指さした。

「先輩《せんぱい》、そんなことを言っているうちに、あったわよ――喫茶店《きっさてん》が」

それは、よく見知ったチェーン店ではなく、個人経営の喫茶店《きっさてん》のようだった。

寂《さび》れた商店街にはそぐわない、瀟洒《しょうしゃ》な店舗《てんぽ》。レンガに似せた壁面《へきめん》、大きな窓から、店内の様子が見て取れる。調度も照明も凝《こ》っていて、ぼんやりと薄暗《うすぐら》く、謎《なぞ》めいた雰囲気《ふんいき》。

ファンタジー世界の魔法屋《まほう》っぽくて、黒猫《くろねこ》が好みそう。

「よさそうな店だな。入るか」

「ええ」

扉《とびら》を開けると、ちりんと鈴《すず》の音が鳴った。

いらっしゃいませ、と、店主と思《おぼ》しき女性が声をかけてくる。

席へと案内され、俺《おれ》は黒猫《くろねこ》と対面で座《すわ》った。昼食は『みうら荘《そう》』で摂《と》るので、飲み物だけを頼《たの》んだ。冷房《れいぼう》がよく効いていて、全身の汗《あせ》が引いていくのが分かる。

「ふぅ……ようやく人心地《ひとごこち》ついたな」

氷水をごくごくと飲み、それから、手で顔を扇《あお》ぐ。

暑さから解放され、上機嫌《じょうきげん》の俺《おれ》を見て、黒猫《くろねこ》が苦笑《くしょう》する。

「こう店が少ないと、休憩《きゅうけい》もままならないわね」

「それな」

涼《すず》しいところで休もうと思っても、そんな場所はないのである。

回復ポイントのないダンジョンを探検しているようだ。

──って、また俺《おれ》の喩《たと》えが、黒猫《くろねこ》っぽくなってやがる。

冷房《れいぼう》の効いた店に入って落ち着いたので、少し整理しよう。

『ひてん神社』が『犬槙神社《いぬまきじんじゃ》』になっていた件についてだ。

黒猫《くろねこ》とも話し合ったのだが、俺《おれ》たちは、間違《まちが》いなく昨日と同じ道を通り、同じ神社へと至ったはずだ。しかしたどりついたのは、『ひてん神社』ではなく『犬槙神社《いぬまきじんじゃ》』だった。

『ひてん神社』が存在していた証《あかし》である写真は、いつの間にか消えていた。

俺《おれ》たちが体験した不思議な出来事が、本当に怪奇《かいき》現象なのかどうか。

正直なところ、俺《おれ》はどうでもいいと思っている。

大事なのは——

「先輩《せんぱい》、私の考察を聞いてくれるかしら」

こうして彼女《かのじょ》が、楽しそうにしていることだ。

しばらく黒猫《くろねこ》と（主に俺《おれ》たちの遭遇《そうぐう》している怪奇《かいき》現象についてだが）談笑《だんしょう》をしているうちに、
アイスコーヒーがやってきた。

飲み物を飲むため、一旦《いったん》会話が途切《とぎ》れ——

「…………………………」

「…………………………」

俺《おれ》たちの間に、意味深な沈黙《ちんもく》が横たわった。

きっと、黒猫《くろねこ》も俺《おれ》と同じ理由で黙《だま》り込《こ》んでしまったのだと思うのだが。

……今更《いまさら》ながら、気付いてしまったんだ。

二人きりで町を歩いて、喫茶店《きっさてん》で休憩《きゅうけい》するというこの状況《じょうきょう》。

なんか、なんか……っ……！

すっげー、デートっぽくね!?

しかも、ただのデートじゃあない。

家から遠く離《はな》れた、海に囲まれた島。

俺《おれ》たちは、一つ屋根の下で寝泊《ねと》まりして、朝から同じ釜《かま》の飯を食って。

午前中、ずっと一緒《いっしょ》に、見知らぬ場所を観光していたわけで。

それって実質『お泊《と》まり旅行』といってもいいんじゃねえの！

本来なら！　恋人同士《こいびとどうし》、それもかなり親密な間柄《あいだがら》になってはじめて！　許される行為《こうい》なんじゃねえの!?

なのに昨夜なんか、まだ付き合ってもいねえのに、背中合わせで露天風呂《ろてんぶろ》に入ったり、そのままお喋《しゃべ》りしたり、湯上がりの姿を見せてもらったり……。

ああああ……。

一晩寝《ね》て、リセットされていた昨夜のモヤモヤが、ぶり返してきやがった。

あー、くそっ。

いつもどおりの日常じゃないから、非日常の中だから、調子が狂《くる》うっつーか。

修学旅行でカップルが生まれやすい理由を、俺《おれ》は、いま、まさに体験しているのかもしれなかった。

「…………………」

ぼうっと、彼女《かのじょ》の顔を見つめていた。

いつの間にやら、コーヒーは氷だけになっていた。

ストローをすすっても何も出てこなくて、ようやくそれに気付く。

「……あ、あの」

彼女《かのじょ》の方から、沈黙《ちんもく》を破って、話しかけてきてくれた。

焦《あせ》った口調は、こっちと似たようなことを考えていたからかもしれない。

「お、おう……なんだ？」

「あれ…………見て頂戴《ちょうだい》」

ん？　どれだ？

俺《おれ》は、黒猫《くろねこ》の視線をたどってみる。

すると、一番奥《おく》の席に、奇妙《きみょう》な人物を見つけた。

真っ黒いローブを着込《きこ》んでいる。フードを目深《まぶか》に被《かぶ》っていて顔は見えない。

テーブルの上には、ソフトボール大の水晶玉《すいしょうだま》とタロットカード。

その隣《となり》には、『占《うらな》い　百円』と書かれた札が置かれている。

「あれ、占《うらな》い師《し》か」

「そのようね」

対面に座《すわ》っている女性客を占《うらな》っているのだろう。

彼《かれ》――もしくは彼女《かのじょ》――は、水晶玉《すいしょうだま》に両手をかざし、なにやら会話をしている様子。

「へえ……まぁ、観光地とかだと、宿泊施設《しゅくはくしせつ》にいたりするよな、占《うらな》い師《し》」

あの人も、そういうもんなのだろうか。いや、でも、この島は観光地じゃねえしなあ。

店のミステリアスな雰囲気《ふんいき》のせいで、違和感《いわかん》が減じているとはいえ、なんとも不思議な光景だ。

俺《おれ》は、それ以上、深く考えなかったのだが、

「先輩《せんぱい》、よく見て頂戴《ちょうだい》……あの服……」

黒猫《くろねこ》は、俺《おれ》に、さらに注視するよう指示した。

「あのローブがどうかし――」

たのか、と。

そう続けようとして、口が止まった。

既視感《きしかん》を覚えたからだ。

あれ……？　どっかで見たことあるぞ……？　いつ、どこでだっけかな……。

つい最近……それこそ、この合宿が始まってから――


――刮目《かつもく》なさい先輩《せんぱい》、この私が手ずから創造した魔道具《まどうぐ》の姿を。


「屍霊術師《ネクロマンサー》の黒衣《ローブ》じゃねえか！」

気付くや、大声で答えを口にしていた。

そう。

よく似た別の服、じゃあない。あんないかれた服を着ているやつと、続けて遭遇《そうぐう》するなんて、そんな偶然《ぐうぜん》があるとは思えない。既製《きせい》品でもねえしな。

やっぱりあれは……新幹線で、黒猫《くろねこ》が俺《おれ》に自慢《じまん》していた黒衣に間違《まちが》いない。

「やはり、そう見える？」

「ああ……でも、どういうことだ？　おまえ、あの、やべえ服って……」

「……我《わ》が魔《ま》道具《どうぐ》は……とある人物に貸与《たいよ》したの」

「えっ？」

俺《おれ》の当惑《とうわく》した声をよそに、黒猫《くろねこ》は音もなく立ち上がり、すたすたと歩いて行く。『謎《なぞ》の人物』の方へと。

「お、おい……」

俺《おれ》も慌《あわ》てて後を追った。

占《うらな》いが終わったのか、女性客が『謎《なぞ》の人物』から離《はな》れていく。

それと入《い》れ替《か》わりに、黒猫《くろねこ》が占《うらな》い師《し》のすぐそばに立ち、「ふぅ……」と一息《ひといき》吐いてから、

「奇《き》遇《ぐう》ね」と、声を掛《か》けた。

俺《おれ》は黒猫《くろねこ》の顔を覗《のぞ》き込《こ》み、次いで件《くだん》の人物に目線をやる。

すると怪《あや》しい占《うらな》い師《し》は、ばさっとフードを取り去って、美しい素顔《すがお》を現《あらわ》した。

そのままこちらに手を振《ふ》って、

「やっほー、黒猫《くろねこ》ちゃんっ、京介《きょうすけ》くんっ♪」

「悠《はるか》！」

俺《おれ》は、彼女《かのじょ》の名を呼んだ。

「おまえ──こんなところでなにやってんだ？」

ぽかんと口を開けて、問う。

「えぇ？　見て分かるでしょ〜？　バイトだよん」

「いや、見ても分からんって。疑問だらけだ。まずバイトってなんだよ」

「このお店で、雑用と占《うらな》いをさせてもらってるんだっ。ひひー、すっごく当たるんだぜっ」

謎《なぞ》の可愛《かわい》い決めポーズで、そんなことを言う悠《はるか》。

んん……？　……今朝、すでに『午前中はバイトをする』って言っていたよな、こいつ。

てことは、昨日の時点で店主に話を付けていたってことで……。

店内で、占《うらな》いとかいう怪《あや》しい商《あきな》いを許されているってことで……。

いったい、なんなんだこの手際《てぎわ》の良さは？　プロのスパイか何かか？

元々謎《なぞ》の多いやつだが、時が経《た》つにつれて、さらに謎《なぞ》が増えていくぜ。

「フ……どうやら、我《わ》が魔道具《まどうぐ》がさっそく役に立ったようね」

「うんっ、いやぁ、おかげで助かっちゃったっ。やっぱ占《うらな》いって、外見も大事だからさ！　ぴったりな服が手に入ったのは、超《ちょう》らっきー！　こーんな怪《あや》しくてちゃんとしたローブなんて、お店じゃ絶対売ってないからね！」

二人の会話を聞いた俺《おれ》が、不思議がっていると、黒猫《くろねこ》が教えてくれる。

「昨夜、バイト先で占《うらな》いをするというから、衣装《いしょう》に使える服を貸してあげたのよ」

「そういうことか」

黒猫《くろねこ》のやつ、本当に悠《はるか》に対して親切なのな。

気に入ってた自作の服を、普通《ふつう》は貸し出したりしないだろう。

普段《ふだん》の黒猫《くろねこ》なら、そんな発想すらしないはずだ。

……黒猫《くろねこ》は、昨日からずっと、悠《はるか》にお節介《せっかい》を焼きまくっている。

その気持ちが、不思議と俺《おれ》にも分かるんだよな。

妙《みょう》に優《やさ》しくしたくなるっつーか、放っておけねーっつーかよー。

俺《おれ》も黒猫《くろねこ》も、そんなに親切な人格はしてねーはずなんだがなあ。

「けれど、あなた、本当に腕《うで》が良《い》いようね？」

「お、分かる？」

「ええ、私も勉強しているから……先の占《うらな》いを観察させてもらったのだけど、とても洗練された技術と知識に裏打ちされているのは、分かったわ。もちろん、私よりもね」

へえ、そうなのか。オカルト大好きな黒猫《くろねこ》がいうなら、そうなんだろうな。

「まあ、そういう感想になるよねえ」

悠《はるか》は、黒猫《くろねこ》に褒《ほ》められて、笑っている。

この反応、よっぽど自信があるんだろう。

「占《うらな》いは、お姉ちゃんに教わったんだ。うーん、まさか、こんなところで役に立つなんて……人生って、なにがあるか分からないなぁ……」

「こんな台詞《せりふ》、私らしくないのだけど……あなたのお姉さんとは、気が合いそうだわ」

「あー……それは本当に、そう思うよ。あたしのお姉ちゃんって、ウルトラ厄介な性格だけど……黒猫《くろねこ》ちゃんとは、きっと、ううん、絶対、友達になれたと思う。ここにいないのが残念」

そこまで言うか。黒猫《くろねこ》と相性《あいしょう》のいいやつって、かなりレアだろうに。

その子も、占《うらな》いが得意ってことは……オカルト好きだったり、中二病だったりするのだろうか。

「素敵《すてき》なお姉さんなのね」

「どーかなぁ。正直ねー、スンゴイめーわくなやつなんだけどさ。でも、ま、ここにきて……ちょ〜っとだけは、お姉ちゃんに感謝してやってもいいかもなって……んひひ、複雑なんだよねー」

俺《おれ》みたいなことを言ってやがる。

気持ちは分かるぜ。腹立つ兄妹《きょうだい》がいると、そういうふうにグチりたくなるよな。

悠《はるか》は、掌《てのひら》を上向きにして、俺《おれ》たちに差し出した。

「あ、二人とも座って。お世話になったし、無料で占《うらな》ってあげるよ」

「お、いいのか？」

素直《すなお》に、悠《はるか》の対面に座《すわ》る。黒猫《くろねこ》も、少し迷って俺《おれ》の隣《となり》に腰掛《こしか》けた。

テーブルを挟《はさ》んで、悠《はるか》と向き合う形だ。

「もっちろん。えーっと、恋占《こいうらな》いでいいよね？」

「えっ？　か――……構わないわ」

「お、おい……黒猫《くろねこ》……」

「遊びよ。あくまで、遊び。他意はないわ」

「お、おう……そうか……じゃあ、それで……」

「京介《きようすけ》くんて、押《お》しに弱いねぇ」

悠《はるか》はくすくすと笑っている。

「うっせ！　ほっとけや！」

「んひひ、そんじゃー、占《うらな》ってさしあげまショウ！　よいしょーっと」

悠《はるか》はミステリアスさのかけらもないかけ声で、水晶玉《すいしようだま》に両手をかざす。

おお……玉が、ぼんやりと光っているように見えるぞ。

「なぁ、これ、電球かなにか入ってんのかな？」

俺《おれ》は、黒猫《くろねこ》に軽い気持ちで話しかけるが、

「……？　なんのことかしら」

「え、いや、この玉がさ――」

「――視《み》えたよ」

俺《おれ》たちの雑談に割《わ》り込《こ》むように、悠《はるか》の声が響《ひび》いた。

それで直前の会話はうやむやになってしまう。

占《うらな》い師《し》としての話術なのか、悠《はるか》の声は小さいのに、傾聴《けいちょう》を強制させられる。

ローブの中に仕込《しこ》んでいたのだろうか――そこで彼女《かのじょ》は、スケッチブックを取り出し、片手で開く。

「結果は、絵で見せてあげる」

ペンが素早《すばや》くひらめいた。こちら側からは見えないが、かなりの速さで絵を描《か》いているのだろうと分かる。ほどなく彼女《かのじょ》は、ペンを置いて、

「はい！　できましたぁっ！」

俺《おれ》たちに開いたスケッチブックを差し出した。

「おお……上手《うま》いな」

「本当に多芸なのね……って、これ……」

黒猫《くろねこ》が驚《おどろ》くのも当然だ。そこに描《えが》かれていたのは、明らかに俺《おれ》たち二人だったからだ。

しかもその内容ってのが……

タキシード姿の俺《おれ》と、ウエディングドレス姿の黒猫《くろねこ》が、並び立つというもので……。

「お、おまえな！」

「んひひ、お二人には、こーんな感じの将来が待っているみたいでーっす。お気に召《め》しましたか、お客様～？」

「か、からかうために描《か》いただろ！」

顔が熱い。最近、黒猫《くろねこ》との仲を茶化されることが多かったが――今回はとびきりだ！　めちゃくちゃ恥《は》ずかしくて、黒猫《くろねこ》の顔を見られない！

「やだなあ、占《うらな》い師《し》としてのプライドに懸《か》けて、嘘《うそ》の占《うらな》いなんて言わないよう。これは本当に、お二人の未来――その可能性のひとつなんだ」

「……こうならない可能性もある、と？」

「もちろん」

黒猫《くろねこ》の問いに、即答《そくとう》する悠《はるか》。彼女《かのじょ》は、何故《なぜ》か、半目になって俺《おれ》を見る。

「京介《きょうすけ》くんってば、浮気性《うわきしょう》だからね――他の女の子と結婚《けっこん》する未来も、たくさん視《み》えたよ」

「……へえ……そうなの」

「ひでえ占《うらな》いだ！」

なんでまだやってもいねえことで責められなくちゃならんのだ！　黒猫《くろねこ》まで白い目で見てきやがって！　ぐぬぬ……。

「てか俺《おれ》、もしも結婚《けっこん》したとしたら、浮気《うわき》なんてしねえって！」

「ほんとにぃ？　妹と二人きりで旅行したりしない？」

「なんで俺《おれ》に妹がいるって知ってんだよ！」

「あたし、占《うらな》い師《し》」

あっそう！　いい腕《うで》してんな！

「京介《きょうすけ》くんの妹さんはー、超《ちょう》美人でー、スタイルよくてー、未来じゃ、ほとんどのケースで、人気モデルになるみたい。アスリートとして成功する未来も視《み》えたけど……うわ、かなり狭き門だね。相当巡り合わせがよくて、本人が死ぬほど努力して、ようやく可能性が出てくる……って」

「…………う……お」

やたらと『実現しそうな未来』を言ってきたもんだから、ドキリとしてしまう。

黒猫《くろねこ》が驚《おどろ》いているところを見ると、彼女《かのじょ》が桐乃《きりの》の情報を漏《も》らしたわけでもなさそうだ。

てことは……こいつ……マジで本物の占《うらな》い師《し》なんじゃねえだろうな。

こんなんコールド・リーディングじゃ説明できんぞ。

悠《はるか》は、改めて俺《おれ》に問う。

「で……京介《きょうすけ》くんは、そんな超《ちょう》美人の妹さんと浮気《うわき》しない？」

「するわけねえだろ！」

気持ち悪いこと言ってんじゃねえよ！

「妹と二人きりで旅行しない？」

「それは知らんけど」

「ちょっと先輩《せんぱい》？　なぜ否定しないの？」

「いやだって、また人生相談とかなんとか言われたら……そういうこともあるかもしれんだろ？」

「……はあ……そうね……あなたたちってあれなのね……容易に想像できるわ」

なぜ肩《かた》を落とす……。そんなにしょんぼりされても困るんだが……。

そんな俺《おれ》たちを見た悠《はるか》は、やや引きつった笑《え》みで、

「……黒猫《くろねこ》ちゃん……大変だねえ」

「こういう人なのよ……もう慣れたわ」

俺《おれ》をダシにして絆《きずな》を深めるの、やめてくれませんかね。

「てわけで——この絵は、あげるねっ」

「……後でいただくわ。いまもらっても、折れてしまいそう」

「ほいほい。そんじゃ、宿で」

悠《はるか》は、すっ、とスケッチブックをしまう。

俺《おれ》は、自身が浮気者《うわき》であるという話題を変えるべく、悠《はるか》を褒《ほ》めにかかる。

「にしても……たいしたもんだな。いまの占《うらな》いが当たるかどうかは分からないけど……楽しか

ったよ。なるほどこれなら金取れるなって、思った。すっらすら喋《しゃべ》るし、マジでプロだよ」

「確かに、同じ歳《とし》とは思えない社交性ね」

あ、黒猫《くろねこ》は、悠《はるか》の歳《とし》を、すでに聞いて知っているんだな。

てことは、悠《はるか》は十六歳《さい》？

「学生なんだよな？」

「もちろん。ただまぁ、こういう無一文で放り出される状況《じょうきょう》に慣れてるっていうか……あ、気になる～？　旅先で出会ったミステリアスな美少女の生《お》い立《た》ちに、ご興味が？」

ミステリアスな美少女とか、自分で言うなよ。

「興味がないとは言わないが、バイト中だろ？」

「おおっと、そうでしたっ！　マスタぁ～、もう上がりでいいですかあ――？」

悠《はるか》が立ち上がって、声を張り上げる。彼女《かのじょ》の視線を追うと、眼鏡の女店主が、笑顔《えがお》でＯＫサインを出していた。

「ありがとうございまーすっ！　――てわけであたし、これにてバイト上がりーっ。合流する手間が省けちゃったね！」

「そういえば、〝島の伝承〟について情報交換《じょうほうこうかん》をするという話だったわね。ちょうどいいわ、私たちもあなたと相談したいことがあったの」

「そう？　なら、このままここでお話しする？」

「いいけれど、あなたもなにか注文なさい。客になったのだから」

「あ、そうだね」

最近、黒猫《くろねこ》がお姉さんっぽい。

実際に、五更家《ごこうけ》の長女だったわけだし。悠《はるか》とも、まるで姉妹《しまい》みたいだ。

悠《はるか》が注文したアイスコーヒーが届くのを待ってから、本題に入る。切り出したのは黒猫《くろねこ》だ。

「さて……悠《はるか》、今朝とは状況《じょうきょう》が変わってきたわ」

「うん、あたしと相談したい――なんて言ってたもんね。なんかあったんだろーなーってのは分かるよ」

「ちっと信じてもらえるか分からん話なんだが……」

俺《おれ》からも、あらかじめ釘《くぎ》を刺《さ》しておく。『俺《おれ》たちが出会った神社が消えた』なんて、ただ言っても、冗談《じょうだん》にしか聞こえないだろうからな。

「あ、待って。急ぎじゃなければ、本題に入る前に、あたしについて話した方がいいよね？興味しんしんだったもんね？」

明らかに『聞いて欲《ほ》しそう』に言うものだから、噴《ふ》き出《だ》しそうになるのを堪《こら》えるのが大変だった。黒猫《くろねこ》も微笑《ほほえ》ましそうに、こう返事をする。

「ええ、教えて頂戴《ちょうだい》、あなたのことを」

「うんっ！　いや、あのね、なんでいままで、あたし自身のことを、もったいぶった感じに隠《かく》してたかっていうとだよ？　どう説明したらいいか、迷ってたんだ。証拠《しょうこ》もないし、率直《そっちょく》に話して、信じてもらえる自信がなかったから」

悠《はるか》は、俺《おれ》と同じような前置きを口にする。

彼女《かのじょ》もまた、これから信じがたい話をする、らしい。

「……っふ……そう、やはりあなたは――……そういうコトなのね」

凛々《りり》しい声と顔で、分かったふうなことを言う黒猫《くろねこ》。

嬉《うれ》しそうな雰囲気《ふんいき》から、なにを考えているのかなんとなく分かるが、とりあえずスルー。

「続けて頂戴《ちょうだい》。あなたがどんな荒唐無稽《こうとうむけい》なことを言おうとも、少なくとも私は、笑ったりしないと誓《ちか》うわ」

「そーだな。俺《おれ》も、バカにしたりはしねえよ」

「ありがと。……じゃあ、言うね」

悠《はるか》は、すぅ、はぁ、と、気持ちを落ち着けるように深呼吸し――

「実はあたし……未来から来たんだ」

そう告白した。

「…………………」

「……………………」

それを聞いた俺《おれ》たちは、揃《そろ》って沈黙《ちんもく》し――

「……あなた――――……」

先に黒猫《くろねこ》が口を開く。呆然《ぼうぜん》とした顔で、

「……宇宙人ではなかったのね」

「あぁ、おまえは絶対、そう信じてるんだろうなって思ってたよ」

言動の節々から匂《にお》い立っていたもん。

「……え、うえぇ……？　想定外すぎる反応なんだけど……」

告白した悠《はるか》までもが呆然《ぼうぜん》としていた。

「あの、え～っと……？　それで……信じてくれた感じ？」

「えっ？　あ――ちょっと待って頂戴《ちょうだい》。気持ちの整理をしているから」

黒猫《くろねこ》は困った顔で、ぶつぶつと呟《つぶや》いている。

「……う、宇宙人だという告白なら、受《う》け容《い》れる態勢だったのだけど……未来人だなんて
……そんな……私の完璧《かんぺき》な考察が間違《まち》がっていたというの……？」

かなり（悠《はるか》が心配していたのとはまったく違《ちが》う理由で）悩《なや》んでいた黒猫《くろねこ》だったが、やがて吹《ふ》っ切《き》れたように顔を上げた。端的《たんてき》に一言。

「信じましょう」

「本当っ⁉」

「ええ、本当よ。……まぁ、宇宙人も未来人も、有り得なさ加減でいえば似たようなものでしょうし。それに——正直に言うけれど、信じた方が面白《おもしろ》そうだもの。……気を悪くしたかしら？」

「ううん！　そんなことない！」

悠《はるか》は、ぶんぶんと激しく首を横に振《ふ》った。

「ありがとう！　黒猫《くろねこ》ちゃん、信じてくれて！」

悠《はるか》は、黒猫《くろねこ》の手を両手で包《つつ》み込《こ》み、上下に揺《ゆ》さぶる。

黒猫《くろねこ》は、困惑《こんわく》しつつも照れている様子。悠《はるか》が俺《おれ》に目を向けて、

「京介《きょうすけ》くんは？　あたしの言ったこと、信じてくれる？」

「俺《おれ》は、バカにしないとは言ったが、信じるとは言ってない」

つーか、突拍子《とつびょうし》もなさすぎてな。

普通《ふつう》に考えたら、家出少女が、適当なことを言ってごまかしているとしか思えん。

まあ、俺《おれ》も、ついさっき不思議な体験をしてきたばかりだし。

これから俺《おれ》たちも、悠《はるか》に『信じがたい話』をするところでもあったし。

さらには、めちゃくちゃ当たりそうな占《うらな》いをしてもらって、常識が揺《ゆ》らいでいるところじゃあるが——。

さすがに俺《おれ》が黒猫《くろねこ》みたいに、ぱっと『本気で信じる』なんて言ったら、嘘《うそ》になっちまうよ。

「だから……」

「だから？」

もしも桐乃《きりの》が、いまの悠《はるか》と同じことを相談してきたなら。

俺《おれ》は、きっとこう答えるだろう。

「信じたふりをしてやる」

「んん？　……どういう意味？」

「信じていないが、信じたのと同じように、おまえに対応するってことだ」

「信じてくれるのと、なにが違《ちが》うの？」

「おまえに嘘《うそ》を吐《つ》かなくてすむ」

「…………そ……っか」

悠《はるか》は俯《うつむ》く。

「不満か？」

「ううん……信じてないのに『信じる』って言われるより、ずっと誠実だと思う。きみは、正直な人なんだね」

「いやいや、自分が気分悪くなるようなこと、したくないだけだ――」

ストレートに褒《ほ》められると調子が狂《くる》う。俺《おれ》は、ごまかすように咳払《せきばら》いをひとつし、

「まぁ、ともかく」と、話を戻《もど》す。

「俺《おれ》たちのスタンスは、そういうわけだ」

俺《おれ》は『信じたふり』をするし、黒猫《くろねこ》は『信じる』。

その上で、悠《はるか》には、話したいことがあるんだろう？

そう仕草で促《うなが》すと、彼女《かのじょ》は、はにかんだ。

「ありがとう」

その表情をさせたことが誇《ほこ》らしくなるような……そんな顔だった。

「じゃあ、続けるね。……ん……まずは、ここまでの経緯《けいい》から、かな。――あたし、家族旅行で犬槇島《いぬまきじま》にきたんだ」

「家族旅行で、こんなになにもないところに？　あなたのいた未来では、発展していたりするのかしら？」

黒猫《くろねこ》のツッコミに、悠《はるか》はやや引きつり笑いで、

「未来でもなんにもない感じです、はい。や、ここ、お父さんとお母さんにとっては、『大切な思い出の地』らしくて。最初は夫婦《ふうふ》水入らずでどうぞ――って話だったんだけど、バ……お姉ちゃんが『興味深い伝承があるから、私も行くわ』とか、空気読まないこと言い出してさぁ」

おまえいま、お姉ちゃんのことバカって言いかけなかったか？

「あなたのお姉さん……オカルト好きなのだったわね」

「そうそう。あの人、余計な知識ばっかりあるんだ。そのくせ霊感《れいかん》ゼロなもんだから、めちゃくちゃ危なっかしいの。やばい心霊《しんれい》スポットに突《つ》っ込《こ》んで悪霊《あくりょう》に憑《つ》かれそうになったり、チャネリングするとかいって一人で山に登ろうとしたり、中途半端《ちゅうとはんぱ》な儀式《ぎしき》でよくないものを召喚《しょうかん》したり、あたしが目を離《はな》すとすーぐ死にに行くんだよバカだから。ほんっとバカ姉だから！」

ものすごい早口！　勤めている会社の悪口を言う社会人のようであった。

「そ、そう……でも、よくそれで生存し続けていられるものね？」

「あたしがっ！　毎回っ！　しり拭《ぬぐ》いをしてるんだよぉ～～～～～～～～～～～～！」

目を×《バツテン》にした、全力の主張であった。

「ゴーストバスターでも対魔師《たいまし》でも巫女《みこ》さんでもなんでもないのに、いつもいつもいつもいつも、あたしがお姉ちゃんの代わりに色々ひどい目に遭《あ》うんだよ！　人よりチョッピリ霊感《れいかん》が強いだけなのに！　ごくふつーの可愛《かわい》い女の子なのに！　どんどんどんどんオカルト関連事件《トラブル》への対処力が上がっていくんだよチクショー！」

アイスコーヒーをがぶ飲みする悠《はるか》。

やけ酒中のリーマンかよ。よっぽどグチが溜《た》まってたんだな。

だん、と、グラスをテーブルに強く置いて、

「こんなあたしの境遇《きょうぐう》について、どう思う黒猫《くろねこ》ちゃん！」

「え？　ええと……私も、あなたみたいな妹が欲《ほ》しいわね」

「同類だあ！」

びし！　と半泣きで黒猫《くろねこ》の顔を指さして、

「ひーん、バカ姉と同類がこんなところにも！」

「お、おい……どうすんだよ黒猫《くろねこ》。泣いちゃったぞ」

「……そんなことを言われても。ちょっと、悠《はるか》」

「……うぅ……なに？」

「まだ話が途《と》中《ちゅう》よ。せっかく面白《おもしろ》くなってきたところなんだから、最後まで話してから泣《な》き崩《くず》れて頂戴《ちょうだい》」

「お姉ちゃんと一言一句《いちごんいっく》同じ台詞《せりふ》を言いやがってぇ――！」

さすがに俺《おれ》も、ひでえと思ったわ。

桐乃《きりの》もそうだが、オタクって好きなもんのことになると自分勝手になるところがあるんだよな。

「謝《あやま》った方がいいぞ、黒猫《くろねこ》」

「……そ、そうね……ごめんなさい。無神経な台詞《せりふ》だったわ」

「……うう……むしろ、こっちこそごめん。……つい、熱くなっちゃった」

悠《はるか》は、頬《ほお》を赤くしている。こいつも、あそこまでエキサイトするつもりはなかったんだろう。

気持ちは分かる。俺《おれ》も妹のグチを言っていると、ついついこうなるし。

「で、えっと……どこまで話したっけ」

「あなたのお姉さんがオカルト的な意味でのトラブルメーカーで、あなたがいつも迷惑《めいわく》をこうむっているというところからよ」

「そうそう、そうだった。――そんなお姉ちゃんの希望で、あたしたち姉妹《しまい》も両親の旅行についていくことになったんだ。〝神隠《かみかく》し〟の伝承がある、この島にね」

……そこに繋《つな》がっていくのか。

どうやら未来でも犬槙島《いぬまきじま》の伝承は、そのまま残っているらしい。

「お姉ちゃんのことだから、放っておくと絶対〝神隠《かみかく》し〟に遭《あ》って死ぬだろうなーって。それであたしも、渋々《しぶしぶ》付いてきたってわけなんだ。それから、二人で島を巡《めぐ》って……伝承について調べてるうちに……お姉ちゃんが、すっごくロクでもないことを言い出して……なんだと思う？」

「『〝神隠《かみかく》し〟に遭《あ》いに行きましょう』……もしくは『異世界に行ってみたいわ』かしら」

「すごい！　当たり！　なんで分かったの⁉」

「どうやらあなたのお姉さんは、私とよく似た思考をするようだから……自分だったらって、考えてみたの。もしも私に、無茶ができない理由がなかったなら……きっと、そう言うと思うわ」

「俺《おれ》たちもいま、伝承の話を聞いたり、資料館に行ったりしてきたところなんだ」

「……ははあ、それで……」

悠《はるか》は、納得《なっとく》したようにあごをさする。それから、黒猫《くろねこ》を注視して、

「でも、異世界って？　そんな単語、この島を巡《めぐ》っても、出てこないよね？」

「都市伝説《フォークロア》よ」

黒猫《くろねこ》は、端的《たんてき》に回答した。

「インターネットでは、『犬槇島《いぬまきじま》から異世界に行ける』という噂《うわさ》があるの。あなたのお姉さんなら、知っていたはずよ。私と同じくね。〝神隠し《かみかく》〟と〝異世界〟。二つの単語が揃《そろ》ったとき、当然、こう考えたでしょう」

――〝神隠し《かみかく》〟に遭《あ》った者は、異世界に行くのでは。

――〝ひてん様〟とは、異世界人なのでは。

「ご名答。まさにお姉ちゃんは、そのとおりの発想をしていたよ」

と、悠《はるか》は緩《ゆる》やかに拍手《はくしゅ》した。

「けどさあ、黒猫《くろねこ》ちゃん。そこまで情報を持ってるのに、あたしのことを宇宙人だって思いこんでたんだよね？　それってなんで？」

「あなたの名前が、これから私が書こうとしている宇宙人ヒロインと同じだったからよ」

正確には、『宇宙人設定にしようと思っていたヒロイン』だ。

「あ、そっか！　あたしの偽名《ぎめい》に引っかかって、そっちの方に考えが行っちゃった——ってこと？　ありゃー、そういう効果は、考えなかったなあ。でも、それなら納得《なっとく》だあ」

「……思いっきり『偽名《ぎめい》』って言いやがったな」

「うん、偽名《ぎめい》でっす。本名はぁ——ひ・み・つ♡」

呆《あき》れた顔をする俺《おれ》に向かって、悠《はるか》は、にっこりと笑った。

黒猫《くろねこ》は、目を細めて考えを述べる。

「……あなた、『未来の私』を知っているのね？」

黒猫《くろねこ》を知っているからこそ、『槙島悠《まきしまはるか》』という偽名《ぎめい》を名乗れた。

悠《はるか》はしばし、答えをさまよわせて、

「……当たり。ひひ、あたしってばいま、ミステリの犯人な気分。……話を戻《もど》そっか。お姉ちゃんは、『〝神隠《かみかく》し〟に遭《あ》って異世界に行きましょう』って言い出したの。動機は『面白《おもしろ》そうだから』『興味があるから』『非日常に憧《あこが》れているから』——いつものことだよ」

軽く語られる『悠《はるか》の姉の動機』に、黒猫《くろねこ》が深く、重く、頷《うなず》いた。

よっぽど共感できるものだったんだろう。

「それでおまえたちは、具体的になにをしたんだ？　仮に俺《おれ》が同じだけの情報を得たとしてさ、その後どうすりゃ〝神隠《かみかく》し〟に遭《あ》えるのか、見当も付かん」

「『きさらぎ駅』って知ってる？」

「？　なんだって？」

脳天からクエスチョンマークを発生させる俺《おれ》に、黒猫《くろねこ》が言う。

「『きさらぎ駅』は、インターネット発祥《はっしょう》の都市伝説《フォークロア》よ。電車に乗っていたら、いつの間にか『きさらぎ駅』という現実には存在しない駅に迷《まよ》い込《こ》んでしまう——そんな話」

「そうそう、それそれ」

我《わ》が意を得たりというふうに、あざとい仕草で喜ぶ悠《はるか》。

「そういう『異世界に迷《まよ》い込《こ》む話』は、都市伝説としては定番なんだ。中には、異世界に行く具体的な方法や手順まで語られているものもあって……エレベーターのやつとか、かくれんぼのやつとか、眠《ねむ》る前に儀式《ぎしき》をするのとか、ね」

ね、って言われても。

まったく知らねえよ。知っているであろう黒猫《くろねこ》を見ると、彼女《かのじょ》は目を輝《かがや》かせている。

「先輩《せんぱい》、『犬槇島《いぬまきじま》の異世界譚《たん》』も、同じタイプの都市伝説《フォークロア》なの。島の中で、特定の時間に、特定の場所で、特定の行動をしていって、最後に神社の鳥居を潜《くぐ》る。そうすると、異世界に行ける……というものだったわ」

「あたしが知ってる都市伝説の内容とは、微妙《びみょう》に違《ちが》ってる。お姉ちゃんから聞いたのは……………鳥居を潜《くぐ》ると、〝隠《かく》された神社〟に行けるって——」

「「！」」

「……な、なに？　どしたの？」

急に表情をこわばらせた俺《おれ》たちに、悠《はるか》が心配そうに問うてくる。

俺《おれ》たちは顔を見合わせ、うなずき合う。代表して、黒猫《くろねこ》が言った。


「私たち、ついさっき、奇妙《きみょう》な体験をしたのよ――」


「……そっか……きみたちと初めて会ったのが、あそこだったもんね」

話を聞き終えた悠《はるか》は、意外なほど落ち着いた様子で、

「黒猫《くろねこ》ちゃんは知ってるだろうけど、『犬槇神社《いぬまきじんじゃ》』を中心とした八方で、『ある儀式《ぎしき》』をするってのがネットに書かれてた手順なんだ。でも、お姉ちゃんてば、追加で嬉《うれ》しそうになんか、やっ、いいたんだよね――オカルトトラブルを起こすことにかけてだけは玄人《くろうと》なんだから、もっと注意しておけばよかった」

と、反省点を口にする。

「……手順を終えて、鳥居まできたところで…………すーんごく、イヤな予感がしたんだ。ネットで下調べをしたときに見た『犬槇神社《いぬまきじんじゃ》』と、ぜんぜん違《ちが》ってたから」

「……『ひてん神社』」

黒猫《くろねこ》が呟《つぶや》いた。悠《はるか》は頷《うなず》き、

「きみたちと会った、あの神社だったよ。日が高かったはずなのに、空はいつの間にか夕暮れになっていて、人の気配は無くなっていて、うなじのあたりがぴりぴりしてきて……これはまずいなって思ったんだ。前にあたしが死にかけた、呪《のろ》われた廃墟《はいきょ》よりも数段やばい空気だったし」

バトルマンガの主人公みたいな経験を積んできてんな、こいつ。

「でも、うちのお姉ちゃん、そういうの分からないんで。ホラー映画だと最初に死ぬタイプの腕力《わんりょく》バカなんで。あたし、必死でお姉ちゃんを止めたんだよ。やばいから引き返そうって。この鳥居を潜《くぐ》っちゃ絶対ダメだって。けど、ぜんぶ逆効果で、あいつ『これが〝隠《かく》された神社〟に違《ちが》いないわ』って大興奮しちゃって、ちっとも言うコト聞いてくれなくて――……」

「……どう、なったの？」

黒猫《くろねこ》が問うと、悠《はるか》は、まるで邪悪《じゃあく》な魔《ま》法使《ほうつか》いのように笑《え》んだ。

誰かを演じるように――

「『ふぅん。そんなに私のことが心配なら、あなたが先に潜《くぐ》りなさい』って、鳥居に向かってあたしを突《つ》き飛《と》ばしやがったんだよ！　そしたら、急に強い目眩《めまい》がして――」

気付けば誰《だれ》もいない境内《けいだい》で、一人たたずんでいたのだという。

「おまえの姉ちゃん超《ちょう》クソじゃん」

「でしょ！　でしょ！　ま～たやらかしおったなぁ～～～～って、感じですよ！」

俺《おれ》の率直《そっちょく》な感想に、食い付いてくる悠《はるか》。

なんだよその、黒猫《くろねこ》と桐乃《きりの》のダメなところをミックスしたよーな女は。ヤバすぎんだろ。

「あ！　でも！　ときには！　すっごくまれには！　可愛《かわい》いところとか、いいところもあるから！　直接会えば分かるから！」

半ギレ気味の擁護《ようご》を始めたので、俺《おれ》は素直《すなお》に詫《わ》びた。

「すまん、会ったこともないやつのこと、悪く言うもんじゃねーわな」

「い、いえいえっ！　こちらこそ、あたしが言い出したことなのに……」

「いいところで中断されていてとても気になるのだけど、その後どうなったのかしら？」

「あ、うん。えっと……振《ふ》り返《かえ》ったら、お姉ちゃんがいなくなってて……あたし、探さなきゃってすっごく慌《あわ》てたんだ。境内《けいだい》をぜんぶ探して、社の扉《とびら》も開けてみたけど、お姉ちゃんはどこにも見当たらなかった」

「……ふむ……その時点までは、『お姉さんがいなくなった』と思っていた？」

「そうだね。目眩《めまい》がしただけで、自分が移動したような感覚はなかったから。周囲の景色も変わっていなかったしさ。……『あたしの方が移動した可能性』を考えたのは、もう少し後で、両親との連絡《れんらく》が付かなかったとき。あたし、山を下りて、近くの民家を訪ねたんだよ。そこで電話を借りて両親に電話を。でも、繋《つな》がらなくて……もしやと新聞を見せていただいたら
――」

「過去の日付だった、と」

「うん」

「タイムスリップものでは定番の行動……けれど、あなた……本当に、恐《おそ》るべき行動力ね」

「そ、そかな？」

まぁ、黒猫《くろねこ》基準だとそういう感想になるよなあ。

こいつだったら、民家を訪ねて情報収集とか、普《ふ》通《つう》に無理だろう。

けど、実際、中高生の女の子って、ここまでスムーズに最適な行動を取れねえよなとは思う。

俺自身《おれじしん》、悠《はるか》と同じようにできるかっつーと自信がない。

「お姉ちゃんのおかげで、このくらいのピンチには慣れてるから……さすがに『過去に飛ばされる』のは初体験だけど」

「俺《おれ》たちと会ったのって……」

「そのすぐ後だね。境内《けいだい》をもう一度調べて、やっぱりお姉ちゃんは見つからなくて。――じゃあ、長引きそうだし、とりあえず『衣《い》・食《しょく》・住《じゅう》』を確保しなくちゃと。換金《かんきん》アイテム捕《つか》まえるかと。木に登ったところで、お――ふたりの姿を見つけまして、動揺《どうよう》してツルっと」

「落ちたわけだ」

「あう、その節はすみませんでした……」

不自然に台詞《せりふ》の途中《とちゅう》から敬語になったような気がするが、まあいい。先に進めよう。

「いや、いいけどな。役得もあったし」

「わわっ……もぉ、えっちー。京介《きょうすけ》くん、へんたいだねっ♪」

からかうように俺《おれ》を指さす悠《はるか》。言葉とは裏腹に、頬《ほお》が赤らんでいる。

そんなえろ可愛《かわい》い顔を見ても、さしてドキドキはしないのが不思議だった。

ところでいまの説明、とんでも要素を脇《わき》に置けば、筋が通っているように聞こえるが。

少しばかりの違和感《いわかん》があった。悠《はるか》が動揺《どうよう》して落ちた、というくだりだ。

異常事態にも関わらず、淡々《たんたん》と、歴戦の玄人《くろうと》のように、最適行動を取っていた悠《はるか》が、俺たちが、いい、いい、いいことで、なにを動揺《どうよう》するというのか。

手を滑《すべ》らせて落ちた理由として、弱すぎるように思えたのだ。

悠《はるか》が『未来の黒猫《くろねこ》』を知っていたから、ってことを考慮《こうりよ》に入れても、まだ足りない気がする。

「整理しましょう。憶測《おくそく》混じりになるけれど……」

黒猫《くろねこ》が、一本ずつ指を立てながら、言う。

「ひとつ、私たちが出会った『ひてん神社』は、『ささらぎ駅』のような『存在しないはずの場所』である。ふたつ、『ひてん神社』は、悠《はるか》の時間移動に深く関わる場所である。みっつ、あなたのお姉さんによって『隠《かく》された神社』が暴かれ、悠《はるか》が未来から私たちの時代にやってくることになった。その際、『こちらの時代の同じ場所』に居合わせた私たちもまた、『ひてん神社』に足を踏《ふ》み入《い》れることができた。よっつ、今日、私たちが『ひてん神社』にたどり着けなかったのは、再び封《ふう》じられてしまったからである。……ここまでで、あなたの意見と違《ちが》いはあるかしら」

「おおむね同意見でっす」

「それで――あなたはどうするつもりなの？　再び同じ手順を繰《く》り返《かえ》して、『ひてん神社』を暴《あば》く？　それで帰還《きかん》できるのかしら？」

「許してくれるなら、きみたちと一緒《いっしょ》に、より深く〝島の伝承〟を調べるつもり。というのもね……どうすればこの状況《じょうきょう》を解決できるのか――占《うらな》ってみたんだ」

占《うらな》いの技能が本物であるなら、当然の行動だった。

っつーか、いま気付いた。

自分自身を占《うらな》えるのなら、悠《はるか》の奇《き》行《こう》の幾《いく》つかに説明が付くな。

ろくに知らない場所で『衣《い》・食《しょく》・住《じゅう》』を確保するため、売却《ばいきゃく》の算段も付かぬうちにカブトムシを捕《ほ》獲《かく》し始めたこと。異様なほどの速度で、理想的なバイト先を見つけられたこと――等々。

運が良かったわけじゃなく、悠《はるか》は占《うらな》いによって、ある程度、自身にとって最適な行動を選ぶことができるのかもしれない。

「自身を占《うらな》った結果は？」

黒猫《くろねこ》の問いに、悠《はるか》は、タロットカードを無造作にひとつかみし、パラパラとテーブルにぶちまける。そうして、遠くを見る目で言う。

「『歪《ゆが》みを正せ』――と、だけ」

「短《みじ》えな。俺《おれ》たちを占《うらな》ったときは、もっと具体的だったろ」

「情報が足りないとこんなもんだよ。あたしの占《うらな》いはまず当たるけど、万能《ばんのう》じゃない」

「『歪《ゆが》み』とは、なにを指しているのかしら」

「あたしが『過去《かこ》』に来たことによる変化、だと思う」

「フッ……バタフライ・エフェクト、というやつね」

この単語をとても使いたかったのだろう。決め台詞《ぜりふ》のようなノリで黒猫《くろねこ》は言った。

さらに解説を続ける。

「『未来人が過去に来た』――なにもせずとも、ただそれだけで、歴史が変わってしまう。その歪《ゆが》みを正す、ということかしら」

「たぶんね。うーん……ぜんぶ説明されちゃった」

超饒舌《ちょうじょうぜつ》な黒猫《くろねこ》に、悠《はるか》はやや引いているようだ。仲間だな、俺《おれ》も引いている。

「まだ気になる点があるわ。『歪《ゆが》み』を正すために、どうして私たちと同行を？」

「〝島の伝承〟を調べて、情報量が増えれば、もっと詳《くわ》しく占《うらな》えるから。よりよい行動指針を得られるから。それに――……」

「それに？」

「あたしは、きみたちの合宿で起こる『事件』と、その結果を知っている」

「「――――」」

告げられた言葉に、俺《おれ》と黒猫《くろねこ》は一瞬《いっしゅん》、声を失った。

これから俺《おれ》たちに、なにか大きな出来事が起こる――そういう意味だろうか？

自称《じしょう》・未来人の発言だ。軽く捉《とら》えることはできなかった。

「あたしが『過去《ここ》』に来たことで、何もしなければ、事件の結果が変わってしまうんだと思う。それはあたしにとって、とてもまずいことなんだ――とてもとても、致命《ちめい》的なことなんだ。だから、短い占《うらな》いでもはっきり分かる。あたしは、『本来の歴史どおりの結果』を見届けなくちゃならない。それが『歪《ゆが》み』を正すってコトなんだと思う」

「それは、私たちが、内容を聞いてもいいことなのかしら？」

「状況《じょうきょう》が悪化するからダメ」

「そう、では、聞かないでおくわ」

「『本来の歴史どおりの結果』ってのは、いつ分かる？」

「『ひてん祭り』の夜。それまでに、どうにかしなくっちゃあね――」

ククク……と、悠《はるか》は、黒猫《くろねこ》みたいに笑った。

それから、急に声を張って、

「てわけで、あたしの方針！　きみたちと一緒《いっしょ》に〝島の伝承〟を調べる！　そしてェ——」

「思いっきり『過去《かこ》』で遊んでいこぉ——っと！」


意外な発言が飛び出てきたものだから、俺《おれ》も黒猫《くろねこ》も、唖然《あぜん》としてしまった。

「大変な状況《じょうきょう》、なのでしょう？」

「そだねっ！　悠《はるか》ちゃん大ぴーんちって感じ！」

「遊んでる場合か？」

「やー、だってこんなチャンスないよっ！　過去の世界にタイムスリップしたかもしれないなんて——超《ちょう》わくわくシチュエーションじゃない！」

「そりゃそうだけどよ……」

困ってるなら、手助けしたり、手伝ってやんなきゃ……ってなるとこなんだが。

余裕《よゆう》あるなこいつ。

「…………よく分かったわ。あなたはそういう子なのね」

「んひひ、焦《あせ》ってもしょーがないって。笑っていこうよ笑って」

悠《はるか》は、両手の人差し指で、えくぼをツンとつついて見せる。

桐乃《きりの》が好みそうな、そんなあざといポーズで、

「せっかく不思議体験してるんだからー、楽しみ尽《つ》くさなくちゃあ、もったいないっ！　それに帰った後、お姉ちゃんに自慢《じまん》しまくって悔《くや》しがらせるという使命もあるしねっ。『りー姉《ねえ》！　あたし過去の世界に行って、すっごい人に会ったんだよ！　誰《だれ》だと思う？』――って言ってやるんだっ！」

りー姉、というのは、彼女《かのじょ》の姉のことだろう。黒猫《くろねこ》の妹である日向《ひなた》ちゃんも、似たような呼び名を姉に対して使っていた。いいんじゃないか、親しみがこもっていて。

……うちの妹は、俺《おれ》を呼ぶとき『あんた』ばっかだけどな。

ふと、桐乃《きりの》の顔が脳裏《のうり》に浮《う》かび、

――『きょー兄《にい》♡』。

うっわ、きめえ。絶対ねえわ。

俺《おれ》が余計なことを考えているわきで、黒猫《くろねこ》が悠《はるか》に言う。

「あの、さっきから気になっていたのだけど――」

「ん？　なになに？」

「あなたの反応……もしかして『未来の私』って――……」

「あ、やばっ」

慌《あわ》てて両手で口を塞《ふさ》ぐ悠《はるか》。

「……なるほど……その反応で確信したわ」

「わ、わ、わわ……その、ちがくて」

さらに慌《あわ》てる悠《はるか》。確信を強める黒猫《くろねこ》。

「っふ……ククク……やはり、そうなのね……隠《かく》さなくてもいいのよ？」

黒猫《くろねこ》はおもむろに一拍《いっぱく》タメて、

「……『未来の私』は、誰《だれ》もが憧《あこが》れるような、偉人《いじん》になっているのでしょう？」

「………………………………………………………」

悠《はるか》の返答は、気まずそうな沈黙《ちんもく》だった。

俺《おれ》は、『あれ？　違《ちが》ったかしら？』みたいな顔できょとんとする黒猫《くろねこ》の肩《かた》を叩《たた》き、

「おまえは、すでに偉《い》大《だい》だよ」

と、言った。

喫茶店《きっさてん》を出た俺《おれ》たちは、昼食を摂《と》るため、『みうら荘《そう》』へと帰った。

「――てわけで、俺《おれ》たちはそんな感じです」

「ほう、ちゃんと取材できたようじゃねーか」

刺身《さしみ》を食べながら、俺《おれ》たちの報告を聞く部長。

部員たち＆悠《はるか》で食卓《しょくたく》を囲み、午前中にあったことの報告タイム。

もちろん悠《はるか》が話してくれた『例の件』については伝えていない。

次いで祭りの準備をしていた赤城《あかぎ》たちが、報告。

赤城《あかぎ》以外のオタクたちは、口々に『超《ちょう》大変だった』だの『辛《つら》すぎた奴隷《どれい》かよ』だのとガチめの文句を垂れている。重い神輿《みこし》を運んだり、飾《かざ》り付《つ》けをしたり、色々やったらしい。

昨日にはあった『部長が俺《おれ》たちのためにあえて手伝いの件を黙《だま》っていた』『むしろ感謝する』みたいな空気は、すっかり消え失《う》せていた。

キツい労役《ろうえき》を課したクソ眼鏡への怒《いか》りが噴出《ふんしゅつ》していた。もっとも働いたであろう赤城《あかぎ》だけが「まあまあ」と皆《みな》をなだめていて、こいつマジでいいやつだなと改めて認識《にんしき》する。

さすがの部長も、申し訳なさそうにしていたよ。

「じゃ、じゃあ午後は、みんなで遊ぶか！」

「お、いいっすね！」

せっかくみんなで合宿にきたんだから、全員で遊ぶのは大歓迎《だいかんげい》だ。

他意なく同意する俺《おれ》に続いて、

「なら、俺《おれ》、面白《おもしろ》そうな店を見つけたんで、そこにみんなで行きませんか？」

いいタイミングで赤城《あかぎ》が手を挙げて提案した。部長への助け船だろう。

皆《みな》も、さんざん力仕事で助けてくれたやつの提案ならということで同意し、午後は赤城《あかぎ》の仕切りで遊ぶことに。もちろん悠《はるか》も一緒《いっしょ》に行くらしい。

「……ふー」

部長は、危《あや》うく処刑《しょけい》をまぬがれた人狼《じんろう》のような有様《ありさま》で、冷《ひ》や汗《あせ》を拭《ふ》いていたよ。

ったく……あんたが一番、赤城《あかぎ》に感謝すべきだな。

で。

赤城《あかぎ》が見つけた『面白《おもしろ》そうなもん』ってのが、なんだったかっていうと。

「雑貨屋……いや、駄菓子屋《だがしや》……か？」

「ああ、俺《おれ》、いままでマンガとかでしか見たことなくてさ。なんか面白《おもしろ》そうじゃね？」

そこは、古めかしい個人商店だった。さびた看板が、ひなびた郷愁《きょうしゅう》を漂《ただよ》わせている。

レトロゲームの筐体《きょうたい》が複数、外にデンと置かれており、うちひとつを覗《のぞ》き込《こ》むと、ヨーヨーのような武器で戦う2Dアクションゲームだった。

オタクたちが「うおー」と盛り上がっているので、有名なタイトルなのかもしれない。

あいつら、どこでもゲームしてんな。さすがゲーム研究会だわ。

「なんで菓子《かし》売ってる店にゲームがあんの？」

「さあ……」

俺《おれ》と赤城《あかぎ》が顔を見合わせて首をかしげた。

「わ、昔の格ゲーが色々ある！　瑠璃《るり》ちゃん、対戦しようよ！」

「あら、格ゲーで私に勝てるとでも？」

「むふふ、あたしの大門《だいもん》様は対人無敗だから。同人誌も描《か》いてるし愛が違《ちが》うから」

女子部員最強ゲーマー決定戦が行われているわきで、俺《おれ》と赤城《あかぎ》は開けっぱなしの引き戸を潜《くぐ》る。

この島にきてから何度も同じ表現をしてしまって申し訳ないが――やっぱり、ここも薄暗《うすぐら》い。いつでも明るいコンビニが恋《こい》しくなる。

民家の土間をそのまま店舗《てんぽ》にしているようだ。店舗《てんぽ》部分の床《ゆか》はコンクリートで、奥《おく》には居室が見える。そこに、小さな老婆《ろうば》がちょこんと座《すわ》っていた。

「…………」

いらっしゃい、という声もなく、ただ座《すわ》って、こちらをジッと見ているものだから、妖怪《ようかい》かと思ったぜ。おそらくはあの婆《ばあ》さんが店主なのだろう。

店内は、多くの商品で混沌《こんとん》としていて、定番の駄菓子《だがし》類の他、洗剤《せんざい》やら石鹸《せっけん》やらの生活用品、よく分からないおもちゃなどが雑然と並んでいる。

「うわー、この宙返りする飛行機のおもちゃ、昔の動画で見たよ〜〜〜〜！　あっ、これ、ベーゴマってやつ？　初めて見た〜〜〜〜♪」

悠《はるか》は、様々なおもちゃに目移りしながら、黄色い歓声《かんせい》を上げている。

彼女《かのじょ》の言を信じるなら、それこそ『古《いにしえ》のおもちゃ』だものな。

俺《おれ》たちよりもさらに強く、感動するのかもしれない。

……槇島悠《まきしまはるか》、か。

ただのほら吹《ふ》きにも、愉快犯《ゆかいはん》にも、思《おも》い込《こ》みの激しい中二病にも、見えねーんだけどなぁ。

喫茶店《きつさてん》では、悠《はるか》から衝撃《しょうげき》的な告白があって、黒猫《くろねこ》が面白《おもしろ》がってくれた——俺《おれ》としては、それで十分有意義な時間だったのだが。

——聞くべきことは、まだたくさん残っているわ。

未来の偉人《いじん》たる黒猫《くろねこ》様は、そうおっしゃっていた。

時間の都合で、中断したが……また追々、話をすることになるだろう。

未来について。そして、彼女《かのじょ》についても。

「高坂先輩《こうさかせんぱい》、外でベーゴマ大会をやるそうですよ！」

真壁《まかべ》くんの声で、思考から戻《もど》る。

「おう、いま行くぜ！」

まぁ、いい。悠《はるか》じゃないが、せっかくの夏休み、せっかくの合宿なんだ。

全身全霊《ぜんしんぜんれい》をもって、いまこのときを楽しむとしよう。

かんかん照りの中――。

俺《おれ》たちゲー研&ゲスト一名は、駄菓子《だがし》屋の前で、懐《なつ》かしの遊びに興じていた。ベーゴマ、たこあげ、発泡《はっぽう》スチロールの飛行機を飛ばしたり、レトロなアーケードゲームをプレイしたり、水風船をぶつけ合ったり。

だだっ広くて、まったく車が通らない、ここだからこそできる、近所じゃできない昔の遊び。なるほど新鮮《しんせん》で面白《おもしろ》い。赤城《あかぎ》のお手柄《てがら》だな。

遊び疲《つか》れたやつは店先のベンチに座《すわ》って、スイカやらかき氷やらの冷たいものを食べている。かくいう俺《おれ》も、スイカをかじり休憩《きゅうけい》中。

ふと見れば黒猫《くろねこ》が、格ゲーのみならずベーゴマでも瀬菜《せな》を倒《たお》して、嬉《うれ》しそうに飛《と》び跳《は》ねている。

部室の対戦ゲームじゃあ、あんな姿は見られなかったろう。

……黒猫《くろねこ》のやつ、ベーゴマも上手《うま》いのかよ。

手先の器用さが物を言う遊び《ゲーム》なら、なんでもいけるのかもな。

「フゥ」

空を仰《あお》げば、雲一つない青空。やかましい蟬《せみ》の鳴き声。水風船をぶつけられる部長の悲鳴。

「ああ――……」

──夏休み、って、感じだ。

「夏休み！　って感じだよね！」

ちょうど俺《おれ》が考えていたのと同じ台詞《せりふ》を発しつつ、悠《はるか》がダイナミックな動きで俺《おれ》の隣《となり》に腰掛《こしか》ける。しゃく、と持っていたスイカをかじり、青いバケツに種を吹《ふ》く。

「おまえ、こういう夏休みを過ごしたことあるのか？」

「んひひ、ゲームではあるかな」

「だろうなあ……俺《おれ》も田舎《いなか》に行ったときくらい──ああいや、やっぱ初めてだわ」

今年の夏は、特別だ。

色んなことが初めてなのに、何故《なぜ》か、懐《なつ》かしい。

きっと悠《はるか》も、黒猫《くろねこ》も、みんなも、同じ気持ちに違《ちが》いない。

「なあ、悠《はるか》って……何年生まれなんだ？」

ちょうどよく周囲から人がいなくなったので、さっき聞きそびれたことを問うてみる。

未来から来たってのが本当だとして、どのくらい先なのか。気になるところだ。

「それはねえ」

果たして悠《はるか》は、にひっと笑ってこう答える。

「禁則事項《きんそくじこう》です」

「？　なんだそりゃ？」

「あれぇ？　知らないの？　この時代に流行《はや》った『未来からきた美少女』の有名な台詞《せりふ》——の、はずなんだけど」

「知らないな。俺《おれ》、そういうのうとくてよ。——で、どういう意味なんだ？」

「『理由があって話すわけにはいきません』って、意味だよ。あたしの場合、誰《だれ》かに止められてるわけじゃあないんだけど……話さない方がよさそうなことは、話さないって決めたの。……タイムスリップものの創作だと、過去に未来の知識を持《も》ち込《こ》んで、大変なことになったりするでしょ？　そんな感じ」

だから、禁則事項《きんそくじこう》です——と、悠《はるか》は人差し指を唇《くちびる》に当てて、片目をつむった。

俺《おれ》以外の男なら、誰《だれ》であろうと魅了《みりょう》できそうな仕草だった。

ふうん……？　悠の生年月日が、禁則事項ねえ。

『槙島悠《まきしまはるか》』という偽名《ぎめい》を名乗っているのも、同じ理由だとすると。

過去の人間……俺《おれ》に、伝えない方がいい情報。

『歪《ゆが》み』とやらが強まるような情報。

……なんだろうな？　『歴史が変わっちゃう』ようなことなんだろうか？

考えても、分からねえや。

「そっか、なら聞かねえけど」

「ごめんねっ」

「いいさ。あ、でも、『占《うらな》いで伝える』のはいいのか？」

「失礼なー。あれは、未来知識で回答してるわけじゃないもん。ちゃんと占《うらな》いで視《み》たことしか言ってないもん」

ぷーっと、頬《ほお》を膨《ふく》らませる悠《はるか》。彼女《かのじょ》は、足を放り投げるようなオーバーアクションで立ち上がり、「遊んできまーっす」と、みんなのところへ駆《か》けていく。

ゲー研の連中は、今度は水鉄砲《みずでっぽう》で撃《う》ち合《あ》いを始めている。部長の味方は誰《だれ》もおらず、うっぷんを晴らすかのような集中砲火《ほうか》を受けて、びしょびしょになっていた。

ガリガリ男子の透《す》けシャツとか、誰得《だれとく》なんだよ！

そんな戦場に向かった悠《はるか》は、自分の水鉄砲《みずでっぽう》を確保するや、さっそく水をチャージして、

「黒猫《くろねこ》ちゃーん！　劣勢《れっせい》な方に助太刀《すけだち》しよ――っ！」

「ククク……ＦＰＳで鍛《きた》えた我《わ》が腕《うで》を、披露《ひろう》するときが来たようね……」

二人が参戦したことがきっかけになって、次々に参戦者が増えていく。

「はっは、なーんかみんな、ガキに戻《もど》ったみてーだな。――おい、高坂《こうさか》、俺《おれ》たちも行くか！」

歩み寄ってきた赤城《あかぎ》が、チャージ済みの水鉄砲《みずでっぽう》を一丁、こっちに放り投げてくる。

俺《おれ》はそれをキャッチして構え、

「おーっし、じゃあ俺《おれ》、おまえと別のチームな！」

一番近くにいた赤城《あかぎ》の顔に、不意打ちで射撃《しゃげき》してやった。

「てっめ……高坂《こうさか》ぁ～～～～～～～～～～～！」

「ハハハハ！　油断するのが悪ぃんだよ！」

大人げなくて負《ま》けず嫌《ぎら》い、悪戯《いたずら》好きで自信過剰《かじょう》――。

そんなクソガキだった頃《ころ》の自分が戻《もど》ってきて、夕暮れになるまで、遊びほうけていた。


――そうして長い一日が、今日も終わっていく。

無限とも思える夕焼けが、いつ夜へと変わったのか。

意識することも、思い出すことも、叶《かな》わない。


合宿二日目の深夜。

ずらりと並べて敷《し》かれた布団《ふとん》のひとつに、俺《おれ》はうつ伏《ぶ》せに寝《ね》そべっている。

枕《まくら》にあごを乗せ、前を見ると、男どものむさ苦しい顔ぶれ。

ついさっきまでは、この体勢でカードゲームをして遊んでいたのだが、遊び疲《つか》れたのか、いつの間にか部員の半数以上が眠《ねむ》ってしまったようだ。

赤城《あかぎ》が立ち上がり、ひもを引いて明かりを消す。

そうすると、まるで修学旅行の夜、皆《みな》で顔を寄せ合い怪談《かいだん》をするような……そんな体勢になった。

「……おい、まだ起きてるよな」

赤城《あかぎ》が、立ったまま声をひそめて言った。

俺《おれ》は、わずかに上体を起こすことで、『眠《ねむ》っていないぞ』と伝える。

すると彼《かれ》は、にやりと笑《え》んで、

「よーし、じゃあ起きてるヤツらで恋《こい》バナしようぜ」

「女子かよ」

「バーカ、男だってやるだろそんくらい」

などと話している間に、もぞもぞと男どもが集まってくる。

ちなみに、真壁《まかべ》くんが寝《ね》ている布団《ふとん》は、俺《おれ》から見て真正面にあるのだが──。

赤城《あかぎ》が、眠《ねむ》っている真壁《まかべ》くんをケツで踏《ふ》みつける形で、どすんと腰《こし》を下ろした。

「ふぐっ……！　な、何事ですか⁉」

「おいおい、静かにしろよ。みんな起きちまうだろう」

「あ、赤城《あかぎ》先輩《せんぱい》が僕《ぼく》を椅子《いす》にするから……！　ちょ、ホントに重いんで……！　なんなんですかもう！」

赤城《あかぎ》のやつ、真壁《まかべ》くんにだけ当たりキツいよな。

きっと、彼《かれ》と瀬菜《せな》との関係を気にしているからなんだろうが……それにしたって横暴だ。

こいつは反面教師だな。俺《おれ》は妹に彼氏《かれし》ができたとき、絶対にクールな態度で接しよう。

楽勝だぜ。むしろあんな妹をもらってくれて、ありがとうってなもんだ。

痛いシスコン兄貴こと赤城《あかぎ》は、後輩《こうはい》の上で腕《うで》を組み、彼《かれ》の問いに答えている。

「みんなで恋《こい》バナするとこなんだよ。学生旅行の定番だろ——はい、一番手は真壁《まかべ》な」

「えええ！」

「なぁ、おまえ、正直に言えよ。瀬菜《せな》ちゃん狙《ねら》ってんの？　ねえ？」

「赤城《あかぎ》おまえ、それがやりたくて恋《こい》バナ始めたろ」

見かねてツッコむと、『当たり前だろ？』みたいな顔でキョトンとしている。

真壁《まかべ》くんは、苦しそうな声で、

「……狙《ねら》ってる、というか……気になる人、です——アイタタタ！」

赤城《あかぎ》のやつ、プロレス技《わざ》をかけ始めやがった。

「あーん、なんだって？　もっかい言ってみ？」

「赤城《あかぎ》瀬菜《せな》さんは、僕《ぼく》にとって……気になる人ですううううう！」

根性《こんじょう》あるな真壁《まかべ》くん。アレはかなり痛いだろうに。

「ほーう、気になる人ねえ」

一方、赤城《あかぎ》は鬼《おに》みたいな形相になっている。

「なぁ、真壁《まかべ》くんよう。瀬菜《せな》ちゃんの『あの趣味《しゅみ》』を知って——それでもなお、そういうコトを言うわけか？」

「あ、当たり前……ですっ……よ！　むしろ、だからこそ、です……」

「どういうこった？」

話しながら関節をキメていく赤城《あかぎ》。

真壁《まかべ》くんは……おっ♡　おっ♡　みたいな妙《みょう》に艶《なま》めかしい悲鳴を漏《も》らしつつ、合間合間に意思を伝えんと試みる。

「僕《ぼく》も、オタクなので……お互《たが》いさま……です、しっ……だったら……趣味《しゅみ》をオープンにっ……できる関係がっ、いい……んですっ！」

「はーん、腐女子《ふじょし》でもいいから、オタクな女と付き合いたいと」

「それは……半分……です……」

「あ？」

「あとの……半分は……理屈《りくつ》じゃなくて……一緒《いっしょ》に部活をやっていて……彼女《かのじょ》の魅力《みりょく》が分かってきて……好きになってきた……んだと……げふっ！」

赤城《あかぎ》から、ひときわ強い一撃《いちげき》を喰《く》らい、ぐぇ……と、断末魔《だんまつま》を漏《も》らす真壁《まかべ》くん。

「知ってるっつの。なにせ、うちの妹は超《ちょう》最高だからなあ――」

赤城《あかぎ》は真壁《まかべ》くんから降りて、自分の布団《ふとん》に音を立てて寝転《ねころ》がった。でもって捨《す》て台詞《ぜりふ》を一言。

「簡単に付き合えると思うんじゃねぇぞ」

「……もちろんです」

これで、トップバッターの恋《こい》バナは終わったってことだろうか。

とくれば――

「次は高坂先輩《こうさかせんぱい》の番ですよ」

「え、俺《おれ》？」

真壁《まかべ》くんから指名され、戸惑《とまど》う。部長が、匍匐前進《ほふくぜんしん》で寄ってきて、

「トボけんな。いい加減、五更《ごこう》との進捗《しんちょく》を聞かせろ。みんな気になってんだからよ――この合宿で、ちっとは進展したのか？」

「あっ、高坂先輩《こうさかせんぱい》、槇島《まきしま》さんとの関係も詳《くわ》しくお願いします。いったいどこで、あんな美人と知り合ったんです？」

「なあ真壁《まかべ》おまえ、瀬菜《せな》ちゃん狙《ねら》いのくせに、他の女にも粉かけようとしてんの？」

「ち、違《ちが》いますよ赤城先輩《あかぎせんぱい》！　で、でもっ！　高坂先輩《こうさかせんぱい》と槇島《まきしま》さんの関係、気になるでしょう⁉」

「なる」「なるなる」

……こいつら。

「ったく……でも、関係って言われてもな……」

『例の件』も含《ふく》め、わざわざ話すようなこと、別にないんだが。

「悠《はるか》とは、別に、ただの友達で――」

「すでに下の名前で呼び合ってるのに『ただの友達』⁉　そんな言い訳が通じると思ってるんですか⁉」

真壁《まかべ》くんさあ、赤城《あかぎ》にやられたイラ立ちを俺《おれ》にぶつけようとしてねえ？

「言い訳じゃないって。五更《ごこう》と悠《はるか》の相性《あいしょう》がよくて、あいつらの初対面に居合わせたから——流れで俺《おれ》も、下の名前で呼び合うようになったんだ。マジでそれだけ」

「なんだ……そういうことだったんですね」

「それにしたって、仲良すぎじゃねえか？」

真壁《まかべ》くんは納得《なっとく》してくれたらしいが、赤城《あかぎ》はまだ疑っている。

「それについては俺《おれ》も不思議だ。なーんか、妙《みょう》に親近感が湧《わ》くんだよな、悠《はるか》って」

「馬が合うってことか？」

「かもしれん。神々《こうごう》しいくらいの美人なのに、壁《かべ》を感じないっつーか、自然体で話せるっつーか、守ってやらなきゃいかん気がするっつーか……うまく言えないんだが」

「ふぅん……おまえにしちゃ、珍《めずら》しいな」

「なー」

俺《おれ》ってば、学校でも女友達とか、少ない方なのに。

「じゃあ次はオレの質問だ」

部長が、さっきの質問を繰《く》り返《かえ》す。

「高坂《こうさか》、五更《ごこう》との進展は？」

「……あるような、ないような」

「煮《に》え切《き》らねえなあ……一緒《いっしょ》に観光したんだろ？」

「そうなんですけどね。あいつ、伝承の謎解《なぞと》きに夢中みたいで……午後からは、あんな感じになっちゃいましたし……それに」

「なんだよ？」

「俺自身《おれじしん》、あいつの頑張《がんば》りを応援《おうえん》してやりたいとは思ってますけど……恋愛感情《れんあいかんじょう》があるかっていうと、自分でもハッキリしないっつーか。いま、俺《おれ》、十分楽しいし、このままの関係でもいいんじゃないか——っていう思いも、正直あるんですよね」

だって関係を進展させようとして、失敗しちゃったら怖《こわ》いじゃないか。

一緒《いっしょ》にいると、楽しい。ずっとそばにいて欲《ほ》しい。いまみたいな時間がずっと続いて欲《ほ》しい。

だからこそ、だ。

せっかく黒猫《くろねこ》とここまで仲良くなれたのに——

大ポカして、台無しにしたくはない。

そんな怯《おび》えが、弱い台詞《せりふ》を俺《おれ》に言わせていた。嘘《うそ》ではないが、きっと、本音でもない。

「高校生なら、なんでもいいから女子と付き合いたいって思うモンじゃねーの？」

赤城《あかぎ》がそんなことを言うが、俺《おれ》は逆に言い返してやった。

「おまえはどうなんだよ。付き合おうと思えば付き合える相手くらいいたくせに」

「俺《おれ》？　あー……いままでは部活が面白《おもしろ》くてさ。誰《だれ》かと付き合って時間が減るのが嫌《いや》だったんだ。ほんで、三年になって引退したから、じゃあ誰《だれ》でもいいから付き合うか――ってのも、違《ちが》うだろ。受験もあるしよ。いい出会いとか、きっかけとか、あったら考えるわ」

「ふーん……」

「てわけで、いまは彼女《かのじょ》作るより、おまえと遊ぶ方が大事かな」

とまぁ、そんな男同士の恋《こい》バナをしていたときだ。

嫌《いや》に良《い》いタイミングで、女子部屋の方から、「キャ――――ッ！」という歓声《かんせい》が聞こえてきた。

ぞくっ、と、寒気がしたのは、瀬菜《せな》の声だったからだ。

俺《おれ》たちは揃《そろ》って壁《かべ》を見、それから顔を見合わせる。

「なぁ、いまの腐《くさ》った咆吼《ほうこう》って……？」

「うちの妹の声に、青魔法《あおまほう》みたいな呼び名付けるのやめてくんね？」

「……いやそれより、別のところからも、声が聞こえなかったか？」

「え？　そういえば……おい、真壁《まかべ》くん、なんか怪《あや》しい動きしてないか？」

「ああいや、その……」

「白状しろ！　たったいま腹の下に隠《かく》したモノを出すんだ！」

四《よ》つん這《ば》いで彼《かれ》に詰《つ》め寄《よ》ると、真《ま》壁《かべ》くんは通話状態の携帯《けいたい》を隠《かく》し持《も》っていた。

「お、おま……こっ、コレは……まさか！」

「……せ、瀬《せ》菜《な》さんが、『男部屋で恋《こい》バナが始まったら、こっそり電話を掛《か》けて』って」

「てめえなんで瀬《せ》菜《な》ちゃんのこと名前で呼んでるんだよ！」

「あ、赤城《あかぎ》先輩《せんぱい》と紛《まぎ》らわしいから、名前呼びにさせてもらってるだけですよ！」

「嘘《うそ》吐《つ》け名前呼びの口実にしただけだろムッツリ野郎《やろう》！」

赤城《あかぎ》が真《ま》壁《かべ》くんを締《し》め上《あ》げているが、こっちはそれどころじゃなかった。

絞殺《こうさつ》されかかっている彼《かれ》の顔を両手で掴《つか》み、慌《あわ》てて問う。

「おい！　いつからだ！　いつから通話してた！」

「僕のターンが終わったすぐ後ですぅぅぅ……！」

そう——ここに通話状態の携帯《けいたい》があるってことは……俺《おれ》たちの恋《こい》バナは女子部屋に筒抜《つつぬ》けだったわけで………。

「あああああああああああああ！」

あっぶねえ～～～～～～～～～～～～～～～～～ッ！

俺《おれ》、女子に聞かれてマズいようなこと、まだ言ってないよな！

言う前に赤城《あかぎ》の話に移ったもんな！

あー……よかった。赤城《あかぎ》が瀬《せ》菜《な》に勘違《かんちが》いされるような発言をしてくれて、マジでよかった。

あのまま恋《こい》バナを継続《けいぞく》していたら、俺《おれ》、話の流れで、『黒猫《くろねこ》が好き』みたいなことを言ってたと思う。そんでその発言を本人に聞かれちゃっていたはずだ。

そんなことになったら、気まずくてあいつの顔を見られねーよ！

「はぁ……ふぅ…………………」

なんとか心を落ち着けていると……

「……高坂先輩《こうさかせんぱい》……こ、これを…………」

息も絶え絶えの真壁《まかべ》くんが、携帯《けいたい》を俺《おれ》に差し出してくる。

彼《かれ》の意図を察した俺《おれ》は、それを受け取って、耳に当てた。

すると、

『あ、高坂先輩《こうさかせんぱい》？　あたしです』

「どうした？　真壁《まかべ》くんなら、おまえの企《たくら》みのせいでおまえの兄に殺されるところだぞ」

『それは別にいーんですけど』

瀬菜《せな》は、内緒話《ないしょばなし》をするような小声で言う。

『瑠璃《るり》ちゃん、落《お》ち込《こ》んでるみたいなんで……あとで、フォローしておいてくださいね』

「え？　な、なんで……」

『……はぁ……自分の言動を省《かえり》みてください』

ばーか、と叱《しか》る声で、通話が切れた。

翌朝――。

俺《おれ》たちは、宿の庭に勢揃《せいぞろ》いし、ラジオ体操をして身体《からだ》をほぐした。

祭りの準備で筋肉痛の残るもの、日焼けで肌《はだ》が痛むもの、寝《ね》ぼけ眼《まなこ》をこするもの。

十人十色の爽《さわ》やかな朝だ。

悠《はるか》の姿は見当たらない。そういえば、さっき急いで出て行ったような……。

動いているのが不思議なくらいボロいラジオから、懐《なつ》かしい音声が聞こえてくる。

「俺《おれ》、こんなんやったの、小学生の頃《ころ》以来だぜ」

身体《からだ》を動かしながら、それとなく黒猫《くろねこ》に話しかけてみるが――

「…………………」

む、無視されてしまった……。

「な、なぁ……」

「…………………………」

今度は露骨《ろこつ》に視線をそらされた。

あ、あれえ……？　おかしいな……。

怒《おこ》らせるようなことをした覚えは、まったくないんだが。

――自分の言動を省《かえり》みてください。

わッかんねーよ瀬菜《せな》ぁ〜〜〜〜。

くっそ、なんで女ってのは、どいつもこいつも、はっきり物事を教えてくれねーんだ？

そこで脳裏《のうり》をよぎったのは、毎回意図の読めない言動で俺《おれ》を振《ふ》り回《まわ》してくれた、妹の顔。

——あいつよりゃマシだな！

ぱん、と両手で己《おのれ》の頬《ほお》を叩《たた》き、

「……なぁ」

俺《おれ》は、改めて黒猫《くろねこ》に話しかけた。

「おまえの様子がおかしいのって、俺《おれ》が、なにかやらかしちまったんだよな？　悪い。それがなんなのか、いくら考えても分からねえ。分からねえと、謝《あやま》りようもねえ。だから……教えてくれないか？」

「……ごめんなさい」

黒猫《くろねこ》から返ってきたのは、謝罪だった。

「瀬菜《せな》が、なにを言ったかは知らないけれど……あなたはまったく悪くないわ。……私が、勝手に悩《なや》んでしまっているだけ」

「……そう、なのか？」

「ええ、じきに治るから、気にしないで頂戴《ちょうだい》」

黒猫《くろねこ》はそう言って、力なく微笑《ほほえ》むが……。

気にしない、なんてのは無理だ。仮に、本当に――俺《おれ》が悪くないのだとしても。

心配するよ。……おまえのことは。

その心中を、そのまま口に出す勇気があれば、ここで解決していた問題だったのかもしれない。

「今日は、どうするんだ？　午後からは、また調べ物をするんだろ？」

このときの俺《おれ》は、当《あ》たり障《さわ》りのない質問をして、様子を見るという選択《せんたく》をした。

「そうね。ただ……」

黒猫《くろねこ》は、ぎこちない動きでラジオ体操をしながら、答えてくれる。

「午前中は、釣《つ》りをしようと思うの」

「釣《つ》り？　海で？」

話とは関係ないが……身体《からだ》、かったいなあコイツ。運動不足すぎだろ……。

「ええ、そうよ。少し、一人で考えたいことがあって……」

「……そっか」

単独行動を強調されてしまうと、『俺《おれ》も付いていっていいか？』と押《お》すのも憚《はばか》られ、それ以上なにも言えなかった。

部屋に戻《もど》ってからも、しばらくモヤモヤしていたのだが――

「ちょっと出てくる！」

ノートパソコンで書き物をしていた真壁《まかべ》くんにそう断って、俺《おれ》は宿を出た。

海に向かって歩く。最初は早足で、段々と駆《か》け足《あし》へ。

坂から見下ろす海は、今朝もいい眺《なが》めだった。

朝日が水面に反射して、まばゆく煌《きら》めいている。

曇《くも》っていた心が、行動を始めるや、晴れていくのが分かる。

俺《おれ》はいま、やりたいことをやっているのだ——と、はっきり自覚できる。

あいつの元に行く。そう決めた途端《とたん》にこうだ。

……やっぱ、俺《おれ》って、黒猫《くろねこ》のこと——

段々と、少しずつ、自分の気持ちがハッキリしていく。

それが、心地《ここち》よかった。

「さーて、黒猫《くろねこ》はどこまで行ったんだかな、っと」

海はそこらじゅうにあるわけで、アイツがどこで釣《つ》りをしているのか、分からない。

とりあえず向かったのは、俺《おれ》たちが島に上陸した、あの港だ。

港のそばには海水浴場があったはずだから、海の家で釣《つ》りができる場所を聞いてみよう。

目的地に着いた。

周囲を見回すが、黒猫《くろねこ》の姿はない。

俺《おれ》がよく行く千葉《ちば》の海と比べて、海水浴客は少なかった。

この島が、観光地ではないせいだろうか。

まったく混雑していないので、見晴らしが良く、天国めいた爽快感《そうかい》がある。

見知ったゲー研部員たちが、スイカ割りをして遊んでいた。

そんな光景をよそに、俺《おれ》は大股《おおまた》歩きで砂を蹴飛《けと》ばし、海の家へと向かう。

「すいません」

釣《つ》り場《ば》の所在を尋ねる前に、飲み物でも買っておくかと、トウモロコシを焼いている女子店員に、後ろから声を掛《か》ける。

すると彼女《かのじょ》が振《ふ》り向《む》いて、

「おっやー？　京介《きょうすけ》くんじゃん。いらっしゃーい」

「あれ、悠《はるか》……なにやってんだ、おまえ」

「もちろんバイトだよん」

にひー、と、気安く笑顔《えがお》を向けてくる悠《はるか》。

——昨日も似たようなやり取りをしたな……ってか。

いまの悠《はるか》は、ビキニに薄手《うすで》の上着を羽織っただけという格好なので、目のやり場に困る。

俺《おれ》の視線に気付いた彼女《かのじょ》は、自分の胸元《むなもと》に目を落とす。

「ん、この水着？　いいでしょ～、ここで売ってるやつ、宣伝を兼《か》ねて安く譲《ゆず》ってもらったんだ」

そこで悠《はるか》は、真っ赤になって、ニヤリと笑った。

そんな恥《は》じらっているのか、からかっているのか、よく分からん顔で、

「京介《きょうすけ》く〜ん…………いま、胸元《むなもと》をえっちな目で見てたなぁ？」

「み、見てねーよ！」

「はいはーい。男の子だもんねーっ、神々《こうごう》しい美少女の水着姿に見とれちゃうのは、しょーがないっ。なんせあたし、神々《こうごう》しいから！　ふひひひ……」

昨夜の会話、おまえも聞いてたのかよ！　ぐああ……こっ恥《ぱ》ずかしい！

くっそ、うっれしそーに、桐乃《きりの》っぽい笑い方しおって。

「それでどーかなぁ、この水着！　あたし、けっこースタイルには自信あるんだけど！」

「さ、さあな！」

俺《おれ》は、ふいっと視線を彼女《かのじょ》の胸から引きはがし、話題変更《へんこう》を試みる。

「バイトって……喫茶店《きっさてん》は？」

「今日はお休みなんだって。それで、こっちでバイトしてるんだ」

「あ、そ。たくましいこっちゃ」

海の家の商品棚《だな》を見れば、海水浴用品に混じって、カブトムシやらクワガタやらが売られている。……アレはたぶん、そういうことなのだろう。

「ところで、黒猫《くろねこ》を見なかったか？」

「見てないけど、どして?」

「ちょっとな、探してるんだ。『釣《つ》りに行く』っつってたから、ここらで聞きゃあ分かるかなって思ったんだけど……おまえ、地元民じゃねーし、釣《つ》りができそうな場所とか、知らないよなぁ?」

「知ってるけど」

「マジで!?」

「港で漁師さんたちに教えてもらったんだ。魚釣《さかなつ》って売れないかなーって。ダメって言われちゃったけど」

　コミュ力の化物かよ。スローライフゲームの主人公みたいな女だな。

「で、釣《つ》り場《ば》は……あっち」

　悠《はるか》は、指をさして教えてくれる。

「海沿いを歩いて行くと、釣《つ》りをしている人たちがいるから、すぐ分かると思う」

「行ってみるわ、サンキュ」

「はーい。午後までに、黒猫《くろねこ》ちゃんと仲直りしときなよ」

「お見通しか」

「女の子ですから」

「なら、女子が機嫌《きげん》がよくなるような飲みもんをくれ」

五百円玉を放り投げると、悠《はるか》はパシンと右手でキャッチ。

「そんなものあるわけないでしょー。――ラムネでいい？」

「おう」

「了解《らじゃ》」

悠《はるか》は、冷蔵庫からラムネを二瓶《ふたびん》取り出して、片手で持ち、俺《おれ》に手渡《てわた》してくる。

それを受け取ろうとしたところで――

瓶《びん》が、悠《はるか》の手をすり抜《ぬ》けたように落ち、砂の上に転がった。

パリン、という音。落ちた拍子《ひょうし》に瓶《びん》と瓶《びん》がぶつかって、割れてしまったらしい。

ラムネが砂浜《すなはま》に染《し》みを作っていく。

「あちゃー……やっちゃった。っかしーなぁ……しっかり掴《つか》んでたハズなんだけど……ごめん！　いま新しいの出すね！」

「……悠《はるか》……おまえ…………」

「ん？　どったの？」

きょとん、と、悠《はるか》は静止する。おかげで、それがよく見えた。

「その、手――」

「手？」

やはり見間違《みまちが》いなんかじゃない。俺《おれ》は、呆然《ぼうぜん》と口を開き、

「透けてないか？」

「！」

悠《はるか》がびくりと震《ふる》え、右手を、慌《あわ》てて目の前に持ってくる。

綺麗《きれい》な氷のように、掌《てのひら》だけが透《す》き通《とお》り、向こう側が見えていた。

「ぎゃー！　なにこれっ！」

「…………透《す》けてるよな」

「…………透《す》けて、るねぇ」

マジマジと——悠《はるか》の、透《す》けた掌《てのひら》越《ご》しに、俺《おれ》たちは見つめ合う。

「な、なぁ……これって」

俺《おれ》は、悠《はるか》の言葉を思い出す。

『あたしが「過去《こ こ》」に来たことで、何もしなければ、事件の結果が変わってしまうんだと思う。それはあたしにとって、とてもまずいことなんだ——とてもとても、致命的《ち めい》なことなんだ』

いま、彼女《かのじょ》にとって、『致命的《ち めい》なこと』が起こりかけているのではないか。

いまにも全身が透けて、消えてしまうんじゃないか。

「────っ」

強い寒気と、恐怖《きょうふ》を感じた。

妹が、もう日本にはいない。もう会えない。

そう聞かされた『あの時』とよく似た動揺《どうよう》が、俺《おれ》の肌《はだ》を粟立《あわだ》たせる。

はっと気付けば、

「京介《きょうすけ》くん！」

桐乃《きりの》──ではなく、悠《はるか》の顔が、すぐ目の前に迫《せま》っていた。

「うおっ！」

大きく仰《の》け反《ぞ》ってビビる俺《おれ》に、彼女《かのじょ》は言う。

「さてはぁ、きみっ！　あたしに惚《ほ》れたでしょぉ──っ！」

「はあ⁉」

悠《はるか》は、目をきつくつむり、ビキニを着けた胸元《むなもと》を腕《うで》で隠《かく》す。

「くうぅっ……油断したぁ～……まさか……きみが、あたしの水着姿に悩殺《のうさつ》されちゃうなんて……確かにちょっと大胆《だいたん》すぎたかなぁとは自分でも思っちゃいたけどさぁ……京介《きょうすけ》くんを一瞬《いっしゅん》で誘惑《ゆうわく》しちゃうなんて、あたし、自分の魅力《みりょく》を過小評価してた……古《いにしえ》の名作映画のエピソードを思い出して、警戒《けいかい》していたハズなのにぃぃ……」

「なんだか知らんが惚《ほ》れてねえがな！」

シリアスな空気返せや！

そう内心でツッコんだ俺《おれ》であったが、悠《はるか》がテンション高めだったのはそこまでで、

「うぅ……………ど、どうしよう……」

風船から空気が抜《ぬ》けていくように、急速にしょぼくれていく。

「お、おい……大丈夫《だいじょうぶ》かよ？」

うなだれる彼女《かのじょ》を心配していると、悠《はるか》は顔を上げずに、小さな声で問う。

「京介《きょうすけ》くん…………本当に、あたしに、惚《ほ》れちゃってないよね？」

「何度も言わせるな」

「ごめんね……でも……念を押《お》させて。京介《きょうすけ》くんは、なにがあっても、あたしに恋愛《れんあい》感情を持ったりしない──って、約束して」

大事なことなのだと感じた。

だから俺《おれ》は、時間をかけて自問自答する。

それから、はっきりと言う。

「約束する。なにがあっても、俺《おれ》はおまえに恋愛《れんあい》感情を持たない」

「……ありがとう。信じる。じゃあ──」

俺《おれ》は、やや緊張《きんちょう》して、彼女《かのじょ》の言葉を待った。

俺《おれ》の妹が、無理難題をぶちかましてくるときと、同じ空気を感じたからだ。

しかし、悠《はるか》の口から飛び出した台詞《せりふ》は──

「なぐさめて」

「へっ？」

「落《お》ち込《こ》んでやばーなので、あたしをなぐさめて」

けっこう余裕《よゆう》あるじゃねぇか。

それでも、落《お》ち込《こ》んでいるってのは本当だろうから。

俺《おれ》は、遙《はる》か昔──妹にしてやったように。

片手を頭に乗せて、撫《な》でてやった。っつーか、他に触《さわ》れそうなところがなかった。

こいつ水着だし。すると……

彼女《かのじょ》は俯《うつむ》いたままで、俺《おれ》の身体《からだ》に腕《うで》を回し、抱《だ》きついてくる。

「お、おい……」

「こうしても、きみは、あたしに惚《ほ》れたりしないんでしょ？　……なら、十秒だけでいいからさ。そしたら、いつもどおりの悠《はるか》ちゃんに復活するからさ。……ちっとだけ……じゅーでんさせて」

「…………………………」

でかい胸を押《お》し当《あ》てられているのに、まったくそういう気分にゃなれなかった。

悠《はるか》の声が、ムカつく誰《だれ》かさんとダブって聞こえた。

俺《おれ》は、されるがままになって、彼女《かのじょ》の頭を撫《な》で続けた。

やがて十秒きっかりで、悠《はるか》は顔を上げる。

そこにあったのは、彼女《かのじょ》らしい、何故《なぜ》か懐《なつ》かしさを感じる、いつもの笑顔《えがお》。

「もう、いいのか？」

「うん、ありがと」

彼女《かのじょ》は、ゆっくりと身体《からだ》を離《はな》そうとし……

「────」

全身を硬直《こうちょく》させた。

「？」

背後になにかあるのかと、俺《おれ》は振《ふ》り返《かえ》る。

と────

「……なにをしているのかしら？」

真顔の黒猫《くろねこ》が、抱《だ》き合《あ》う俺《おれ》たちを見つめていた。

第四章

灼熱《しゃくねつ》の陽光が真上から降り注ぐ正午。

昼食を終えた俺《おれ》、黒猫《くろねこ》、悠《はるか》の三人は、〝島の伝承〟調査のため、役所へと向かう。

その道中――

「だ、だからぁ！　さっきのあれは、誤解だったんだってば！　京介《きょうすけ》くんは、あたしが落ちこんじゃってたのを心配して――」

「何度も言わずとも、承知しているわ」

「で、でも、黒猫《くろねこ》ちゃん、まだ怒《おこ》ってるよね？」

「怒《おこ》ってないわ」

「お、怒《おこ》ってるよぉ」

しつこく話しかける悠《はるか》と、真《ま》っ直《す》ぐ前を向いてスタスタ歩き続ける黒猫《くろねこ》、という構図が、俺《おれ》の目前で繰《く》り広《ひろ》げられている。

見てのとおり、浜辺《はまべ》での誤解はとっくに解けちゃあいる。すぐに説明したからな。

だが……。

黒猫《くろねこ》は、誤解が解けた後も、なんとなく元気がない様子で、こうして一緒《いっしょ》に行動していても、話しかけてこないし、目を合わせてもくれないのだ。

俺《おれ》から話しかければ、一応、返事はしてくれるのだが……。

朝よりも、さらに気まずい状況《じょうきょう》になっていた。なんとかしなくてはと焦《あせ》るばかりだ。

そして問題は、俺《おれ》と黒猫《くろねこ》の関係——だけじゃない。

「悠《はるか》、いまはそんな話をしている場合ではないわ」

そう。

「あなた……もしかして、存在が消えかけているのではないかしら？」

俺《おれ》は、浜辺《はまべ》で、彼女《かのじょ》の掌《てのひら》が透《す》けているのを目撃《もくげき》した。

アレは、黒猫《くろねこ》がいま言ったとおりの現象なのだと思う。

彼女《かのじょ》がなにかミスをして、『歪《ゆが》み』とやらが強まった影響《えいきょう》なんじゃないか。

手品なんかじゃ絶対ない。俺《おれ》がこの目で見たんだ。『信じたふりをしてやる』なんて言ったが——もう、六割以上信じている。

「へーき。もう、透《す》けてないよ」

悠《はるか》は右手を振《ふ》って見せ、

「とりあえず、すぐに消えちゃう、みたいな感じじゃなさそうだし。そもそも消えるのが、あたしにとって悪いことなのかも分かんないしさ。——消滅《しょうめつ》する前兆じゃなくて、帰還《きかん》する前兆なのかもしれない、でしょ？」

だいじょぶだいじょぶ、と、軽い調子で笑ってみせる。

これは本心じゃないな。俺《おれ》たちを安心させるためのポーズでしかない。

黒猫《くろねこ》もそこまで分かっているから、あえて追及せず、

「原因に心当たりは？」

「すっごくあるけど、説明できないや」

「そう。なら、私たちにしてあげられることは？」

「いまは、予定どおり調査を続けてくれれば、十分ありがたいよっ！　大丈夫《だいじょうぶ》！　ちゃんと上手《うま》くやるからさ！」

元気よく悠《はるか》は言う。

身体《からだ》が透《す》けるという、異常なトラブルがあったにも関わらず、悠《はるか》には迷いがない。

確信を持って行動している。それが、態度から、台詞《せりふ》から、伝わってくる。

やれやれ、もどかしいもんだな。

親身になってやりたいが、俺《おれ》も黒猫《くろねこ》も、悠《はるか》に、たいしたことをしてやれねえ。

「そっか。じゃあ……俺《おれ》たちにして欲《ほ》しいことができたら、遠慮《えんりょ》なく言ってくれ」

「ありがと……そうするね」

会話をしているうちに、役所へと到着《とうちゃく》する。

「とりあえず写真、と」

こんなときでも、合宿に来た目的を忘れてはいけない。

役所の外観を数枚撮影《さつえい》し、改めて建物を見上げた。

俺《おれ》のよく知る千葉《ちば》市役所と比べると、縦にも横にもマジで小さい。

どっちかっつーと、町の郵便局って印象。

俺《おれ》たちは建物に入るや、館内地図を確認《かくにん》し、階段で二階へと上がる。

目的地は、廊下《ろうか》の突《つ》き当《あ》たりにあった。

「ここが図書室ね」

そこは、一言でいうと『うちの高校の図書室』みたいな場所だった。さして広くもなく、やや窮屈《きゆうくつ》な印象。ふわりと漂《ただよ》う古書の香《かお》り。簡素な受付の奥《おく》に、背の高い書架《しよか》が並んでいる。

天井《てんじよう》に埋《う》め込《こ》まれた明かりが、格子《こうし》ごしに室内を白く照らしていた。

ここは一般《いつぱん》に開放されており、島に関する様々な資料が閲覧《えつらん》できるらしい。

先頭を歩いていた黒猫《くろねこ》が、周囲を軽く見回し、悠《はるか》に向けて言う。

「さて、私はここで……過去の新聞記事を当たろうと思っていたのだけど」

「それで構わないよ」

「どんな記事を探せばいい？」

俺《おれ》が問うと、黒猫《くろねこ》は一瞬《いつしゆん》、挙動不審《ふしん》に視線をさまよわせる。

気まずいのに話しかけられてどうしよう——そんな感じだ。

それでも、なんとか口を動かし答えてくれる。

「……〝神隠《かみかく》し〟が、近年でも発生しているのか……いいえ、本当に発生しているのか、調べたいの」

俺《おれ》に対してのわだかまりが、消えたわけじゃないんだろうが。

それどころじゃない、という判断だろう。

黒猫《くろねこ》は続ける。

「……悠《はるか》と同じように、元の時代から消えた人間がいたとして……」

「あー……傍《はた》から見りゃあ〝神隠《かみかく》し〟だなあ」

「そうでしょう？　だから、〝神隠《かみかく》し〟と呼べるような行方《ゆくえ》不明事件が、実際にあったかどうか、被害者《ひがい》が、その後、無事に帰ってきたのかどうか――気になるわ」

この口ぶりだと、黒猫《くろねこ》はそもそも、〝神隠《かみかく》し〟が伝承に記されているだけで、実際には起こっていないんじゃないか――ぶっちゃけ昔の人が言ってるだけじゃねえの？

そんなふうに疑っているようだ。

意外である。オカルト大好きなわりに、否定的に調べていく。クレバーな考えだ。

「仮に〝神隠《かみかく》し〟が〝時間移動〟の結果だとして。もし『帰って来た人』がいて、いまも島に住んでいるなら、話を聞けるかもしれない。悠《はるか》が帰還《きかん》するためのヒントになるかもしれない」

「…………ありがとね、黒猫《くろねこ》ちゃん」

ぽつり、と、悠《はるか》がそう漏《も》らした。

「きゅ、急にどうしたの？」

「だって……すっごく……あたしのこと、本気で考えてくれているみたいだから」

「……ふ、ふん。ゲームシナリオの取材にもなるし……興味本位で動いているだけよ」
○・一秒で分かる。
照《て》れ隠《かく》しだった。

分かりやすすぎるだろ……いま、黒猫《くろねこ》と気まずい状況《じょうきょう》だってのに、噴《ふ》き出《だ》しかけたよ。

「それでも。普通《ふつう》の人だったら、まずあたしの話を信じてくれないし——信じてくれたとしても、ここまで親身になってくれないと思う。だから、ありがと」

悠《はるか》は、黒猫《くろねこ》と俺《おれ》を、それぞれ一度ずつ見て、礼を述べた。

黒猫《くろねこ》はくるりと彼女《かのじょ》に背を向けて、怜悧《れいり》な声を出す。

「話している時間が惜《お》しいわ。始めましょう」

その耳先が赤くなっていることに、俺《おれ》も悠《はるか》も気付いていた。


それから——。

俺《おれ》たちは三時間ほど、図書室で調べ物をした。いまは閲覧《えつらん》スペースの長机に資料を広げ、パイプ椅子《いす》に座《すわ》り、各々《おのおの》が結果報告をしていたところだ。

「……いなかったな、行方《ゆくえ》不明者」

「ええ……そのようね」

行方《ゆくえ》不明者がゼロってわけじゃあないが。

この島で、〝神隠《かみかく》し〟が発生していることを裏付けるような記事は、ひとつも出てこなかった。

「ただ、この記事……これもそうよ……見て頂戴《ちょうだい》」

黒猫《くろねこ》が机上《きじょう》に出した二つの記事は、『犬槇神社《いぬまきじんじゃ》』で発生した、解決済みの小さな事件だ。

ふたつの事件の経緯《けいい》はほぼ同じで、島の外から来た若い女性が、ごく短い時間、行方《ゆくえ》不明になり、当日のうちに『犬槇神社《いぬまきじんじゃ》』の境内《けいだい》で、意識を失い倒《たお》れているところを、発見されている。目を覚ました当人は、数時間の記《き》憶《おく》を失っていたが、怪我《けが》も無く、金品が盗《ぬす》まれているようなこともなかった、とのこと。

「ぎりぎり〝神隠《かみかく》し〟と結びつけられそうなのは、このふたつだけね」

「この人たちは、あたしみたいに〝神隠《かみかく》し〟に遭《あ》って、帰還《きかん》した――黒猫《くろねこ》ちゃんは、そう考えてるの？」

「どうかしら。……正直なところ、そうとも考えられる、くらい。たまたま似たような事件があっただけかもしれない」

「ふーむ……だとしても、ちょっと気が楽になったかな。――『無事に帰ってきた人』がいたかもしれないんだから。――ふたりのおかげだねっ！」

「……どういたしまして」

黒猫《くろねこ》は優《やさ》しく笑《え》む。

二人は、温かな気遣《きづか》いを交《か》わし合っているように見えた。

「でも…………」

悠《はるか》はうつむき、聞き取れないほど小さな独り言をこぼす。

「……そっか、そういう可能性も、あるんだ」

「悠《はるか》？」

黒猫《くろねこ》が、悠《はるか》の顔を覗《のぞ》き込《こ》む。

すると彼女《かのじょ》は、

「だったら……」

そこで急に顔を上げて、俺《おれ》たちを真《ま》っ直《す》ぐ見据《みす》える。

「余計に楽しまなきゃ！　だよね！　せっかく会えたんだから！」

「おいおい、ひとりで落《お》ち込《こ》んだり、意気込《いきご》んだり……なんだってんだ？」

「ひひー、なんでもないよっ！　こっちの話！　そ・れ・よ・り——」

両手をテーブルにつけて、ぐいっと身を乗り出してくる。

「改めて、ぱぁっとやろうぜいっ！　最っっ高の夏休みにしよう！　あたしも、きみたちも！　誰《だれ》も彼《かれ》も！　一生、ぜっったい忘れられないくらい、すっっごい一週間にしよう！」

突然《とつぜん》のハイテンションに、黒猫《くろねこ》は目をぱちくりとさせている。

代わりに俺《おれ》が応えてやった。

童心に帰って、どうしようもないクソガキの自分に戻《もど》って、無責任に言い放つ。

「俺《おれ》は最初から、そのつもりだぜ」

「そーこなくっちゃ！　計画《プラン》はあるんだ。——あたしに任せて！」

決め台詞《ぜりふ》を、取られちまった。

ふひひ、と、既視感《きしかん》を覚える笑い声が、図書室に響《ひび》いた。


そうしてこの日も、終わっていく。

一日が数日にも感じるこの旅は、ゆるやかなまま半ばへとさしかかり——


また、新しい朝がきた。

ラジオから流れる歌声を聞きながら、身体《からだ》の筋を伸《の》ばしていると、前向きな気持ちが湧《わ》いてくる。朝の体操ってのは、本当にいい習慣だ。幼い頃《ころ》の自分が、帰ってきたような気分になる。

「大発表！　このたび、あたし槇島悠《まきしまはるか》は、きみたちの合宿の、レクリエーション担当に就任しましたぁっ！」

ラジオ体操を終えた皆《みな》の前で、悠《はるか》が大声で宣言した。

俺《おれ》は、ちらりと部長の顔をうかがってみたのだが、すると彼《かれ》は、鷹揚《おうよう》に頷《うなず》いた。

どうやら部長も承知のことらしい。

ったく……悠《はるか》のやつ、部外者だってことを忘れちまうくらい、ゲー研に馴染《なじ》んでいるな。

「悠《はるか》、おまえ、そんなことしてる余裕《よゆう》あんのか？」

心配してそう声をかけると、溌剌《はつらつ》とした返事が戻《もど》ってくる。

「へへー、全力で遊ぶってゆったじゃん。それに、これがあたしにとってベストな行動なんだよねーん。――とっ、いう、わけでっ！」

悠《はるか》は改めて皆《みな》に向き直り、再び声を張り上げる。

「今日は、これからみんなで海水浴をしま――っす！」

そういうことになった。

俺《おれ》も黒猫《くろねこ》も、もちろん事情を知らぬ部員たちも、素直《すなお》に従うのだった。

水着に着替《きが》え、砂浜《すなはま》に集合した俺《おれ》たちだったが、全員でなにかをして遊ぶ――という流れにはならず、各々《おのおの》がグループを作って、自由行動することになった。

のだが……。

「高坂先輩《こうさかせんぱい》、瑠璃《るり》ちゃんをお願いしますね」

「あたしたち、あっちの方まで泳いでくるから！　競走したりするから！　泳げない黒猫《くろねこ》ちゃんのことは、京介《きょうすけ》くんにお任せっ！　じゃ、そゆことで～」

あれよあれよという間に、ゲー研の連中は、俺《おれ》と黒猫《くろねこ》だけを残して走り去ってしまった。

俺《おれ》は、それをぽかんと間抜《まぬ》け面で見送って――

「……泳げないのか？」

――ちらりと横目で黒猫《くろねこ》を見た。

すねたように唇《くちびる》を尖《とが》らせ、俺《おれ》と視線を合わせないようにしている彼女《かのじょ》は――

いま、大胆《だいたん》なビキニだけを身につけている。自分では、こんなに露出《ろしゅつ》の多いやつを絶対に選ばないだろうから、これも瀬菜《せな》のセレクトかもしれん。

本人、さっきからずっと恥《は》ずかしそうにしているものだから、余計にえろく見えてしまう。

「……悪いかしら」

水着姿の黒猫《くろねこ》を、まともに見られない。

俺《おれ》は、曖昧《あいまい》なところに視線を合わせたままで言う。

「よかったら、さ。教えようか？　泳ぎ」

「……そう、ね。せっかくだから…………お願いするわ」

つん、と、そっぽを向きながらの『お願い』に、くく、と声が漏《も》れた。

「……なにを笑っているの？」

「いや？　なーんか、初めて会った頃《ころ》を思い出すなってさ。ほら、昔の黒猫《くろねこ》って、今日みたいに、俺《おれ》から距離《きょり》を置くっつーか……警戒《けいかい》してる感じだったじゃないか」

「そうだったかしら」

「そうだったよ」

俺《おれ》はそこで、ぽりぽり、と、頬《ほお》を掻《か》いて、

「懐《なつ》かしかったけど、やっぱり、いつものおまえの方が、いいや」

「そう」

黒猫《くろねこ》は、海に向かって歩き出す。

俺《おれ》の声を、まるで聞いていなかったような、そっけない態度だ。

そこから彼女《かのじょ》は振《ふ》り向《む》き、

「どうしたの、先輩《せんぱい》」

「私に、泳ぎを教えてくれるのでしょう？」

久しぶりに笑って、俺《おれ》を見惚《みと》れさせた。


彼女《かのじょ》に、手取り足取り泳ぎを教え——

黒猫《くろねこ》が疲《つか》れてからは、浜辺《はまべ》に戻《もど》り、二人で砂の城を作った。

作成途中《とちゅう》から、戻《もど》ってきた皆《みな》に手伝ってもらい。

壊《こわ》すのが惜《お》しくなるような、凝《こ》った作品ができあがった。

昼は、海の家で、黒猫《くろねこ》の隣《となり》に座《すわ》って、やきそばを食べ。

午後からは、川遊びをして過ごした。

退屈《たいくつ》を感じる暇《ひま》もなく、スローダウンした時の中、ずっと忙《いそが》しく遊び続けた。

いつの間にやら夕方になって、いつの間にやら夜になって――――…………。

布団《ふとん》に潜《もぐ》り込《こ》むと、すぐに眠気《ねむけ》が全身を満たす。

ガキの頃《ころ》は、いつだってそうだった。

毎日が、こんなだった。

眠《ねむ》りに落ちる直前、俺《おれ》は思う。

――あぁ……今日も、楽しかった。


翌日の夕方、皆《みな》が『みうら荘《そう》』へと戻《もど》ってくると、

「さーみんな！　今夜は、肝試《きもだめ》し、やっちゃうよ～～～～～～～～っ！」

悠《はるか》がそんなことを言い出した。

俺《おれ》は、ひとくさりポカンとしてから、

「肝試《きもだめ》し……つったって、そんな急に、できるもんか？　準備とかあるしよ」

「だい、じょーぶ♪　抜《ぬ》かりはないっ！　部長さんと瀬菜《せな》ちゃんにはもう相談してあるし、そんなに大がかりなことをやるつもりはないから、準備についても問題なーし」

ドン、と、食堂のテーブルに、クジ箱を置く悠《はるか》。

「これと、ペア分の懐中《かいちゅう》電灯だけあれば万事《ばんじ》オッケイ！　――ってわけで、どうかな、みん

な！」

押《お》しの強い女である。ただ、まぁ、仲間にこういうやつがひとりいると、俺《おれ》みたいな受け身の人間にとっては、ありがたいってのも事実だ。

くるりと周りを見てみれば、皆《みな》も、面白《おもしろ》そうじゃん、やってみよう、という前向きな流れになっている。俺《おれ》じゃあ、こうはいかん。

周囲に、陽の気を振《ふ》りまく、ムードメーカー。

槇島悠《まきしまはるか》は、どうも、そんな女の子らしかった。

ちなみにこの合宿には、逆タイプの女の子もいる。

「……その肝試《きもだめ》し、危険はないのでしょうね？」

もちろん黒猫《くろねこ》のことだ。

周囲に迎合《げいごう》しない、できない、陰《いん》なる者。

だけど俺《おれ》は、そんな彼女《かのじょ》が、

「もっちろん、コースの下見は済んでるよ」

「そういう意味ではなく…………分かるでしょう？」

「……うん、分かる。本当に大丈夫《だいじょうぶ》、危険はないよ」

悠《はるか》に劣《おと》るとは思わない。きさくで明るい美少女に負けるとは、思わない。

気難しいし、すぐ無言になるし、なにを考えているのか分かり辛《づら》いやつだけど。

表に出さないだけで、理解されにくいだけで。

場を盛り上げることができなくとも、いつだって仲間のことを想《おも》っている。

「そう、なら、いいの」

五更瑠璃《ごこうるり》とは、そんな女の子だ。


肝試《きもだめ》しのコースは、山中にある『犬槙神社《いぬまきじんじゃ》』まで行って、悠《はるか》が鳥居の傍《そば》に置いてきた札を取り、神社のそばにあるゴールまで行く、というものだ。

ゴールでは部長が待機しているので、札を渡《わた》し、その場で皆《みな》が来るのを待つ、という形。

なるほど『犬槙神社《あそこ》』なら、雰囲気《ふんいき》あるし——なにせ本物の心霊《しんれい》スポットなんだからな——

道中、夜でも明かりが灯《とも》っていて、危険は少ないだろう。

心霊《しんれい》スポットならではの危険も、悠《はるか》いわく、心配いらないらしい。

なら、問題はなにもない。

肝試《きもだめ》しが終わり、ゴールに全員集合したあとは、境内《けいだい》で手持ち花火をする予定だ。

もちろん花火の許可は取ってあるとのこと。

さて、そういうわけで。

俺《おれ》は、いま、黒猫《くろねこ》と二人きりで、肝試《きもだめ》しのコースを進んでいた。

「……先輩《せんぱい》、悠《はるか》が用意したあのクジ…………いかさまよ」

「……だろうなぁ」

並んで歩きながら、懐中《かいちゅう》電灯を前に向け、夜道を照らしている。

といっても、一定間隔《かんかく》ごとに外灯があるから、そこまで暗いわけでもない。

不安少なく、俺《おれ》たちは歩を進める。

本気で怖《こわ》がらせるつもりのない、安全重視であくまで遊びの、ゆるい肝試《きもだめ》し。

そんな道中。黒猫《くろねこ》が、心情を入れぬ声色《こわいろ》で、話しかけてくる。

「『だろうなぁ』？　……他人事《ひとごと》みたいに言うのね？」

「……えーっと、黒猫《くろねこ》？　どういう意味だ？」

そう。あのあとクジ引きをして——その結果、俺《おれ》と黒猫《くろねこ》のペアが決まったのだった。

クジ箱から、アルファベットの記された三角クジを引く形式で、同じアルファベットは、二つずつ入っている、というものだ。

黒猫《くろねこ》は、名探偵《たんてい》のように言う。

「使われたのは、ごく単純な手口よ。アルファベットの組《ペア》ごとに、ほんの少しずつ折り方を変える、というもの。目当ての人物に、先にクジを引かせて、その直後に自分が引き、同じ折り方のクジを指先でサーチするの」

「……おぉ、よく見抜《みぬ》いたな——それで？」

俺《おれ》は、すっとぼけた態度で続きを促《うなが》す。

「あのとき……私の直後にクジを引いたのは、先輩《せんぱい》だったわ。つまり……その……そういうこと……なのでしょう？」

何故《なぜ》か黒猫《くろねこ》は、恥《は》じらうように声を揺《ゆ》らめかせた。

「ばれたか」

あっさりと認める。すると彼女《かのじょ》は、消え入るような声で、

「……どうして、そんな、こと」

「おまえとペアになりたかったから」

ハッキリと、答える。誤解の余地がないように。

「ほら、この前からさ。俺《おれ》たち、ちょっと気まずい感じだったじゃんか。みんなが気を遣《つか》ってくれたこともあって、少しずつ改善されて来ちゃあいたけど……まだ、少し、わだかまりみたいなものが、あっただろ？　だから、この肝試《きもだめ》しで、ばしっと仲直りしてえなってさ。――それで、みんなに相談してたんだ」

「え……じゃあ……」

「おまえ以外の、みんながグルってこと。どんなレクリエーションをやるのかまでは、俺《おれ》も知らなかったんだけど――『クジ引きでペアを作る流れにするから、簡単ないかさまを覚えろ』って仕込《しこ》まれたんだ」

「悠《はるか》の仕業ね」

「おう、そうだ。黒猫《くろねこ》と仲直りすんのに――協力してもらった」

ひひ、と、笑う。

黒猫《くろねこ》は、柔《やわ》らかい表情で、短い声を出す。

「……そう」

そこで一旦《いったん》、会話が途切《とぎ》れる。夜道を、二人並んで、歩いていく。

ひかえめな虫の音だけが、響《ひび》いていた。ときおり風が、背の高い草をざわめかせる。

ドキドキと高鳴る心臓の音は、きっと、恐怖《きょうふ》からじゃなかった。


「……これが、証明の札ね」

黒猫《くろねこ》が、鳥居に立てかけられていた木札を見つけ、手に取った。

俺《おれ》も脇《わき》から、「どれどれ」と覗《のぞ》き込《こ》む。

無地の絵馬《えま》を流用したもののようだ。デフォルメされた女幽霊《ゆうれい》のイラストと、フキダシが描《えが》かれている。

女幽霊《ゆうれい》ちゃん曰《いわ》く、

――『ちゃんと仲直りできたかな～？』だってよ。

まるで、あいつ本人に、耳元で言われているような気分だったぜ。

「ったく、お節介《せっかい》め」

「先輩《せんぱい》、あなた、人のことを言えるのかしら？　普段《ふだん》の行動を省《かえり》みてはどう？」

痛いところを衝《つ》かれた俺《おれ》は、ごまかすように口笛を吹《ふ》く。

「…………………」

俺《おれ》たちの間に、しばしの沈黙《ちんもく》が横たわった。

黒猫《くろねこ》もそうだが、俺《おれ》も口数が多い方ではないので、二人でいるとよくこうなる。

気まずくはない。どっちかっつーと、そわそわする感じ。

桐乃《きりの》ふうに言うなら、楽しみにしていたゲームの発売日当日のような。

深夜販売《はんばい》に並ぶオタクは、こんな気分なのかもしれねえ。

俺《おれ》は、黒猫《くろねこ》に話しかけようとしたのだが、それをかわすようなタイミングで、彼女《かのじょ》が、石段に腰《こし》を下ろした。

「…………………」

俺《おれ》も、無言のままに、彼女《かのじょ》の隣《となり》に座《すわ》る。依然《いぜん》として、会話はない。

ぬるま湯のような夜風が、湯上がりの香《かお》りを運んでくる。

くらくらする感覚を堪《こら》えていると、黒猫《くろねこ》がこう切り出した。

「……先輩《せんぱい》」

「ん？」

「私の話を、聞いてくれる？」

「ああ、もちろん」

即答《そくとう》するが、黒猫《くろねこ》は、なかなか話し始めなかった。

俺《おれ》は急《せ》かさず、ジッと待っていた。

俺《おれ》も、黒猫《くろねこ》も、相手の顔を見ず、座《すわ》ったまま、視線を前に向けていた。

別にどこも見ちゃあいない。目の前は、真っ暗だ。

特に意味もなく、懐中《かいちゅう》電灯を消して、目をつむった。

「私があなたを避《さ》けていたのは、悠《はるか》と抱《だ》き合《あ》っているのを見て、誤解したからじゃないわ」

やがて、ひそやかな声が、隣《となり》から聞こえた。

俺《おれ》は彼女《かのじょ》を見ないまま、黙《だま》って耳を澄《す》ませる。

「じゃあ、なんで……」

「悠《はるか》……とても……いい子よね」

「……おう」

切羽詰《せっぱつ》まっているからか、黒猫《くろねこ》の言葉は、ばらばらで、意味が通りにくい。

それでも俺《おれ》は、急《せ》かさない。

「あまりにも……いい子すぎて、落《お》ち込《こ》んでしまったのよ」

脳内でパズルを組み立てるつもりで、静かにパーツを集めていく。

「明るくて、可愛《かわい》らしくて、生命力に溢《あふ》れていて、一緒《いっしょ》にいると楽しくて……この私とですら、あっさりと仲良くなってしまう。それに比べて……私は、って、自信がなくなってしまったの」

「…………………………」

「だから、最初から誤解なんて、してないわ。ああ、当たり前ねって、思っただけ」

俺《おれ》は、集まっていく不穏《ふおん》なパーツに内心おののきつつ、彼女《かのじょ》の言葉を待った。

黒猫《くろねこ》は、ふっと自嘲《じちょう》して、

「あなたが、悠《はるか》のことを好きになってしまうのも、当然よ」

「待て待て待て待て！　ちょっと待て！」

さすがに急《せ》かさないとか言ってらんねえわ！　大声を張り上げたよ——

「なに言ってんの!?　マジで、なに言ってんの!?　意味分からんのだけど！」

「……なにって……あなた、悠《はるか》のことを好きになったのではないの？」

「俺《おれ》がいつそんなことを言った!?」

「男子の部屋で恋《こい》バナをしていたときよ——悠《はるか》をたくさん褒《ほ》めていたでしょう。桐乃《きりの》のことを語るときと同じくらい熱烈《ねつれつ》に。私のことを恋愛《れんあい》対象ではないとも言っていたわ」

「いやいやいやいやいや！　んなこと言って……」

——なーんか、妙《みょう》に親近感が湧《わ》くんだよな、悠《はるか》って。

——神々《こうごう》しいくらいの美人なのに、壁《かべ》を感じないっつーか。

——自然体で話せるっつーか、守ってやらなきゃいかん気がするっつーか。

——恋愛《れんあい》感情があるかっていうと、自分でもハッキリしないっつーか。

——このままの関係でもいいんじゃないか——っていう思いも、正直あるんですよね。

バカか俺《おれ》は！　言ってるじゃん！　そういう意味で受け取られそうなことをさあ！

「あ、いやっ！　それこそ誤解だってのー！」

があー！　どこから解けばいいんだ！

「え、ええっと、まずな？　確かに俺《おれ》は、悠《はるか》のことを超《ちょう》美人で、可愛《かわい》くて、神々《こうごう》しくて、桐《きり》乃《の》の次くらいにはずば抜《ぬ》けた外見だとは思う！　その上、性格だって明るくて楽しいし、話しやすいし、相性《あいしょう》もいいとは思う！」

「……聞けば聞くほど、とても誤解には思えないのだけど」

「正直に言ってるからな——それでも俺《おれ》は、悠《はるか》に恋愛《れんあい》感情は一切《いっさい》ない。マジで、心の底から、一ミリたりともない」

『悠《はるか》が俺《おれ》の恋愛《れんあい》対象ではない』なんて、俺自身《おれじしん》にとっては、分かりきったことだったから。

あえて伝えることもない――あさはかにも、そう思ってしまったんだ。

「それはなぜ？　魅力《みりょく》を感じていないわけじゃないのでしょう？」

「分からん！　自分でもまったく分からんが、あいつはそういうんじゃないんだよ！」

「『そういうんじゃない』のなら、なんだというの？」

真《ま》っ直《す》ぐ俺《おれ》の目を見て、追及してくる。今度は俺《おれ》が、切羽《せっぱ》詰《つ》まる番だった。

急に言われても困る。俺《おれ》は返答に窮《きゅう》した。重要な回答になるだろうと感じたから。

「その、悠《はるか》は……俺《おれ》にとって……」

「悠《はるか》は、あなたにとって？」

友達だけどそう言うのは違《ちが》う気がする。

思い人でもないし妹――は近いけどなんか違うし――

あー、うー、えぇ～～～っと！


「……姉、かな」


追《お》い詰《つ》められるあまり、やべえことを口走ってしまった。

あまりにも意外な台詞《せりふ》だったからか、黒猫《くろねこ》がぽかんとしている。

「あ、姉？　先輩《せんぱい》にとって、悠《はるか》は、姉のような存在……ということ？」

「ぐぐ……ごめん自分でも、なんでこんなアホなこと言ったのか――でも、その……なんだ……確かにあいつは俺《おれ》にとって特別なやつだし、なんで惚《ほ》れないのか自分でもおかしいって思うくらいだけど……付き合いたいとかキスしたいとかえろいことしたいとか――そういう気にはちっともなれねえんだ。なんつったらいいかな…………とにかくあいつは、『妹と似てる別のなにか』なんだよ！　うまく言えねえけど！」

ったく、なにやってんだか。

我ながらこんなんじゃあ、説得力ねーわ。黒猫《くろねこ》の誤解を、解ける気がしねえよ。

「それに、あー……」

なに恥《は》ずかしがってんだ俺《おれ》。

誤解を解きたいんだろう？

言っちまえ！

「俺《おれ》が気になってるのは、悠《はるか》じゃなくておまえだ」

「……へっ？」

「この春、黒猫《くろねこ》が後輩《こうはい》になってから、一緒《いっしょ》にいる機会が増えてよ……どんどん気になる相手になってきて……この合宿に来たのだって、おまえの力になりたかったからだ」

「な、な、な……」

黒猫《くろねこ》は、仰《の》け反《ぞ》るようにして驚《おどろ》いている。顔は、耳先まで真っ赤だ。

俺《おれ》は、大きく息を吐《は》いて、

「その反応……気付いてなかったのかよ」

「だって……私なんて……」

本当にやれやれだ。これを本音で言っているんだからな。

「おまえは、自己評価が低すぎだ。俺《おれ》、いま、悠《はるか》のことをめちゃくちゃ褒《ほ》めたよな。でも……悠《はるか》よりも、おまえの方が魅力《みりょく》ある、と、思う！」

ああ、ガラじゃねえ台詞《せりふ》！　臭《くさ》すぎるだろう俺《おれ》！　恥《は》ずかしすぎる！

だが、どうしようもねえ——ぜんぶ本音だからなあ！

「……ぅ……ぅ……」

黒猫《くろねこ》は身体《からだ》を震《ふる》わせて、泣きそうな顔になっていた。

その口からは、言葉にならない声が断続的に漏《も》れている。

ようやくそれが意味を成し、

「……う、嘘《うそ》よ」

「嘘《うそ》じゃない！」

「でも、あのときは……」

「あれは……だな……その……」

黒猫《くろねこ》が、真っ赤な顔で言葉を待っているのに、俺《おれ》は、見苦しくつっかえてしまう。

「俺《おれ》は、おまえと……せっかく仲良くなった現状を壊《こわ》したくなくて！　ふられるのが怖《こわ》くって！　それで関係を進めたくないってごまかして……！」

クソッ！

俺《おれ》ってヤツは、どうして大事なところで、気《き》の利いた台詞《せりふ》一つ思《おも》い浮《う》かばねえんだ！

「だから……俺《おれ》は……つまり……恋愛《れんあい》するなら、悠《はるか》じゃなくて……他の誰《だれ》かじゃなくて……」

悩《なや》んで悩《なや》んで。結局、俺《おれ》の口から出てきたのは、単純な台詞《せりふ》。

「おまえがいいんだ！」

あ～～～～～～～顔が熱い！　死ぬ！　恥《は》ずかしくて、死んでしまう！

これ、こんなの……俺《おれ》――はっきり宣言したようなもんじゃねえか！

脳みそが正常な判断を下せなくなってきている。

だが、だからこそ勢いが付いた。

ああ！　もう、全部根こそぎ言っちまえ！

俺《おれ》は、胸中で渦巻《うずま》く想《おも》いを、言葉に――


「ばぁ！」

たのだ。

——しようとする直前に、とんでもねえ邪魔《じゃま》が入った。

並んで座《すわ》る俺《おれ》たちの前に、突然《とつぜん》、白いシーツのようなものを被《かぶ》った何者かが、飛び出してきたのだ。

「ひゃあ！」「ぎゃあああああ！」

黒猫《くろねこ》が、驚《おどろ》きの余り抱《だ》きついてきて、俺《おれ》と一緒《いっしょ》になって大きな悲鳴を上げる。

こいつがこんなにデカい声を出すのは、初めて聞いたかもしれない。

明るい場所で見りゃあ、デキの悪いオバケの仮装だったのだろう。

でもな！　暗闇《くらやみ》で脅《おど》かされたら、ビビるに決まってんだろ——が！

しかもいま俺《おれ》、一世一代の告白をしようとしてたところだったんだぜ⁉

意表を衝《つ》かれたなんてもんじゃねーわ！

「……はぁ、はぁ、はぁ、はぁ…………」

「……お、驚《おどろ》いたわ」

俺《おれ》も黒猫《くろねこ》も、抱《だ》き合《あ》ったまま硬直《こうちょく》した。

震《ふる》える手で、懐中《かいちゅう》電灯の明かりをオバケへと向ける。

それで、オバケの正体が、布団《ふとん》シーツを被《かぶ》っているだけの誰《だれ》かだということが分かり、段々と冷静さが戻《もど》ってきた。

いや！　誰《だれ》かっつーか、

「いまの声は……悠《はるか》だな！」

「当ったりぃー♪」

シーツを脱《ぬ》ぎ去り、悪戯娘《いたずらむすめ》が顔を覗《のぞ》かせた。

「オマエふざけんなよ！　よりにもよって、いま出てくるか……!?」

テンメぇ～～ッ！

俺《おれ》と黒猫《くろねこ》とをくっつけたいのか、邪魔《じゃま》したいのか、どっちなんだコラッ！

かなり本気で怒《いか》りをぶつけると、悠《はるか》は慌《あわ》てて弁明を始める。

「ち、違《ちが》うんだって！　これには深いわけがね？」

「俺《おれ》みたいな言い訳をしやがって！」

「ほんとに理由があるんだってばあ！　いまこの場では、どぉ～～しても邪魔《じゃま》せざるを得なかったんだよぉ！」

悠《はるか》は、タイミングが違《ちが》うんだってぇ～～～っ！　などとわめいている。

くっそ、意味分からんこと言ってんじゃねーぞ!?

良《い》い雰囲気《ふんいき》を台無しにしやがって！

憤懣《ふんまん》やるかたない俺《おれ》の肩《かた》を、黒猫《くろねこ》が摑《つか》む。

「あの……先輩《せんぱい》、きっと『例の件』に関係しているのではないかしら」

「え、あ、あぁ……そうか」

彼女《かのじょ》になだめられた途端《とたん》、ささくれ立った気持ちが、すっと落ち着いてくる。

悠《はるか》が帰還《きかん》するために必要な行動だったのでは。

黒猫《くろねこ》が言った『例の件』ってのは、そういう意味だ。

「ぐぬぬ……そういうことなら……しゃあねえか」

「ごめんねっ！」

悠《はるか》は拝むようにして手を合わせた。

それから、ちらりとこちらを見て、

「だけど京介《きょうすけ》くん」

がらりと態度を元の軽薄《けいはく》なものに戻《もど》し、ニマニマと唇《くちびる》を波打たせる。

「超《ちょう》美人で可愛《かわい》くて神々《こうごう》しい、悠《はるか》ちゃんのおかげで、美味《おい》しい思いができたんじゃない〜？」

「は？」

一瞬《いっしゅん》、なんのことだか分からず困惑《こんわく》し、

「「——あ」」

黒猫《くろねこ》と同時に、抱《だ》き合《あ》ったままだということに気付く。たちまち顔が赤熱し——

「〜〜〜〜〜〜〜〜〜〜〜〜〜〜〜〜〜〜〜」

声にならぬ悲鳴が、夜の神社にこだました。

そんなこんなで。

肝試《きもだめ》しは、その後も順調に進み……いま、夜の境内《けいだい》に全員が集まっていた。

予定どおり、花火をして遊ぶためにだ。部長が、例の駄菓子《だがし》屋で購入《こうにゅう》した手持ち花火を、各人に配っている。そんな中、俺《おれ》はといえば、

「…………どーすんだよ。おまえのせいで、また黒猫《くろねこ》と気まずくなっちゃったじゃねーか」

「そ、そんなことないってばぁ」

さっきの件について、悠《はるか》にグチっていた。

少し離《はな》れたところで瀬菜《せな》と話している黒猫《くろねこ》を、チラリと盗《ぬす》み見《み》ると、ちょうど間が悪く彼女《かのじょ》がこちらを向いて――

目が合い、そそくさと視線をそらされてしまった。

俺《おれ》は、悠《はるか》の肩《かた》をつかんでガクガクと前後に揺《ゆ》らす。

「ほら、ほらぁ、見たろ？　俺《おれ》、超避《ちょうさ》けられちゃってるじゃねーか！」

「ちょ、超避《ちょうさ》けられちゃってるね」

「おまえのせいだぞ！」

中途半端《ちゅうとはんぱ》なところで俺《おれ》の告白を止めやがるから！　お互《たが》い意識しまくり状態だよ！

「で、でも、それは良《い》い意味での気まずさでしょ？　ね？」

「俺《おれ》は『良《い》い意味で』云々《うんぬん》とかいう言葉は嫌《きら》いだ。適当こいてるように聞こえるからなあ」

「スネないでよぉ！」

「スネてねーっつーの」

唇《くちびる》を尖《とが》らせふてくされた俺《おれ》に、悠《はるか》は「たくもー」と呆《あき》れた声を漏《も》らす。

「絶対スネてるじゃん……うーん……ここに来てからイメージ崩壊《ほうかい》しっぱなしだよもう……」

その言い草を耳ざとく聞きとがめた俺《おれ》は、推測を巡《めぐ》らせる。

「おまえさ……黒猫《くろねこ》だけじゃなくて、『俺《おれ》』とも会ったことがあるのか？」

「まーね。あたしの知ってるきみは、もっとこう……まぁ、教えられないんだけど、さ」

彼女《かのじょ》は、ぐーっ、と脇《わき》を見せるように、組んだ両手を挙げて、背の筋を伸《の》ばす。

「あーあ、思ったよりぐだぐだになっちゃったなぁ。もーちょい割り切れると思ってたのにー。ねー、京介《きょうすけ》くーん。きみもさすがに薄々《うすうす》気付いてるだろうけど……言葉にはしないでよ、一応」

曖昧《あいまい》なお願いに、俺《おれ》は頷《うなず》く。

「はいよ。禁則事項《きんそくじこう》、なんだもんな」

「そそ」

んひひ、と、笑う。

再び強い親近感が、俺《おれ》の胸中で渦巻《うずま》いた。

妹に対するものとよく似た、だけど少しだけ違《ちが》う、奇妙《きみょう》な感触《かんしょく》。

……おそらく、たぶん……きっと。

彼女《かのじょ》の正体は…………………。

頭を振《ふ》って考えを打ち消すと、そこで悠《はるか》は、急に俺《おれ》の顔色をうかがうように、声をひそめる。

「それにしても、きみ――」

じろじろと眺《なが》め回してくるので、俺《おれ》はすげなく言い捨てる。

「なんだよ？」

「あたしのこと、お姉ちゃんみたいに思ってるんだってね？」

聞いてたのかよ！

「忘れろ！　他に適切な言い方が思いつかなかっただけだ！」

「ふひひ、超《ちょう》シスコンの京介《きょうすけ》くんが、あたしの弟かあ……」

悠《はるか》は、その光景を妄想《もうそう》するように、遠い目で夜空を仰《あお》ぎ、しばし沈思《ちんし》してから、

「うぅ……きみのせいで性癖《せいへき》が歪《ゆが》みそうなんだけど、責任取ってくれる？」

知らねーよ！

俺《おれ》がそっぽを向くと、悠《はるか》は、けらけらと笑い、

「んじゃ、最後のお役目を果たしてきまーす」

軽く片手を振《ふ》って、俺《おれ》から離《はな》れていった。

境内《けいだい》では、部員たちが適当に散らばって、手持ち花火の準備中。瀬菜《せな》と黒猫《くろねこ》が、ろうそくで

皆《みな》に火を運んでいる。

そんな中、悠《はるか》は黒猫《くろねこ》のところへと向かい、何やら話しかけ、やがて……。

「ちょ、ちょっと……」

当惑《とうわく》する黒猫《くろねこ》を、強引《ごういん》に引っ張ってきた。

悠《はるか》は、黒猫《くろねこ》を俺《おれ》の前に押《お》し出《だ》すようにして、

「はい！　京介《きょうすけ》くん、黒猫《くろねこ》ちゃんを連れてきたよっ！」

「無理矢理じゃねぇか。だがよくやった」

結局、気まずい状況《じょうきょう》をどうにかしようと思ったら、こうして逃《に》げられない状況《じょうきょう》下で、ちゃんと話すのが一番だからだ。

「…………………」

「…………………」

俺《おれ》は、黒猫《くろねこ》と真っ正面から向き合い、見つめ合う。

黒猫《くろねこ》の顔は、のぼせたように真っ赤なままだ。

きっと俺《おれ》も、似たような顔をしているだろう。

くすぐったくて、照れくさくて、とてつもなく気恥《きは》ずかしくて。

いますぐ逃《に》げ出《だ》したい気持ちでいっぱいだ。

だが！　耐《た》える！

俺《おれ》は、さっきの告白未遂《みすい》がなかったかのように軽い声で言う。

「一緒《いっしょ》に花火、しようぜ」

「…………ん」

小さく、頷《うなず》く。

そして、俺《おれ》たちは再び黙《だま》り込《こ》む。

同じようで、少しだけ違《ちが》う、沈黙《ちんもく》。

ざわめく喧噪《けんそう》の中、俺《おれ》たちの周りだけが静かだった。

そんなわけないのに、そう感じた。

「お二人さんっ、あたしも混ぜてちょーだいなっ」

静寂《せいじゃく》の扉《とびら》を開け放つように、悠《はるか》が間に割《わ》り込《こ》んでくる。

「はいこれ、花火っ。たくさんもらってきたよ――」

「……あなたね」

黒猫《くろねこ》が呆《あき》れた様子で、悠《はるか》に半目を向ける。

「その、私たちの距離《きょり》感を微調整《びちょうせい》するようなアレコレはいったいなんなのかしら？　それも、例の件に関係しているの？」

「さっきおどかしたのはそう。あ、でも、いまのは違《ちが》うよ？」

「おい」

俺《おれ》が短くツッコむと、悠《はるか》は、子供っぽく舌を出す。

親しい相手に甘《あま》えるように。そうして急に、切なげな声で、

「最後だから、きみたちと一緒《いっしょ》に、思い出を作りたかったんだ」

「そう……もうすぐ、合宿も終わりだものね」

黒猫《くろねこ》の声には、隠《かく》し切れないさみしさが滲《にじ》んでいた。

せっかく仲良くなれた友達と、普段《ふだん》の彼女《かのじょ》なら有り得ないくらい急速に親しくなった相手と。

お別れが近づいているから。

かくいう俺《おれ》も、同じ気持ちだった。

やかましいのがいなくなると、さみしくなる。

そいつは俺《おれ》たちが、よおく知っていることだ。

「そういやさっきも、『最後のお役目』とかなんとか言ってたな。――ってことは、もしかして」

「うん、あたしが『過去《ここ》』でやるべきことは、終わったよ。あたしのせいで生まれた『歪《ゆが》み』はぜんぶ修正された。この流れ《ルート》なら、きっと大丈夫《だいじょうぶ》。あとはそのときを待つだけさ」

「…………そっか」

悠《はるか》が過去に来たことで生まれた『歪《ゆが》み』とはなんだったのか。

やるべきことは終わったというが、こいつが島でやっていたことって、ようするに――

あえて聞かなかった。

いい加減に分かってるさ、ぜんぶな。

おまえが、ぎりぎりのさじ加減で、俺《おれ》たちと仲良くしようとしていることも。

俺《おれ》が同じ立場だったなら、きっと同じようにするだろうよ。

帰還《きかん》が危《あや》うくなるって分かっちゃいても、興味津々《きょうみしんしん》で近づいて、話しかけて——。

だから、いいさ。お邪魔《じゃま》虫とは言わないでおく。

せっかくだ。最後まで、一緒《いっしょ》に遊んでやろうじゃねえの。

「ったく……花火、たんまりもらってきやがって」

「……ふふ。どれからやりましょうか？」

「こういう花火って、あたし、初めてやるんだ！　どれがいっかな～♪」

めいめいに好きな花火を選び、ろうそくから火を移す。

手持ち花火の先端《せんたん》が、めらめらと燃えて華《はな》が咲《さ》く。

噴《ふ》き出《だ》す火炎《かえん》が、少女たちの姿を照らし上げる。

黒、そして白。対照的な服装《ファッション》で、対照的な外見《スタイル》で。

だけど、よく似ていると感じた。

こうして並んでいると、まるで本当の姉妹《しまい》みたいだ。

「……お姉ちゃん、どうしてるかな」

ぽつり――と。

悠《はるか》が、ごくごく小さなつぶやきを、零《こぼ》す。

自分が無事に帰れそうな算段がついて、姉はどうなったのかと心配になったのだろう。

「おまえの姉ちゃんって、外見も、黒猫《くろねこ》に似てるのか？」

俺《おれ》は、少し考えて……そんな疑問を口にする。以前、趣味《しゅみ》や言動が黒猫《くろねこ》に似ているという話をしていたから、特に不自然な質問ではないだろう。

「え？　お姉ちゃんと黒猫《くろねこ》ちゃん？　んー、どーかなァ………」

ねずみ花火を手に取り、不思議そうに眺《なが》めていた悠《はるか》は、俺《おれ》の問いに、しばし思案する。

その間、黒猫《くろねこ》が苦笑《くしょう》を俺《おれ》に向けてくる。

「……なにを聞いているのよ」

「いいじゃん。このくらいならさ。……興味あるだろ？」

「……まぁ、そうね」

ついさっきまで気まずかった俺《おれ》たちだが、気付けば、奇妙《きみょう》なほどに気安い空気になっている。

その理由は、言うまでもないし、言うべきでもない。

声に出したら、未来が変わってしまうような気がした。

つとめて忘れるよう頭を振《ふ》っていると、悠《はるか》の考えがまとまったらしい。彼女《かのじょ》はこう言った。

「口を閉じて黙《だま》ってたら、似てると思う」

「口を開くと似てないのか？」

「お喋《しゃべ》りな人なのかしら？」

「黒猫《くろねこ》ちゃんの百倍はうるさいよ。なんていうか、お姉ちゃんはね——」

追加の問いに、悠《はるか》は、両手を顔の横まで上げて、脅《おど》かすような仕草をする。

「『がおー』って感じ」

「なんだそりゃ」

「んんっと……黒猫《くろねこ》ちゃんは、黒猫《くろねこ》ちゃん——って感じがするじゃない？」

「するな」

黒くて、小さくて、可愛《かわい》くて、気まぐれで、気高くて、なかなか懐《なつ》いてくれない。

「でしょ？　一方、うちのお姉ちゃんは、ちっちゃくて、野良《のら》っぽくて……獰猛《どうもう》っていうか……部屋に放したら暴れてぐちゃぐちゃにしそうっていうか」

「……怖《こわ》い人なの？」

「腹立つ人だよ！」

返しが早っや！　完全に本音で即答《そくとう》したって感じだぞ。

「粗暴《そぼう》ですぐー叩《たた》いてくるし、腕っ節《うでっぷし》が強くて喧嘩《けんか》しても勝てないし、あたしにだけワガママ放題言ってくるし、面倒《めんどう》ごとに巻《ま》き込《こ》んでも悪びれないし、ほんっとめんどくさいったら！」

ぷりぷりと怒《おこ》っている。

悠《はるか》には悪いが、聞いてて面白《おもしろ》くなってきてしまって――

小声で、黒猫《くろねこ》だけに話す。

「……姉貴の悪口言ってるとき、悠《はるか》って超《ちょう》イキイキしてるよな」

「……誰《だれ》かさんが妹の悪口を言っているときと同じよ」

「…………………」

俺《おれ》は渋《しぶ》い顔で黙《だま》り込《こ》んだ。

黒猫《くろねこ》は、悠《はるか》を見て、

「あなたのお姉さんへの印象が、だいぶ変わったわ。私と似た趣味嗜好《しゅみしこう》を持ちながら、戦闘《せんとう》力《りょく》が高いというのは意外ね」

もっと直接的な聞き方もできたろうに、黒猫《くろねこ》はあえて迂遠《うえん》な形で問うた。

悠《はるか》は、苦笑《くしょう》して答える。

「お姉ちゃん、小さい頃《ころ》、いじめっ子に復讐《ふくしゅう》するために空手を習ってたんだ。いまじゃ黒帯」

「武道家の風上にも置けねえやつだな」

戦闘力《せんとうりょく》の高い中二病罹患《りかん》者とか、相当タチ悪いだろ。

親の教育どうなってんだ…………内心複雑すぎるぞ。

悠《はるか》は、うんざりとした表情で言う。

「黒帯パワーで妹を虐《しいた》げるの、ほんとやめて欲《ほ》しいよ。年の近い同性の兄弟姉妹《きょうだいしまい》ってさぁ、結局、腕《うで》っ節《ぶし》が強い方が暴君になりがちだよねえ。あたしはお姉ちゃんの奴隷《どれい》じゃないっての、もう」

「異性の兄妹《きょうだい》でも同じだから。腕《うで》っ節《ぶし》強い方が暴君になって、片方を虐《しいた》げるから。夜中、勝手に部屋に入ってきてビンタで叩《たた》き起《お》こしてくるから。人生相談とかいって、深夜にエロゲーを買ってこさせたりするから。マジでありえんよな。俺《おれ》は妹の奴隷《どれい》じゃないっつーの」

「……おそろしく実感がこもってるわね」

「……あたし、グチ大会で初めて敗北したかも」

喜べ桐乃《きりの》。おまえの所業は、グチ大会にて無敵だぞ。

対抗《たいこう》できそうなのは瀬菜《せな》を妹に持つ赤城《あかぎ》ぐらいだが、あいつは妹のグチなど絶対に漏《も》らさないから、実質敵なしである。

俺《おれ》たちの間で交《か》わされる会話は、妹や、姉の話ばかりだ。

いったん別の話題に移っても、やがて家族の話に戻《もど》ってくる。

いつの間にか、配られた花火は、ほぼ燃やし尽《つ》くしてしまい……。

俺《おれ》たちは最後の一本に、火を付けた。

線香《せんこう》花火だ。

三人で輪になってしゃがむ。

そうやって夜の風から、ささやかな灯《ひ》を守る。

「…………………」

「…………………」

「…………………」

俺《おれ》たちは、無言で、最後の花火を見つめていた。

ぱち、ぱち、じじじ……と、中心で燃える玉から、小さな火花が弾《はじ》けて消える。

少しずつ、少しずつ、持ち手が燃え、短くなっていく。

この火玉が落ちれば、今夜はお開きになるだろう。

長かった今日が終わり、悠《はるか》との別れが、また一歩、近づくだろう。

俺《おれ》たちの思いが伝わったかのように、火玉はいつまでも落ちずにいた。

きっと、この島に来てから、もっとも長い時間だった。

「ねぇ、京介《きょうすけ》くん、黒猫《くろねこ》ちゃん。帰る前に、さ」

線香《せんこう》花火を、うっとりと見つめながら、悠《はるか》が、ぽつりと言う。


「……人生相談、あるんだケド」


この台詞《せりふ》を選んだのは、知っていたのだろうか？　それとも偶然《ぐうぜん》だろうか？

俺《おれ》が吐《は》き出《だ》したグチに、含《ふく》まれていた単語だったからだろうか？

どれでも構わなかった。

俺《おれ》たちは、ちらりと一瞬《いっしゅん》、顔を見合わせて、

「……く」「……ははっ」

笑って頷《うなず》く。奇妙《きみょう》なおかしみがあった。

そんな俺《おれ》たちの態度に、当然、悠《はるか》はムッとして、頬《ほお》を愛らしく膨《ふく》らませる。

「二人とも、あたしが深刻な空気出してるのに、なに笑ってんだよう」

「ごめんなさい……ふふ、でも……どう言えばいいのかしら」

「ちょいと懐《なつ》かしかったもんでな――ま、気にすんな」

「いいけどさ。それで――あたしの相談、乗ってくれるの？」

答えはもちろん決まっている。

「当然でしょう」

「俺《おれ》たちに任せとけ」

声を揃《そろ》えて、微笑《ほほえ》んだ。

「……あ、ありがと」

悠《はるか》は、あまりにも乗り気な俺《おれ》たちの態度に、首をかしげていたが、やがてポツポツと語り始める。

「あたしの悩《なや》みはね……もうお祭しかもだけど、お姉ちゃんのこと」

黒猫《くろねこ》が頷《うなず》き、仕草で先を促《うなが》す。

「ずっと前から、あの人が何を考えてるのか——分からなくて。昔は、もっと仲が良かったんだけどね。いまは、かなり関係が悪化してきてる……っていうか……さすがについて行けなくなってきてるんだ」

今度は俺《おれ》が、相づちを打って、先を促《うなが》す。

「小さな子供の頃《ころ》から、理不尽《りふじん》で、横暴で、ワガママな人だったけど、最近は特にひどいんだよ。今回の発端《ほったん》だって、お姉ちゃんだし。なんであんなに意地悪するんだか……はぁ」

ぱちち、と、しゃがんでいる悠《はるか》の手元で、火花が瞬《またた》いた。

「……ごめんね、急に、こんなこと言って。お姉ちゃんと、会ったこともない、普段《ふだん》のあたしたちを知らないきみたちに、相談したって……困っちゃうよね」

んひひ、と、力なく笑う。それから、

「分かってるんだけどね……それでも……どうしても、きみたちに、相談したくなったんだ」

それは、どうして。

とは、聞かない。

禁則事項《きんそくじこう》、だろうから。

だけど、全力で答えなければ、と思った。

きっと、『今の俺《おれ》たち』にしか、相談できないことだから。

「確かに、そうね」

黒猫《くろねこ》が、優《やさ》しい声で言う。

「私たちは、あなたのお姉さんと会ったことがない。あなたからお姉さんのグチをたくさん聞かせてもらったけれど……それはつまり、一方の言い分しか聞けていないということだもの。姉妹喧嘩《しまいげんか》を解決するときは、両方の言い分を聞かないと、仲裁《ちゅうさい》なんてできないわ」

さすが長女。おっしゃるとおりだな。

俺《おれ》はそう感心したのだが、悠《はるか》は、むっとしたようだ。

「……あたしが、自分の都合のいいように話してるって、言いたいの？」

「そうではないわ。私にも、妹がふたりいるの。上の妹は、小学五年生。下の妹は、一年生よ。そんな妹たちが、姉妹喧嘩《しまいげんか》をしたとき……ふたりの主張が食《く》い違《ちが》うことがよくあるのよ」

……日向《ひなた》ちゃん、小学一年生と姉妹喧嘩《しまいげんか》するのかよ。

「そういう場合、どちらかが嘘《うそ》を吐《つ》いているわけではなくて……誤解をしていたり、相手の行動の解釈《かいしゃく》を間違《まちが》えてしまっていたり……そんなすれ違《ちが》いから、喧嘩《けんか》になっていることもあるの」

もちろん一方的に、上の妹が悪いケースも多いけれどね、と、黒猫《くろねこ》はオチを添《そ》える。

おおう……なんてダメなお姉ちゃんなんだ……。

電話で話しただけだけど、お調子者っぽかったもんなあ。

悠《はるか》はうつむき、しばし考え、やがて顔を上げる。

「あたしたち姉妹《しまい》も、すれ違《ちが》っているだけかも知れない。黒猫《くろねこ》ちゃんは、そう言うの？」

「さあ、どうかしら。先も言ったとおり、私はあなたのお姉さんと、会ったことがないもの」

「……じゃあ、分かんないじゃん」

「あなたのお姉さんは、私とよく似ているのでしょう？　なら、想像することはできる——もしもあなたが、私にとって、年の近い妹だったなら、と、ね」

「————————」

目を見開く悠《はるか》の前で、黒猫《くろねこ》は目をつむり、

「あなたが、私の妹で、ずっと同じ屋根の下で暮らしていたなら…………」

自嘲《じちょう》混じりの口調で言う。

「きっと、嫉妬《しっと》のあまり、仲良くなんてできなかったと思う」

「……嫉妬《しっと》？　黒猫《くろねこ》ちゃんが——あたし、に？」

「そうよ。あなたは、とても優秀《ゆうしゅう》な妹だもの。とてもとても……如才《じょさい》ない女性だもの。明るくて、可愛《かわい》くて、さまざまな才能に溢《あふ》れていて、いつだって前向きで、エネルギーに満ちあふれていて、誰《だれ》とだってすぐ友達になれてしまう——私とは、まるきり逆。私の欲《ほ》しいものを、最初からすべて持ち合わせている。そんな相手が、妹としてすぐそばにいたなら。まったく心穏《おだ》やかではいられないわ」

「……そう、なの？」

「ええ。実際あなたは、たった数日で、私のプライドをズタボロにしてくれたわ――姉妹《しまい》でもないのによ。あの女と出会う前の私なら、落《お》ち込《こ》んだまま立ち直れなかったでしょうね」

「分かるぜ。『完璧超人《かんぺきちょうじん》の妹』なんてのはさあ、うっぜえもんだよなあ」

同じ相手に凹《へこ》まされた者同士、共感しかねえよ。

俺《おれ》が『誰《だれ》かさん』の顔を思《おも》い浮《う》かべていると、黒猫《くろねこ》は、くっと喉《のど》を鳴らす。

「ひるがえって、悠《はるか》、あなたのお姉さんは、どうかしら？　あなたという妹に対して、偉そうに振《ふ》る舞《ま》っているのよね？　『自分の方が上』だと言わんばかりに、いつもあなたを強引《ごういん》に誘《さそ》って、振《ふ》り回《まわ》しているのよね？」

「――尊敬するわ」

黒猫《くろねこ》は、しみじみと言葉を吐《は》き出《だ》した。

「私には、とてもできそうにない。――私と似ている？　ふっ、冗談《じょうだん》でしょう？　私よりも、ずっと凄《すご》いわ。自分よりも優秀《ゆうしゅう》な妹に、姉として強がることができているのだから」

「…………………」

黒猫《くろねこ》の話を聞いている悠《はるか》は、さっきからずっと、ぽかんとしている。

あまりにも想定外の話を聞いた――そんな顔だ。

黒猫《くろねこ》は、さらに続ける。

「あなたのお姉さんは、『復讐《ふくしゅう》のために空手を習い始めた』と言っていたわね」

「う、うん」

「復讐《ふくしゅう》は、できたのかしら？」

悠《はるか》は、なんでそんなことを聞くのだろう？　という顔で、

「ううん、できてないよ。というか、しなくてよくなったんだよ。いじめっ子とは、あたしがちゃんと話して、友達になれたから」

あっさりと言う。

黒猫《くろねこ》は、すっげー渋《しぶ》い顔で眉《まゆ》をひそめた。

「よく分からないのだけど、どうして姉の問題に、あなたがしゃしゃり出てくるの？」

「『あたしたち姉妹《しまい》が』いじめられてたから。お姉ちゃんのやり方だと、問題が解決するまで時間がかかりすぎるし、暴力で解決したら別のトラブルが発生しそうだし。――なので、あたしが、」

「そういうところよ！」

ビシィ！　話の途中《とちゅう》だってのに、黒猫《くろねこ》が、悠《はるか》の顔に指を突《つ》きつける。

ど、どうした黒猫《くろねこ》、今夜は大声出しまくりじゃないか。

「そ、そういうところって、なんだよっ？」

当惑《とうわく》して目をぱちくりとする悠《はるか》。黒猫《くろねこ》は、いらだたしげに続ける。

「確信を持って言うのだけど、あなたがいじめ問題を解決してきたとき、お姉さんは怒《おこ》ったでしょう」

「うん！　よく分かったね！　あのバカ姉、すっごい怒《おこ》ってさあ、喧嘩《けんか》になって……あーっ！　思い出したらイライラしてきたぁ！　たった一言『ありがとう』って言ってくれるだけで……あたしは……それだけでよかったのに！　くっそー、乙女《おとめ》の顔を殴《なぐ》りおってぇ！」

「お互《たが》い様よ莫迦《ばか》」

「あ痛！」

こつん、と、黒猫《くろねこ》は悠《はるか》にゲンコツを落とした。悠《はるか》は両手で頭を押《お》さえ、

「なんで!?」

「ふん、あなたの相談内容は、『姉の考えていることが分からない』だったわね。相手もまったく同じように感じていると思うわ。『妹の考えていることが分からない』『うざい』『イライラする』『どうして分かってくれないのか』――と、ね」

「え、えぇ～？」

「あなたの行動は、とても常識的で、理性的で、合理的よ。幼い頃《ころ》の話だとはとても思えないくらい。――だけど、間違《まちが》っていた」

「……どうすればよかったっての？」

叱《しか》られた子供のように問う悠《はるか》に、黒猫《くろねこ》は自信満々《まんまん》言い放つ。

「『あなたが実際に取った行動』を下策とするなら、中策は、『姉に復讐《ふくしゆう》を任せる』ことよ。これなら、姉は自身の力によって妹を守ることができ、大いに自尊心を満たすことができたでしょう。心に余裕《よゆう》が生まれ、妹に対して優《やさ》しい姉になったかもしれないわ」

「うぐ……色々言いたいコトはあるけどぉ…………上策は？」

「『姉妹一緒《しまいいつしよ》に復讐《ふくしゆう》をする』、これね」

やべぇこと言い出したぞ。

「もしも当時のあなたがそうしていたなら、きっと仲良し姉妹《しまい》になれていたはずよ」

「マジで言ってるのっ!?」

「当然でしょう」

黒猫《くろねこ》は真面目な顔で、何度も頷《うなず》いている。

「な、なぁ黒猫《くろねこ》。おまえ、超大事な人生相談への回答がそれでいいの？」

「あら、先輩《せんぱい》。なにか問題が？」

「いや……だってよ」

龐統《ほうとう》の故事にならうなら、上策は、必ずしも一番良《い》い作戦ってわけじゃなく、一番過激《リスキー》な作戦だったりする。そういう意味なら、上策っちゃ上策かもしれねぇけど。

「アドバイスが極端《きょくたん》すぎねえ？」

「私が姉なら、そうして欲《ほ》しいわ」

まったく持論を曲げてくれない。

「ちょ、ちょちょちょっ……あたし、納得《なっとく》できないんだけどっ！　だ、だって復讐《ふくしゅう》とか、そんなことしても、虚《むな》しいだけでどうにもならないじゃん！」

黒猫《くろねこ》は、はぁ……と、長く重い溜息《ためいき》を吐《つ》いた。

「莫迦《ばか》ね、すっきりするじゃない。区切りを付けて、前に進むことができるじゃない。憎《にく》たらしい奴等《やつら》の鼻を明かして、吠《ほ》え面《づら》をかかせて、見下して嗤《わら》ってやる——これ以上に痛快なことが、この世にあるわけないでしょう！」

「…………」

悠《はるか》は、絶句して黙《だま》り込《こ》んだ。

黒猫《くろねこ》おまえ……おまえさあ……桐乃《きりの》と喧嘩《けんか》するときだって、そんな声出さないだろ。どんだけ強く主張したいんだ。

「よく聞いて頂戴《ちょうだい》——復讐《ふくしゅう》は何も生まないというのは嘘《うそ》よ。復讐《ふくしゅう》は〝楽しい〟を生むわ」

くわっ、と、片手の掌《てのひら》を上向きにして、魔王《まおう》のような仕草をする黒猫《くろねこ》。

「『復讐《ふくしゅう》を題材とした創作物』で、疑似《ぎじ》体験するだけでもあれほど夢中になれるのに、自ら復《ふく》讐《しゅう》することが、楽しくないわけがないのよ。『どうやって復讐《ふくしゅう》してやろうかしら』って準備をしているときから、すでに毎日に張り合いが出て楽しい。実行しているときはさらに爽快《そうかい》で楽しい。そうして復讐《ふくしゅう》を遂《と》げた後は、『ああ気持ちよかった』と、満足感いっぱいで先に進むの。あなたのお姉さんは、きっとそれがやりたかったのよ——なのに妹に潰《つぶ》された。その上で、感謝してよねみたいな態度を取られた」

「殴《なぐ》るでしょう。姉としては」


一息に言い切って、長い息を吐《は》く。

そんな黒猫《くろねこ》に、俺《おれ》は感心の眼差《まなざ》しで言ったものだ。

「おまえさぁ……よくもまぁそこまで、クソ女のやベー思考をトレースできんな」

「お姉ちゃんのことクソ女って言うのやめてよ！」

「いまの予想が当たってるなら、さすがに擁護《ようご》できんぞ。ガキのくせに性根《しょうね》が歪《ゆが》みすぎだろ」

完全に親の育て方が悪いよ。こういうクソガキを甘《あま》やかしちゃダメなんだって。

俺《おれ》だったら絶対厳しくしつけるね。間違《まちが》いない。誓《ちか》う。

「あら、先輩《せんぱい》、それは私の性根《しょうね》までもが歪《ゆが》んでいると言いたいの？」

「おう。そういえばそうだったなって、いま思い出したわ」

最近、黒猫《くろねこ》の良《い》い面ばかりが目立っていて、忘れていたぜ。

恋愛脳《れんあい》になって、色ボケしていた。

黒猫《くろねこ》は、友情に厚くて、家族のために自分を犠牲《ぎせい》にするようなやつで、とにかく心配性《しょう》で、優《やさ》しくて、健気《けなげ》で、思いやりがあって──それはそれとして、だ。

こいつ、別に善人じゃなかったわ。普通《ふつう》に性根《しょうね》が歪《ゆが》んでたわ。

読者やらユーザーやら世間やらへの復讐《ふくしゅう》をモチベーションにして、創作にぶつけるようなやつだものな。嫉妬《しっと》のあまり怨嗟《えんさ》を叫《さけ》ぶようなやつだものな。

「ちょ、ちょっと！　京介《きょうすけ》くん⁉︎」

いきなり悪口を言い出した俺《おれ》を見た悠《はるか》は、めちゃくちゃ動揺《どうよう》していたが。

黒猫《くろねこ》本人は、ククク……と、上機嫌《じょうきげん》に喉《のど》を鳴らしている。

「忘れないで頂戴《ちょうだい》。これが私よ」

「了解《りょうかい》」

こつん、と拳《こぶし》を軽く合わせる。悠《はるか》はそんな俺《おれ》たちを、理解できぬみたいな目で眺《なが》めている。

「そういうわけで……姉妹喧嘩《げんか》には、相互《そうご》理解と歩み寄りが肝要《かんよう》よ。さて、私からのアドバイスは以上なのだけど……先輩《せんぱい》からは、なにかあるかしら？」

「そうだなあ……」

俺《おれ》は少し思案して、

「念のために確認《かくにん》するけど、悠《はるか》、おまえ、姉貴と仲直りしたい──って、思ってんだろ？　だからこんな相談をしてきたんだろ？」

そう、問うた。

「もちろん」

即答《そくとう》が返ってくる。俺《おれ》は、その反応を見て、さらに自信を深めて言う。

「なら、大丈夫《だいじょうぶ》だ。絶対に、もう一度、仲良くなれる」

「……どうして、そこまで言い切れるの？　京介《きょうすけ》くんは、まだお姉ちゃんと、会ったこともないのに」

「おまえからも、話に出てきたおまえの姉貴からも、お互《たが》いを気にしてんのが、めっちゃ伝わってきたからだよ。仲直りしたいっつーけど……正直俺《おれ》はさ、なんだ、仲良いんじゃやんって思った」

「仲良くないよっ！　大嫌《だいきら》いだよ！」

「でも、仲良くしたいんだろう？」

「それは……そう、だけど……いまは仲良くないし、いまのお姉ちゃんは嫌《きら》い」

「じゃあ、やっぱり、ずっとマシだ」

「え？」

「俺《おれ》たちは、もっとひどかった」

昔々あるところに——

仲の悪い兄妹《きょうだい》がおったそうな、ってな。

「俺《おれ》と妹は、すっげー仲が悪くてさ。同じ家に住んでても、一切《いっさい》話さないし、目も合わせねえし……お互《たが》いに超嫌《ちょうきら》い合ってて、あいつクソうぜえ死ねばいいのにって思いあってて――……どうしようもなかった。仲直りなんて、そんな発想すらなくてよ。一生このまんまだろーなって、諦《あきら》めてたんだ」

「――そんな俺《おれ》たちでも、色々あって……いまは、ちっとだけマシになった」

だから、おまえたちは大丈夫《だいじょうぶ》だ。

俺《おれ》たちにできたんだから、おまえたちにできないわけがない。

俺《おれ》は、自身の経験から、太鼓判《たいこばん》を押《お》してやった。

「ま、そういう俺《おれ》も、あいつと仲直りできたかっつーと怪《あや》しいし、いまも大キレーだし、いなくなってせいせいしたぜ、二度と帰ってくんなって思ってるけど」

「ダメじゃん！」

「そんでも、元気でやってて欲《ほ》しいって、思うよ」

本心から言った。そうじゃなきゃ、伝わらねえから。

「自分でくしゃみするたび、アイツ風邪《かぜ》引いてねえかなって心配するし、飯食うたび、アイツちゃんと飯食えてっかなって気になるし、アイツの部屋の前を通るたび、早く帰ってきちまえよって、つまんねー気分になるんだ」

「先輩《せんぱい》？　矛盾《むじゅん》する発言が混じっているわよ？」

「そーだな。でも、ぜんぶ本音だ。お互《たが》いが大嫌《だいきら》いで、心配で、消えて欲《ほ》しくて、いないとさみしい。そんなもんだ、俺《おれ》たちは。そんなもんだ、兄妹《きょうだい》って。姉妹《しまい》だって、同じじゃねーの？」

わけ分からんアドバイスですまねーな。

そう詫《わ》びると、悠《はるか》は首を横に振《ふ》って、

「そっか……嫌《きら》いなやつを、好きでもいいんだ」

そんなつぶやきを、零《こぼ》した。

「いいね、その、考え方」

「だろ？」

まあ、俺《おれ》は妹のこと、好きじゃないけど。

「おまえが帰るのって、明日——祭りの日の夜なんだっけ？」

「たぶんね。あたしの知ってるとおりの流れになれば、そうだと思う」

この合宿中に『事件』が起こる、とかなんとか、言っていたっけな。

そいつは悠《はるか》にとって、変えるわけにはいかない、とても大事なことで。

その結果が出てから、帰る――ね。

「じゃ、それまでは遊べるな」

「うん！」

悠《はるか》は、元気よく返事をする。そんな様子を、黒猫《くろねこ》は微笑《ほほえ》ましそうに見守っている。

「お祭りで、花火大会をするのでしょう？　三人で、見に行ってみるというのはどうかしら」

「お、そりゃいいな。出店とかも、あるらしいぜ」

盛り上がる俺《おれ》と黒猫《くろねこ》であったが、悠《はるか》だけがきょとんとしている。

「……いいの？　あたし、お邪魔《じゃま》じゃない？」

「邪魔《じゃま》なわけあるか。なぁ？」

「ええ……いま、私たちがそういう気分になっている、ということは……あなたの帰還《きかん》に影《えい》
響《きょう》は出ないはずよ。せっかく会えたのだから、ぎりぎりまで一緒《いっしょ》にいましょう」

いくつもの想《おも》いが乗った言葉だった。誰《だれ》も、自身の思考の裡《うち》でさえ、核心《かくしん》には触《ふ》れない。

島で出逢《であ》った、大切な友達との別れが近づいている――。

これは、ただ、それだけのこと。そういうことに、しておく。

「そっか。じゃあ、お言葉に甘《あま》えて」

ひひ、と、笑う。

「明日が、楽しみだね」

そうして俺《おれ》たちは、いつまでも花火を見つめていた。

長い、長い、時間だった。

何日も、何年も……そうしていたような気がした。

やがて、ようやく火玉が落ちる。

三本の線香《せんこう》花火が、同時に終わる。

あっけなく地面に落ちて、それでおしまい。

手持ち花火をすると、やってるときは楽しいのに、最後にはもの哀《がな》しい気持ちになる。

昔々、子供の頃《ころ》……家族で花火をやったとき、妹が泣いたのを思い出した。

顔を上げる。

そこにあったのは、黒猫《くろねこ》の顔。

「終わってしまったわね」

「ああ」

「片付けましょうか」

「そうだな」

言葉とは裏腹に、俺《おれ》も黒猫《くろねこ》も、しゃがんだまま、動かなかった。

燃《も》え尽《つ》きた線香《せんこう》花火が、一本、俺《おれ》たちのそばに落ちている。

二人きりで、部長が呼びに来るまでずっと、それを見つめていた。

——とても大切なことを、忘れてしまったような気がする。

夜が明けて、朝になっても、その思いは消えず、強まるばかりだ。


『ひてん祭り』は、観光客が集まるような大規模な祭事ではないが、自分たちが手伝ったということもあって、部員たちはめちゃくちゃ盛り上がっている。

祭りの準備に、ゲームの取材、その他諸々《たもろもろ》の作業——。

合宿でやるべきことをすべて終え、誰《だれ》もが、残り少ない非日常を楽しもうぜと、はしゃいでいた。

俺《おれ》のように、釈然《しゃくぜん》としないモヤモヤを抱《かか》えている様子は、まるでなかった。

力を見込《みこ》まれた赤城《あかぎ》など、特別扱《とくべつあつか》いで、神輿《みこし》を担《かつ》ぐ役に選ばれたくらいだ。

かけ声を張り上げ町を練り歩く兄貴を、瀬菜《せな》が狂喜乱舞《きょうきらんぶ》して写真に撮《と》っていたよ——俺《おれ》から奪《うば》い取《と》ったデジカメでな！

夕方からは、商店街に並んだ出店を、黒猫《くろねこ》と二人で回った。

今日の彼女《かのじょ》は、初日と同じ、純白のワンピース姿。

数日ぶりに見るその姿は、あまりにも似合っていて、真《ま》っ直《す》ぐ見つめられないほど。

気になる相手と二人でお祭りに行く——なんて。

胸が張《は》り裂《さ》けんばかりのシチュエーション。

出店で買い食いしたり、輪投げや射的で黒猫《くろねこ》が大活躍《だいかつやく》したり、人混みではぐれそうになって、手をつないだり――。

完全にデートだ。言い訳のしようがない。

超《ちょう》々々々楽しかったよ――――でもさ。

「ねぇ、先輩《せんぱい》。…………私たち…………なにか、忘れていないかしら」

「奇遇《きぐう》だな。俺《おれ》も、ずっとそう思ってた」

胸に、チクリと針が刺《さ》さったような感覚が、どうしても消えてくれない。

ふと、足を止め、背後を振《ふ》り返《かえ》った。

島のどこから湧《わ》いてきたんだ、ってくらいの人混みが、道一杯《みちいっぱい》に広がっている。

……俺《おれ》は、いま、誰《だれ》の顔を探したのだろう？

分からなかった。

「先輩《せんぱい》？」

「なぁ、俺《おれ》たち、この合宿で……なにを調べたんだっけ？」

分かりきったことを聞いたのに、黒猫《くろねこ》は嫌《いや》な顔一つせず答えてくれる。

「取材のため、〝島の伝承〟について、調べてきたわ。〝神隠《かみかく》し〟のこと、〝ひてん様〟のこと。『犬槇神社《いぬまきじんじゃ》』の由来について……色々よ」

「ああ、そうだったな。それは思い出せる――けど、ところどころ、抜《ぬ》けがないか？」

「え？」

「俺《おれ》たちは、予定していた取材をすべて終えたはずだ。なのに、時系列順に思い出そうとすると、穴がないか？　そう、例えば――初日の夕方だ。俺《おれ》たちは、写真を撮《と》ろうっつって出かけたのに、デジカメには初日に撮《と》った写真が残ってない。初日に撮《と》るはずだった写真は、『別の日に撮《と》った』――なんでだ？」

「それは――…………なぜかしら……よく、思い出せないわ」

「俺《おれ》もだ。他にも、同じような抜《ぬ》けがたくさんあって。……なんだろうな、これ。気のせいで片付けちまえばいいのかもしんねーけど」

大事なことだったような気がするのに、どうしても思い出せない。

ややうつむき、己《おのれ》の右胸を掴《つか》む。

「スゲー、もやもやするぜ。なんつったらいいかな……桐乃《きりの》からハードル高めのエロゲーを渡《わた》されてよー、結局プレイしねーままド忘れして、一週間経《た》っちまったときみてーな」

「例えが最悪よ、先輩《せんぱい》」

白い目で睨《にら》まれる。

「でも、気持ちは分かるわ」

「こんなんじゃ、花火を見る気分にゃなれねぇよな」

昨日の続きをするような雰囲気《ふんいき》にも、なれない。

「そうね」

だから、本当に口惜《くちお》しいが……しゃーない。

「そんじゃ、花火を見に行くのは中止――」


――ええええっ！　ちょっと！　それじゃダメだよ！


そんな声が、聞こえた気がした。

「……黒猫《くろねこ》、いま、なんか言ったか？」

「いいえ、なにも。どうかしたの、先輩《せんぱい》？」

「いや…………」

俺《おれ》は、首筋に視線を感じ、再び背後を振《ふ》り返《かえ》る。そんなことをしても、見える景色が変わるわけもないのにだ。ほら、そこには、依然《いぜん》として変わらぬ人混みが――

なかった。

出店が並ぶ商店街には、人っ子ひとりいない。騒々《そうぞう》しい蝉《せみ》の鳴き声すら、消《き》え失《う》せていた。

俺《おれ》も、黒猫《くろねこ》も、目を見開いて絶句した。

最大級に混乱しているのに、身体《からだ》は自然と動いていた。

やるべきことを、頭ではなく全身で理解しているかのように。

人の消えた道を真《ま》っ直《す》ぐ進む。商店街を抜《ぬ》け、南へと向かう。

強烈《きょうれつ》な既視感《きしかん》が、沈《しず》んだ記憶《きおく》を揺《ゆ》さぶり起こそうとしていた。

蕎麦《そば》屋のすぐそばに、古い案内看板が立っている。

——そう、この角を、曲がるんだ。

気が急《せ》いて、段々と早足になっていく。黒猫《くろねこ》が息を切らし、ペースが遅《おく》れると、俺《おれ》は彼女《かのじょ》に手を差《さ》し伸《の》べた。

柔《やわ》らかな感触《かんしょく》。

俺《おれ》は、彼女《かのじょ》の手を引き、遊歩道を進み、長い石段を上り。

簡素な鳥居を潜《くぐ》った。

静電気のような違和感《いわかん》が、首筋で弾《はじ》ける。

そこには、飾《かざ》り付《つ》けられた境内《けいだい》はなかった。

小さな社が、ぽつんと立っている。

そして——


「や、京介《きょうすけ》くん。黒猫《くろねこ》ちゃん」

また、会ったね。

白い少女は、照れくさそうに言って、片手を挙げた。

「きみたちさあ……完全に花火を見に行く流れだったじゃん？　なんで違《ちが》うことしようとしてるんだよ。予定と違《ちが》うんですけどー」

「莫迦《ばか》、あなたが、急にいなくなるからでしょう」

桐乃《きりの》を叱《しか》るときと同じ口調だった。

「そうだぞ。気になって花火になんて集中できっかよ」

俺《おれ》も、自然と妹をたしなめるように、

「約束したろ？」

「むー……あたしだって、約束を破るつもりじゃなかったんだよ。けど、急にあんな風になって……一応、ずっと一緒《いっしょ》にはいたんだけどね」

ただ、俺《おれ》たちには見えなくなっていただけ。

……祭りの夜に帰る、って、言っていたものな。

「……無事に、帰れそうなの？」

「うん、もうすぐ。分かるんだ。今度こそ、本当にお別れ」

真っ白な彼女《かのじょ》の姿は、かつてないほどに希薄《きはく》で。

いまにも霧《きり》のように、消えてしまいそうだ。

「そう……さみしくなるわ。せっかく友達が増えたのに」

「ありがと。でも、また会えるよ。京介《きょうすけ》くんが、ちゃんと頑張《がんば》ってくれたらね」
「おいおい、どういう意味だ？」
「そういうとこだぞ？」
彼女《かのじょ》は俺《おれ》の鼻っ柱を、ツンと指でつついて、
ふひひー、と、笑った。
ったく……気付いちまえば、似すぎだろう。
誰《だれ》に、じゃあない。ひとりひとりとは、そこまで似ちゃあいない。
だけど……少しずつ、知っているやつらに似ている。
どこか、日向《ひなた》ちゃんと似ていて。
どこか、桐乃《きりの》と似ていて。
どこか、黒猫《くろねこ》と似ていて。
どこか、俺《おれ》と似ている――未来から来た少女。
そんな彼女《かのじょ》は、最後まで、本当の名を口にしなかった。
俺《おれ》も、黒猫《くろねこ》も、最後まで聞かなかった。
島で出会った不思議な友達。
それでいい。
俺《おれ》は、別れが近づく友人に、軽く言う。

「分かってるよ。心配すんな」

「ほんとに大丈夫《だいじょうぶ》～？　この京介《きょうすけ》くんは、わりと頼《たよ》りないとこあるからなぁ～」

「うっせ、さっさと帰れ！」

しっしっ、と手で追《お》っ払《ぱら》う。

「そんで、姉貴とちゃんと話してみろよ」

「仲直りしろ――とは、言わないんだ？」

「自分が言われてうざかった台詞《せりふ》だからな。――したきゃすりゃいいさ」

「ん、分かった。そうする」

「おう、そうしろ」

言うべきことは、それでおしまい。

俺《おれ》と入《い》れ替《か》わりで、黒猫《くろねこ》がおずおずと前に出た。

「…………………………困ったわ」

「黒猫《くろねこ》ちゃん？」

「こんなとき……なにを言えばいいのか……分からないの」

あー……あー……鼻声になっちゃって。

急に親友とお別れしてから、まだ半年しか経《た》ってないんだもんな。

情が深いこいつなら……そりゃ、こうなるか。

「泣かないで、黒猫《くろねこ》ちゃん」

白い少女が、黒猫の頭をそっと撫《な》でる。

姉が妹にするように。

「きみは、あたしのことを褒《ほ》めてくれたけど、実はそんなにたいしたやつじゃないんだよ。きみをうまく泣《な》き止《や》ませて、かっこよくばいばいする方法が、どうしても思いつかないや」

「……私たちは、あなたのことを忘れるのね」

「うん……今度こそ、違和感《いわかん》なく消《き》え失《う》せて、二度と思い出すことはない」

それは、もう分かっていたことだった。

ついさっきまでの俺《おれ》たちには、あちこちに記憶《きおく》の穴があったんだから。

けど、改めて言葉にされて、そうなのか、と、腑《ふ》に落ちた。納得《なつとく》してしまった。

白い少女は、黒猫を、愛おしげに抱《だ》きしめる。

「図書室で、記事を見たよね。きっとあたしも、あの娘《こ》たちのように、ぜんぶ忘れて、未来で目を覚ます。起きたらそばには、仲の悪い姉がいて、いつもみたいに喧嘩《けんか》するんだよ」

きみたちからもらった大切な助言は、なかったことになる。

一週間の思い出も、経験も、全部が巻《ま》き戻《もど》って消《き》え失《う》せる。

「未来には、なにも持ち帰れない。そういうことなんだと思う。……あたしは結局、ここでなにも成さなかった。歪《ゆが》みは直して、元どおり。だからこそ帰れるんだ」

自己申告《しんこく》どおり、彼女《かのじょ》は腕《うで》の中の少女を、泣《な》き止《や》ませることはできなかった。

余計に別れを辛《つら》くしただけ。自分までもが、泣きそうになっただけ。

けど、

「そうね」

黒猫《くろねこ》は自力で泣《な》き止《や》んだ。身体《からだ》を離《はな》し、白い少女の顔を、すぐ間近で見上げる。

「あなたの時間旅行《タイムトラベル》には、なんの意味もなかった。あなたと過ごした記憶《きおく》は、跡形《あとかた》もなく消《き》え失《う》せて、あなたと過ごした時間も、あなたと交《か》わした会話も、私の未来に、なんの影響《えいきょう》も与《あた》えない。今後、一生、思い出すこともない」

「……そうだね」

「だからどうしたの？」

鼻声のままで、強がってみせた。

「私は、この一週間、とても楽しかったわ。あなたはどう？」

「楽しかった！　すごく！　すごく！」

「なら、いいじゃない。あなたもそう思ったから、思い切り遊んでいたのでしょう？」

俺《おれ》たちよりも聡《さと》い彼女《かのじょ》は、ずっと前から気付いていたはずだ。

それなのに、誰《だれ》よりも全力で、消える日々を楽しんでいた。

「うん……！」

「気が合うわね。私もいま、そんな気持ちよ」

二人は、同じ結論にたどりついた。

いずれ消える無意味な日々を、楽しもう。

「黒猫《くろねこ》ちゃん」

「なにかしら？」

「いまさらだけど……改めて……友達になってくれる？」

「いいでしょう。裏切り者の誰《だれ》かさんを外して、私の親友第二位の地位を授《さず》けるわ」

「なにそれ……一位にはしてくれないの？」

「悪いわね。恩があるぶん、一位は不動よ」

「あは、じゃあ、二位で我慢《がまん》する。っと、そろそろ時間だ」

「そう、なら、今日のところはお別れね」

二人はお互《たが》いに、一歩下がる。今後、永遠に縮まらない距離《きょり》だ。

なのに俺《おれ》たちは、気軽に最後の言葉を交《か》わしていく。

「うん、黒猫《くろねこ》ちゃん、京介《きょうすけ》くん。色々ありがと」

「風邪《かぜ》引くなよ」

「元気で」

「はぁい。じゃ、またね」

ぱぁん、と、打ち上げ花火が咲《さ》き誇《ほこ》る。
ほんの一瞬《いっしゅん》、鮮《あざ》やかな華《はな》に目を奪《うば》われ、

――――――――はて、俺《おれ》たちはなにをしていたのだったか。

人気のない境内《けいだい》で、俺《おれ》たちは並んで花火を見上げている。

そうだ。俺《おれ》は黒猫《くろねこ》と、花火を見に行く約束をしていたんだっけ。

いまいち前後の記憶《きおく》が判然としないのは、それだけ一杯一杯《いっぱいいっぱい》だったからだろう。

そっと隣《となり》を見ると、黒猫《くろねこ》が、夜空を見上げている。

花火に見惚《みと》れているのか、神がかったように瞳《ひとみ》の虹彩《こうさい》が薄《うす》い。

その姿が綺麗《きれい》すぎて、二の足を踏《ふ》む。

ああ、くそ。

あれほど熱心にイメージトレーニングを積んできたってのに、全部吹《ふ》っ飛《と》んだ。

いつだってそうだ。

結局、俺《おれ》は、行き当たりばったりでしか行動できない。

「――先輩《せんぱい》」

「あ、あぁ……どした？」

タイミングを計っているうちに、向こうから話しかけられてしまった。

辛《かろ》うじて返事をすると、彼女《かのじょ》は夜空を見たまま、

「合宿、楽しかったわね」

ぽつり、と、呟《つぶや》いた。

「おう」

今度は、するっと返事が出てきた。

「来て、よかったわ」

「そりゃ、よかった。おまえの家族に感謝だな」

「父が、あなたに会いたがっていたわよ」

「……マジで？」

おいおい、牽制《けんせい》かな？

気になってる女の子の父親とか、めちゃくちゃ会いたくねえ。

「ねえ、先輩《せんぱい》。……大切な話が、あるのだけど……聞いてくれる？」

「ダメだ」

そこで黒猫《くろねこ》は、ようやく俺《おれ》の顔を見た。

俺《おれ》は、一瞬《いっしゅん》、口ごもり。


――ほら、京介《きょうすけ》くん。頑張《がんば》ってくれるんでしょ？


背を、押《お》された気がした。

「俺《おれ》も、おまえに話がある。先に聞いてくれ」

「え――」

黒猫《くろねこ》は、かなり驚《おどろ》いているようだった。

神がかった雰囲気《ふんいき》が消え、おろおろと動揺《どうよう》している。

そんな彼女《かのじょ》に、想像とは違《ちが》うだろう言葉を投げる。

「夢を見たんだ」

「……どんな？」

「ここじゃないどこかで、おまえと花火を見上げる夢。

ここじゃないどこかで、おまえに、泳ぎを教える夢。

ここじゃないどこかで、『大切な話』をされる夢。

あんまし覚えてないんだけどよ。悔《くや》しい気持ちだけが残ってる。だから、俺《おれ》から言おうと思ったんだ」

「俺《おれ》はおまえが好きだ。付き合ってくれ」

「…………私……性根《しょうね》が、歪《ゆが》んでいるわよ？」

「知ってる。そこがいいんだ」

「暗いし、無口だし……一緒《いっしょ》にいても、つまらないかも」

「この半年、ずっと一緒《いっしょ》にいただろ。これが一生続くなら、最高だね」

やべ、プロポーズみたいになっちまった！　失敗した。さすがにこれは重い……！

「あー……返事を聞かせてくれるか？」

俺《おれ》が問うと、彼女《かのじょ》の瞳《ひとみ》から、涙《なみだ》が溢《あふ》れる。

それから、

「……はい。よろしくお願いします、先輩《せんぱい》」

嬉《うれ》しそうに、笑ってくれた。

■ore no imouto ga konnani kawaii wake ga nai ⑮
kuroneko if
エピローグ

あれから長い時が経《た》って。

俺《おれ》は、再びこの島へとやってきた。

本当に懐《なつ》かしい。

静かな境内《けいだい》で、二人並んで花火を見上げ、告白したあの夜。

昔の話だ。さすがに記憶《きおく》の大部分がおぼろげだけれど、あのとき、俺《おれ》の告白を受《う》け入《い》れてくれた妻の顔は、昨日のことのように思い出せる。

そのたびに、惚《ほ》れ直す。

俺《おれ》たち一家が宿泊《しゅくはく》しているのは、みうら荘《そう》と、よく似た雰囲気《ふんいき》の民宿だ。

広い和室は、ゲー研連中と泊《と》まったあの部屋を連想させる。

青春時代の郷愁《きょうしゅう》を存分に味わおうという、妻の提案だった。

俺《おれ》は、ロッキングチェアの背もたれに、ぐっと体重を掛《か》けた。

そうして対面の妻――高坂瑠璃《こうさかるり》へと話しかける。

「あいつら、どこまで遊びに行ってるんだ？　もう暗くなってきたぞ」

「〝神隠《かみかく》し〟の伝承について、調査するそうよ」

静かに答える彼女《かのじょ》は、少女時代よりもなお美しい。

長い黒髪《くろかみ》はそのままに、真白い肌《はだ》はそのままに、妖艶《ようえん》な色香《いろか》を纏《まと》っている。

傾国《けいこく》の美女。そう表現するのは、俺《おれ》が妻にベタ惚《ぼ》れだってことを加味しても、過剰《かじょう》ではない。

チェアに腰掛《こしか》ける瑠璃《るり》は、膝上《ひざうえ》に、額に入った絵を載《の》せている。

何《なん》の変哲《へんてつ》もないスケッチブックの頁《ページ》を切り取ったもののようで、絵とはいっても、なにも描《えが》かれてはいない。まったくの白紙だ。

あの合宿で、いつのまにか、瑠璃《るり》の荷物に紛《まぎ》れていた――のだそうだ。

そんなよく分からん代物《しろもの》を、なぜか、俺《おれ》も、瑠璃《るり》も、大切な宝物のように扱《あつか》っていた。

こうして旅行に持ってきてしまうくらいに。

まぁ、俺《おれ》たちにとっちゃ、あの合宿は本当に特別で、二人が付き合い始めたきっかけだから、『縁《ゆかり》のもの』であれば、なんだって大切に感じてしまうのかもしんねーな。

「璃乃《りの》が張り切っていたようだから、もしかすると、本当に〝神隠《かみかく》し〟に遭《あ》ってしまったのかも」

「おいおい、ちっとは子供たちを心配しろよ。――探しに行くか？」

「大丈夫《だいじょうぶ》でしょう、悠璃《ゆうり》も一緒《いっしょ》なのだから」

「……それもそうだな。悠璃《ゆうり》が一緒《いっしょ》なら、大丈夫《だいじょうぶ》か」

頼《たよ》れる次女の顔を思《おも》い浮《う》かべ、気が楽になる。

だが、次いで、粗忽《そこつ》な長女の顔が脳裏《のうり》に浮《う》かび、やはり心配になってくる。

「……ったく」

「ふふ……こうして二人きりになるのは、久しぶりね」

「……だな。そう考えると、悪くはねえか」

双子《ふたご》がでかくなってきて、ちっとは手が掛からなくなったと思ったら……今度は長男の反抗期が激しくなってきたり、四人目が生まれたりで、なかなか落ち着く暇もなかった。

「きっと気を遣っているのよ、あの子たちなりに」

「いやいや、気を遣ってるなら、そもそも夫婦水入らずの旅行に付いてこねえだろ」

「それもそうね。……あら、そんな話をしているうちに、探検隊が帰ってきたわ」

ばたばたばた、と。騒《さわ》がしい足音が近づいてくる。

やがて襖《ふすま》が開き、二人の少女が部屋へと飛《と》び込《こ》んできた。

「お父さん、お母さん、ただいまーっ！」

高坂悠璃《こうさかゆうり》。涼《すず》やかなブラウスに身を包んだ少女は、かつての桐乃《きりの》を思わせる発育の良さで、快活な魅力《みりよく》を振《ふ》りまいている。

学業優秀《ゆうしゅう》、容姿端麗《たんれい》、性格がよくて友達も多い、完璧超人《かんぺきちようじん》。

一億年に一人くらいしか現れないであろう超級《ちようきゆう》の美少女で、自慢《じまん》の次女だ。

一方、挨拶《あいさつ》もせずに入ってきたゴスロリ少女は、真《ま》っ直《す》ぐ俺《おれ》に向かって走ってきて、

「京介《きようすけ》！　京介《きようすけ》！　聞いて頂戴《ちようだい》！」

思いっきり抱《だ》きついてきた。ネコ科の肉食獣《じゆう》が、ギザギザの歯を剝《む》き出《だ》しにして、獲物《えもの》に飛びかかってくるような勢いでだ。

「おいおい、お父さんって呼べっていつも言ってるだろ――どうした璃乃《りの》。ずいぶん楽しそうじゃないか」

「つふ！　ククク！　驚《おどろ》きなさい……私は、ついに神へと昇華《しょうか》を果たしたのよ！」

「そうかそうか、璃乃《りの》はすごいなあ！」

俺《おれ》は、『なに言っとんだこいつ？』と、内心首をかしげながらも、くしゃくしゃと娘《むすめ》の頭を撫《な》でてやった。すると璃乃《りの》は、目をぎゅっとつむって、嬉《うれ》しそうにされるがままになっている。

この痛々しくも宇宙一可愛《かわい》い生き物は、高坂璃乃《こうさかりの》。

またの名を、三代目黒猫《くろねこ》という。

……二代目は誰《だれ》かって？　本人が黒歴史にしたいみたいだから、言わないでおくよ。

でまぁ、三代目の話に戻《もど》るが、我《わ》が家《や》の長女である璃乃《りの》は、まさしく出会った頃《ころ》の黒猫《くろねこ》と、うり二つの外見をしている。違《ちが》うところといえば――

言動がさらにやベーところ、運動神経抜群《ばつぐん》でむちゃくちゃ足が速いところ、大口開けてよく笑うところ。ちっとばかしファザコンがすぎるところ、等々。

「つふふ！　もっと褒《ほ》めて頂戴《ちょうだい》、京介《きょうすけ》！」

ぐりぐりぐりぐり！　と、璃乃《りの》は、額をドリルのように俺《おれ》の胸に押《お》し込《こ》んでくる。

「おう！　いくらでも褒《ほ》めてやるぜ！」

白状してしまうが。俺《おれ》は、この長女のことが、可愛《かわい》くて仕方がない。

無限に小遣《こづか》いを与《あた》えてしまう。無限に甘《あま》やかしまくってしまう。

そのたびに――

「そこの莫迦《ばか》親子、そのあたりにしておきなさい」

「お父さん、りー姉を甘《あま》やかしすぎー」

奥《おく》さんと次女に怒《おこ》られているのであった。

「だってしょうがねえだろ……娘《むすめ》たちが可愛《かわい》すぎるのが悪い……」

「えぇー？　あたし、最近は甘《あま》やかされた覚えないんですけどー？」

「おっ、おまえも抱《だ》きついてきていいんだぜ？」

「ヤダ。お父さん、きもーい」

「…………」

娘《むすめ》からのキモイはてきめんに効く。

ぐぬぬ……桐乃《きりの》オバちゃんの真似《まね》しやがって。蔑《さげす》む目つきまで似てきやがって。

俺《おれ》は、話題を変えるべく、こほんと咳払《せきばら》いをひとつ。

「そんで？　おまえら、こんな遅《おそ》くまでなにやってたんだ？」

「それがさぁ、あたしたち、〝神隠《かみかく》し〟の伝承を調べるために、島を色々見て回ってたんだけど――」

悠璃《ゆうり》から説明を聞く。

なんとも要領を得ない話なのだが……神社を見に行ったら、二人して、眠《ねむ》ってしまったようなのだという。ような、という表現なのは、二人が眠《ねむ》る直前のことを覚えていないからだ。

そんで起きたらこの時間だった、と。怪我《けが》や盗難《とうなん》などの被害《ひがい》はないとのことだが——

「あっぶねえなあ……女の子が」

「まったくよ。あなたたちは毎回毎回、どれだけ注意しても危険なところに行って、服を汚《よご》して……いい加減になさい」

「悠璃《ゆうり》が悪いのよ！　悠璃《ゆうり》が私をむりやり誘《さそ》ったの！」

「ハア？　絶対言うと思ったぁ！　超《ちょう》ウソじゃん！」

「京介《きょうすけ》は、私を信じてくれるわよね？」

「いやいや、いまのおまえは、嘘《うそ》を吐《つ》いている顔だぜ。妹に罪をなすりつけるのは、よくないぞ～？」

「お父さん！　ちゃんと厳しく叱《しか》ってよ！」

「き、厳しいだろ？」

「ぜんぜん厳しくないよ！　デレデレして、もぉ～～～～～～～～～～～～～～～！　お姉ちゃんなんか大嫌《だいきら》い！　このファザコン中二病女！　キモすぎ！」

「なんですって！　神にたてつこうなんて、いい度胸ね！」

ぎにににに……！　ぐぬぬぬぬ……！

そんな感じで、双子《ふたご》の姉妹《しまい》が睨《にら》み合《あ》っている。

「おまえらって、仲良いよな」

「「仲良くない！」」

ハモりやがって。やっぱ仲良しじゃねーか。

「そういやあ悠璃《ゆうり》。さっきから璃乃《りの》が、神とか言ってんのって、なに？」

「なんか、神になる夢を見たんだってさ。いつものアレだから、気にしなくていいと思う」

「ククク！　夢じゃないわ。私は異世界への扉《とびら》を開き、神としての使命を果たし、戻《もど》ってきたのよ。旅立つ前と同じ時刻へ、ね」

「はいはい、すごいすごい。さっすがりー姉、さすりー、さすりー」

悠璃《ゆうり》は、まったく取り合わずに、超《ちょう》適当な感じにスルーした。

「あ、でも、あたしも変な夢見たっぽいんだよねー……うろ覚えだけど」

「へえ、どんな？」

俺《おれ》が問うと、次女はなんとも言えない顔で、

「お父さんが浮気《うわき》するのを手伝わされる夢」

「お母さんの前でそういうこと言うの、冗談《じょうだん》でもやめような？」

パパ、心臓、ばっくばくだよ！

ちら、と、奥《おく》さんの顔色をうかがうと、異様に優《やさ》しい笑顔《えがお》がそこに。

「……悠璃《ゆうり》、詳《くわ》しく聞かせて頂戴《ちょうだい》。あなたに限っては、ただの夢と切り捨ててしまうのは早計かもしれないわ」

「ただの夢だって！　俺《おれ》、おまえにベタ惚《ぼ》れだから！　永遠に一途《いちず》だから！」

「あら、本当に？」

嬉《うれ》しさが隠《かく》しきれない感じの声だったので、わずかに安心したのだが。

そこで璃《り》乃《の》が割《わ》り込《こ》んでくる。俺《おれ》にべったり抱《だ》きつきながら、

「京介《きょうすけ》、私とは遊びだったの？　一緒《いっしょ》に入浴して、生まれたままの姿を見せ合ったじゃない」

「おまえとフロ入ったの、十年前が最後だろうが！　それ、お爺《じい》ちゃんには絶対言うなよ！」

「どっちの？」

「どっちもだ！」

そんな騒々《そうぞう》しいやり取りにも、悠璃《ゆうり》は『いつものことでしょ』とばかりに動じない。

平然と、母親からの問いに答える。

「詳《くわ》しくって言われてもなぁ……あんまし覚えてないんだって……うーん……」

夢について深く考《かんが》え込《こ》んでいる様子の次女であったが。

あっ！　と、突然《とつぜん》何かを思い出したかのように、或《あ》いは、何かを思いついたかのように、声を上げた。

「あたし、いま、すっごく、やりたいことある！」

悠璃《ゆうり》は、まるで親しい友達に対するように、

「これからみんなで、花火をしよう！」

郷愁《きょうしゅう》が、俺《おれ》の胸に渦巻《うずま》いた。

覚えのない情景が、脳裏《のうり》に再生されていく。

俺《おれ》と、黒猫《くろねこ》と、島で出会った友達とで、輪になって、花火をして遊ぶ。

夏の思い出。

並んでスイカを食べて、水鉄砲《みずでっぽう》で撃《う》ち合って、木から落ちてきた友達に踏《ふ》み潰《つぶ》されて。

気のせいだろう。あの夏にそんな情景など、ありはしなかった。

だけど、ありもしない日々が、楽しかった。

人生最高の夏休みだった。

「おっし、やるか！」

俺《おれ》は、膝上《ひざうえ》から長女を下ろし、立ち上がった。

若き日の自分に、立ち返った気分で。

かつて黒猫《くろねこ》だった妻に、手を差し出す。

「あの年に負けないくらい、いい夏にしようぜ」

「望むところよ」

愛する人の掌《てのひら》を、握《にぎ》りしめた。

「自分の気持ちに気付いたとき、決めたのよ。

――この人と一緒になろう、って」

「いまの私は、聖天使〝神猫〟。

闇の眷属から、白き天使へと転生した存在よ」

「〝運命の記述《デスティニー・レコード》〟を、ね」

あとがき

伏見《ふしみ》つかさです。『俺《おれ》の妹がこんなに可愛《かわい》いわけがない⑮　黒猫《くろねこ》if上』を手に取っていただきまして、ありがとうございました。

『伏見《ふしみ》つかさデビュー10周年プロジェクト』のひとつとしてスタートしたifシリーズですが、あやせifに大きな反響をいただきまして、こうして黒猫《くろねこ》ifをお届けすることができました。応援してくださったすべての方々に、深く感謝いたします。


あやせifは、私が以前書いたゲームシナリオを基にしたノベライズでしたが、黒猫《くろねこ》ifは、すべて書き下ろしとなります。というのも、PSPゲーム『俺の妹P』『俺の妹P続』の黒猫《くろねこ》ルートシナリオは、私ではないシナリオライター様が書いてくださったものだからです。いまから入手するのは難しいかもしれませんが、ゲームではまったく別の黒猫《くろねこ》ルートシナリオを読むことができます。

そして、『俺《おれ》の妹がこんなに可愛《かわい》いわけがない』のスピンオフコミックに、いけださくら先生が描《か》いてくださった『俺《おれ》の後輩《こうはい》がこんなに可愛《かわい》いわけがない』という作品があります。

どちらの作品にも、黒猫《くろねこ》と結ばれる未来が描かれています。

黒猫《くろねこ》ifでも、負けないくらい黒猫《くろねこ》が幸せになるifストーリーを書いていくつもりです。

いまは、黒猫《くろねこ》if下巻をどんどん書き進めております。本書が皆さんのお手元に届く頃には、書きあがっているはずです。

下巻では、桐乃《きりの》と沙織《さおり》が、たくさん活躍します。

いつもの仲間たちがアキバに集う、本編で何度もあった日常シーンを、再び自分の手で書き、皆さんにお届けできることが、嬉しいです。

最後に、大切なお知らせです。

「少年エース」で、森《もり》あいり先生による、黒猫《くろねこ》ifのコミカライズが始まります。

あやせifに続いて、黒猫《くろねこ》ifまで漫画にしていただけるなんて……！

本当にありがたいことです。ぜひ、読んでみてくださいね。

二〇二〇年六月　伏見《ふしみ》つかさ

Character file.21
Yuuri Kousaka

高坂悠璃【こうさか・ゆうり】

高坂京介と高坂瑠璃の次女。本来は母親そっくりの黒髪。中二病の姉にいつも振り回されて迷惑を被っている。無自覚のシスコン。長い旅を経て、大嫌いな姉と再会した。

かんざきひろ
電撃文庫
エロマンガ先生
eromanga sensei
えろまんが せんせい
①～⑫巻
大好評発売中！
著／伏見つかさ
イラスト／かんざきひろ
電撃コミックスNEXT
コミック版
エロマンガ先生
①～⑩巻発売中
作画／rin
原作／伏見つかさ
キャラクターデザイン／かんざきひろ
「電撃大王」（毎月27日発売）にて連載中
山田エルフが主人公の
スピンオフ
エロマンガ先生
山田エルフ大先生の
恋する純真ごはん
全③巻発売中
作画／優木すず
原作／伏見つかさ
キャラクターデザイン／かんざきひろ

電撃文庫
伏見つかさ
ore no imouto ga konnani kawaii wake ga nai
俺の妹がこんなに可愛いわけがない
①～⑮巻
大好評発売中!
著／伏見つかさ
イラスト／かんざきひろ
黒猫if「少年エース」にてコミカライズ決定!
作画は森あいりが担当します!
渡会けいじが贈る、あやせifのコミカライズは
「少年エースplus」公式サイトをチェック↓
(https://comic-walker.com/shonenaceplus/)
電撃コミックス
コミック版
俺の妹がこんなに
可愛いわけがない
全4巻発売中
作画／いけださくら
原作／伏見つかさ
キャラクターデザイン／かんざきひろ
電撃コミックス
黒猫が主人公のスピンオフ
俺の後輩がこんなに
可愛いわけがない
全6巻発売中
作画／いけださくら
原作／伏見つかさ
キャラクターデザイン／かんざきひろ

◉伏見つかさ著作リスト

「十三番目のアリス」（電撃文庫）
「十三番目のアリス②」（同）
「十三番目のアリス③」（同）
「十三番目のアリス④」（同）
「俺の妹がこんなに可愛いわけがない」（同）
「俺の妹がこんなに可愛いわけがない②」（同）
「俺の妹がこんなに可愛いわけがない③」（同）
「俺の妹がこんなに可愛いわけがない④」（同）
「俺の妹がこんなに可愛いわけがない⑤」（同）
「俺の妹がこんなに可愛いわけがない⑥」（同）
「俺の妹がこんなに可愛いわけがない⑦」（同）
「俺の妹がこんなに可愛いわけがない⑧」（同）
「俺の妹がこんなに可愛いわけがない⑨」（同）
「俺の妹がこんなに可愛いわけがない⑩」（同）
「俺の妹がこんなに可愛いわけがない⑪」（同）

「俺の妹がこんなに可愛いわけがない⑫」（同）
「俺の妹がこんなに可愛いわけがない⑬ あやせif 上」（同）
「俺の妹がこんなに可愛いわけがない⑭ あやせif 下」（同）
「俺の妹がこんなに可愛いわけがない⑮ 黒猫if 上」（同）
「ねこシス」（同）
「エロマンガ先生 妹と開かずの間」（同）
「エロマンガ先生② 妹と世界で一番面白い小説」（同）
「エロマンガ先生③ 妹と妖精の島」（同）
「エロマンガ先生④ エロマンガ先生VSエロマンガ先生G」（同）
「エロマンガ先生⑤ 和泉紗霧の初登校」（同）
「エロマンガ先生⑥ 山田エルフちゃんと結婚すべき十の理由」（同）
「エロマンガ先生⑦ アニメで始まる同棲生活」（同）
「エロマンガ先生⑧ 和泉マサムネの休日」（同）
「エロマンガ先生⑨ 紗霧の新婚生活」（同）
「エロマンガ先生⑩ 千寿ムラマサと恋の文化祭」（同）
「エロマンガ先生⑪ 妹たちのパジャマパーティ」（同）
「エロマンガ先生⑫ 山田エルフちゃん逆転勝利の巻」（同）
「名探偵失格な彼女」（VA文庫）

本書に対するご意見、ご感想をお寄せください。

ファンレターあて先
〒102-8177　東京都千代田区富士見2-13-3
電撃文庫編集部
「伏見つかさ先生」係
「かんざきひろ先生」係

本書は書き下ろしです。

電撃文庫

俺《おれ》の妹《いもうと》がこんなに可愛《かわい》いわけがない⑮

黒猫《くろねこ》if　上《じょう》

伏見《ふしみ》つかさ

2020年9月10日　初版発行

発行者　青柳昌行

発行　株式会社KADOKAWA

〒102-8177　東京都千代田区富士見2-13-3

0570-002-301（ナビダイヤル）

装丁者　荻窪裕司（META＋MANIERA）

印刷　株式会社暁印刷

製本　株式会社暁印刷

●お問い合わせ

https://www.kadokawa.co.jp/（「お問い合わせ」へお進みください）

※内容によっては、お答えできない場合があります。

※サポートは日本国内のみとさせていただきます。

※ Japanese text only

※定価はカバーに表示してあります。

ISBN978-4-04-913270-0　C0193　Printed in Japan

電撃文庫　https://dengekibunko.jp/

電撃文庫創刊に際して

文庫は、我が国にとどまらず、世界の書籍の流れのなかで〝小さな巨人〟としての地位を築いてきた。古今東西の名著を、廉価で手に入りやすい形で提供してきたからこそ、人は文庫を自分の師として、また青春の想い出として、語りついできたのである。

その源を、文化的にはドイツのレクラム文庫に求めるにせよ、規模の上でイギリスのペンギンブックスに求めるにせよ、いま文庫は知識人の層の多様化に従って、ますますその意義を大きくしていると言ってよい。

文庫出版の意味するものは、激動の現代のみならず将来にわたって、大きくなることはあっても、小さくなることはないだろう。

「電撃文庫」は、そのように多様化した対象に応え、歴史に耐えうる作品を収録するのはもちろん、新しい世紀を迎えるにあたって、既成の枠をこえる新鮮で強烈なアイ・オープナーたりたい。

その特異さ故に、この存在は、かつて文庫がはじめて出版世界に登場したときと、同じ戸惑いを読書人に与えるかもしれない。

しかし、〈Changing Times,Changing Publishing〉時代は変わって、出版も変わる。時を重ねるなかで、精神の糧として、心の一隅を占めるものとして、次なる文化の担い手の若者たちに確かな評価を得られると信じて、ここに「電撃文庫」を出版する。

1993年6月10日
角川歴彦

電撃文庫DIGEST　9月の新刊

発売日2020年9月10日

新作 ドラキュラやきん!

【著】和ヶ原聡司　【イラスト】有坂あこ

俺は現代に生きる吸血鬼。池袋のコンビニで夜勤をし、日当たり激悪の半地下アパートで暮らしながら人間に戻る方法を探している。そんな俺の部屋に、天敵である吸血鬼退治のシスター・アイリスが転がり込んできて!?

魔法科高校の劣等生㉜

サクリファイス編／卒業編

【著】佐島 勤　【イラスト】石田可奈

達也に届いた光宣からの挑戦状。恐るべき宿敵が、ついに日本へ戻ってくる。光宣の狙いは『水波の救済』ただ一つ。ふたりの魔法師の激突は避けられない。人外と亡霊を身に宿した『最強の敵』光宣が、達也に挑む!

アクセル・ワールド25

―終焉の巨神―

【著】川原 礫　【イラスト】HIMA

太陽神インティを撃破したハルユキを待っていたのは、さらなる絶望だった。加速世界に終わりを告げる最強の敵、終焉神テスカトリポカを前に、ハルユキの新たな心意技が覚醒する!　《白のレギオン》編、衝撃の完結!

俺の妹がこんなに可愛いわけがない⑮

黒猫if　上

【著】伏見つかさ　【イラスト】かんざきひろ

高校3年の夏。俺は黒猫とゲーム研究会の合宿に参加する。自然溢れる離島で過ごす黒猫との日々。俺たちは"槇島悠"と名乗る不思議な少女と出会い――。

ヘヴィーオブジェクト 天を貫く欲望の槍

【著】鎌池和馬　【イラスト】凪良

アフリカの大地にそびえ立った軌道エレベーター。大地と宇宙をつなぎ、世界の在り方を一変させる技術に、クウェンサーたちはどう立ち向かうのか。宇宙へ飛び立て、近未来アクション!

娘じゃなくて私《ママ》が好きなの!?③

【著】望 公太　【イラスト】ぎうにう

私、歌枕綾子、3ピー歳。娘の参戦で母娘の三角関係!?　家族旅行にプールと混浴、夏の行事が盛りだくさんで、恋の駆け引きはさらに盛り上がっていく――

新作 世界征服系妹

【著】上月 司　【イラスト】あゆま紗由

妹は異世界の姫だったらしく、封印されていた力が目覚めたんだそうだ。無敵の力を手に入れた檸檬は、あっという間に世界の頂点に君臨。そして兄である俺は、政府から妹の制御(ご機嫌取り)を頼まれた……。

新作 反撃のアントワネット!

「パンがないなら、もう店を襲うしかないじゃない……っ!」「やめろ!」

【著】高樹 凛　【イラスト】竹花ノート

「パンがなければケーキを……えっ、パンの耳すらないの!?」汚名返上に燃えるマリー・アントワネットと出会った雪城千隼は、突然その手伝いを命じられる。しかし汚名の返上どころか極貧生活で餓死寸前!?

新作 わたし以外とのラブコメは許さないんだからね

【著】羽場楽人　【イラスト】イコモチ

冷たい態度に負けずアプローチを続けて一年、晴れて想い人に振り向いてもらえた俺。強気なくせに恋愛防御力0な彼女にイチャコラ欲求はもう限界!　秘密の両想いなのに恋敵まで現れて……?　恋人から始まるラブコメ爆誕!

新作 ラブコメは異世界を救ったあとで!

～帰ってきたら、逆に魔王の娘がやってきた～

【著】末羽 瑛　【イラスト】日向あずり

異世界で魔王を倒したあと、現代日本に戻って穏やかに暮らしていた俺。そんなある日、魔王の一人娘、フランチェスカが向こうの世界からやってくる。まさか、コイツと同棲するハメになるとは……なんてこった!